KB036866

삼 국 유 사

sodampublishingcompany

베스트셀러고전문학선 1

삼국유사

펴낸날 | 2003년 9월 8일 초판 1쇄

지은이 | 일 연
펴낸이 | 이태권
펴낸곳 | 소담출판사
　　　　서울시 성북구 성북동 178-2 (우)136-020
　　　　전화 | 745-8566　팩스 | 747-3238
　　　　E-mail | sodam@dreamsodam.co.kr
　　　　등록번호 | 제2-42호(1979년 11월 14일)

www.dreamsodam.co.kr

베스트셀러고전문학선 1

삼국유사

일연 지음

소담출판사

일 러 두 기

1. 선정된 작품은 한국 고전 소설사의 대표적 작품들로서 현행 고등학고 검인정 문학 8종 교과서에
   실린 작품 외 개별 작가의 대표적 작품을 중심으로 엮었다.
2. 방언은 살리되 의미 전달을 위해 되도록 현대표기법을 따랐다.
3. 띄어쓰기는 개정된 한글맞춤법에 따랐다.
4. 대화는 " "로, 설명이나 인용, 생각, 독백 및 강조하는 말은 ' '로 표시하였다.
5. 본문에 나오는 향가나 가사 등은 서체를 다르게 했다.
6. 각주는 원주와 역주를 구분하지 않았다.
7. 본 도서는 대입수능시험은 물론 중 · 고교생의 문학적 소양 및 교양의 함양을 위해 참고서식 발
   췌 수록이 아닌 되도록 모든 작품의 전문을 수록하였으나, 다만 몇몇 작품들은 원고량이 너무 방
   대한 단편들은 싣지 않았다.

책 을
펴 내 며

고려대학교인문대학장 설중환.

고전문학작품이란 말 그대로 예로부터 전해 내려오는 훌륭한 작품들을 말한다. 이는 우리 조상들이 생활하면서 생각하고 느낀 모든 것들이 깃들어 있는 '보물창고' 라 할 수 있다.

흔히 21세기는 인간과 문화가 가장 큰 화두가 될 것이라고들 한다. 근대에 들어 지금까지 기계화와 산업화와 정보화에 매달려 온 인간들은 어느새 스스로의 참모습을 잃어버리고 말았다. 나를 잃어버린 것이다. 우리가 길을 잃으면 어떻게 해야 할까. 다시 원래의 출발점으로 되돌아가는 것이 가장 빠른 길이 아닐까.

고전문학은 우리들을 새로운 출발점으로 안내할 것이다. 고전문학은 오염되지 않는 지혜의 보고로 항상 우리 곁에 남아 있기 때문이다. 현대인들은 다시 고전으로 되돌아가야 한다. 그 속에서 우리는 우리의 본래 모습을 되찾을 수 있을 것이다.

이번에 새로이 기획한 〈베스트셀러 고전문학선〉은 오늘날 한국인들이 꼭 읽어 보아야 할 주옥 같은 작품들을 수록하였다. 특히 모든 사람들이 쉽게 읽을 수 있도록 평이하게 편집하였다. 또한 책의 뒤에는 저자와 작품에 대한 자세한 정보뿐만 아니라 각 작품들 안에서 독자들이 생각해 볼 수 있는 점들을 첨부하였다. 독자들은 이를 통해 더 깊은 고전의 세계를 맛볼 수 있을 것이다.

모든 사람들이 고전작품을 통해서 한국인의 정체성을 되찾고, 참 한국인으로 살아갈 수 있다면 그보다 더 반가운 일은 없을 것이다.

차 례

삼국유사는…

『삼국유사(三國遺事)』는 고려 후기의 고승 일연이 기술한 역사책이다.

일연은 단순히 기록되어진 문헌만을 가지고 이 책을 지은 것이 아니라 청년시절부터 수십 년 동안 전국을 돌며 보고들은 자료를 수집하였는데 원고 집필을 일흔이 넘어서 시작하여 여든네 살로 생을 마감할 때까지 하였다. 『삼국유사』는 모두 5권 2책으로 왕력(王曆), 기이(紀異), 흥법(興法), 탑상(塔像), 의해(義解), 신주(神呪), 감통(感通), 피은(避隱), 효선(孝善)의 9편목으로 나누어져 있다. 각 편을 간략하게 요약하자면 다음과 같다.

「왕력」에는 삼국과 가락국, 후삼국의 연표로서 역대 왕의 출생, 즉위, 치세에 관한 간단한 이야기들이 기록되었다.

「기이 1」에서 고조선, 부여, 고구려 등 고대국가의 흥망과 신화, 전설을 「기이 2」에서는 통일신라시대와 백제, 가락, 후백제에 관한 사실을 다루고 있다.

「흥법」편에는 삼국의 불교 전래에 얽힌 이야기와 고승들의 행적을 서술하고 있으며, 「탑상」편에서는 절과 탑, 불상에 전해 내려오는 전설을 다루었다. 「의해」편에는 신라 고승들에 대한 이야기를, 「신주」편에는 신라 밀교의 기이한 이적에 관한 내용을, 「감통」편은 부처님과 감응하여 영험을 보인 신도들의 이야기를 다루었다. 또, 「피은」편은 속세를 떠나 은둔 생활을 하는 고승들의 행적을, 「효선」편에서는 선행과 효행에 대한 미담을 각각 기록하고 있다.

고대로부터 전해 내려오던 설화와 야사, 향가 등을 십수년 동안 수집, 정리하여 엮은 『삼국유사(三國遺事)』는 왕의 명령에 의해 편찬한 정사인 『삼국사기(三國史記)』와는 또 다른 중요한 가치를 지닌다.

『삼국유사』는 우리 나라 신화와 전설의 원형을 풍부하게 지니고 있어 정사인 『삼국사기』를 통해서는 느낄 수 없는 그 당시 사람들의 생활관, 세계관, 그리고 정서를 알 수 있다. 또 단군신화를 비롯한 수많은 신화와 전설, 위만조선, 북부여, 동부여, 백제, 삼한, 가락국의 역사, 각국의 민속, 신앙, 지명, 옛 어휘, 다른 문헌에는 전해지지 않은 향가 등을 통하여 민속학, 역사학, 고대문학 등의 연구에 귀중한 원천이 되고 있다.

『삼국유사』는 정사인 『삼국사기』에서는 버려지고 하찮게 취급되어진 이야기들을 엮은 유사(遺事)로서 민족적이고 자주적인 성향이 강한 책이며 정사에서 느껴지는 현실 세계와의 거리감과는 달리 이 땅에 살았던 옛 사람들의 숨소리를 직접 들을 수 있는 책이다.

또한 『삼국유사』에는 울고 웃고 싸우고 배신하는 사람들이 등장하며 어디서나 볼 수 있을 천한 여인네가 부처가 되기도 하고 도덕 높은 스님이 오만으로 실수를 하기도 한다. 이런 모습들과 아울러 우리가 어릴 적 한 번쯤은 들어봤음직한 만파식적 이야기나, 조신의 꿈, 당나귀 귀 임금님, 선화공주를 사랑한 맛동, 수로부인, 순교한 이차돈 등의 이야기를 읽다 보면 이 책의 가치가 단순히 학문적인 것에만 있는 것이 아니라 순수한 독서의 기쁨에도 있다는 것을 느낄 것이다.

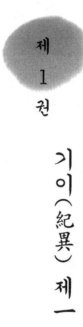

제
1
권

기이(紀異) 제일

　　　　곰이 변신한 웅녀(熊女)는 마땅히 혼
인할 짝이 없었다. 웅녀는 아이를 갖고 싶은 간절한 마음에 매일 신단수
밑에서 아이를 잉태하게해달라고 빌었다. 간절한 웅녀의 소망에 감복
한 환웅은 사람으로 변하여 그녀와 혼인하여 아들을 낳았으니 그 아들
은 바로 단군왕검이라 불렸다.

단군신화

단군이 조선을 열다

아득히 먼 옛날, 하늘을 다스리는 천제 환인에게 아들이 여럿 있었다.

그중에 남다른 뜻을 가진 환웅(桓雄)이란 서자가 있었으니 그는 늘 지상을 내려다보며 인간 세상을 다스려 보려는 뜻을 품었다. 상제 환인이 아들의 그 뜻을 알고 지상 세계를 내려다보았으니 아들이 인간을 다스리기에 합당한 땅을 찾기 위함이었다. 높고 빼어난 산들과 깊고 푸른 강들, 기름지고 넓은 들이 무수히 아름답게 펼쳐져 있었다. 그리고 그 가운데에서 삼고산(三高山) 중 하나인 태백산[1], 그곳이 인간을 다스려 널리 이롭게 할 만한 근거지로 적당하다고 생각되었다.

상제는 곧 아들 환웅을 불러 그에게 지상을 다스릴 직권을 부여하였다. 그리고 바람, 비, 구름을 다스릴 수 있는 신표로써 천부인 세 개를 주어 지상에 내려가 다스리게 하였다.

---

[1] **태백산** 평안도 묘향산.

15

환웅은 천상의 무리 3천을 이끌고 구름을 헤치고 태백산 꼭대기에 있는 신단수(神檀樹) 아래로 내려왔다. 그리고 그곳을 세상을 다스릴 근거지로 삼고서 신시(神市)라 했으니, 신시를 연 이가 곧 환웅천왕(桓雄天王)이다. 그는 '바람의 신'과 '비의 신'과 '구름의 신'들을 거느리고 농사, 생명, 질병, 형벌, 선악 등 인간의 360여 가지의 일들을 주관하며 인간 세상을 다스려 갔다.

환웅이 이 세상을 다스리던 때, 곰 한 마리와 호랑이 한 마리가 깊은 산속 동굴에 살고 있었다. 이들은 사람이 되려는 뜻을 품고 신웅(神雄), 곧 환웅천왕에게 와서 사람이 되기를 늘 기원하였다. 신웅은 이들에게 신령스러운 쑥 한 줌과 마늘 스무 개를 주며 말하였다.

"너희들이 이것을 먹고 100일 동안 햇빛을 보지 않는다면 소원을 이루어 사람이 되리라."

곰과 호랑이는 이날부터 햇빛이 들지 않는 동굴에서 쑥과 마늘을 먹으며 인내하였다. 칠일을 세 번, 즉 삼칠일을 참은 후 곰은 마침내 여자의 몸을 얻었지만 성질이 급한 호랑이는 금기를 제대로 견뎌내지 못하여 사람의 몸을 얻지 못하였다.

그런데 웅녀(熊女)에게는 마땅히 혼인할 짝이 없었다. 웅녀는 아이를 갖고 싶은 간절한 마음에 매일 신단수 밑으로 와 아이를 갖게 해달라고 빌었다. 환웅이 간절한 웅녀의 소망에 감동하여 사람으로 변해 그녀와 혼인하였다. 곧 웅녀가 아들을 낳았으니 그를 단군왕검이라 하였다.

단군왕검은 중국 요제(堯帝)가 즉위한 지 50년 되는 경인년(庚寅年)에 나라를 열어 평양성을 도읍으로 정하고 나라 이름을 조선(朝鮮)이라 불렀다. 훗날 단군왕검은 도읍을 백악산(白岳山) 아사달(阿斯達)²로 옮겼는데 그곳은 일명 궁홀산(弓忽山)이라고 칭하기도 하고, 또 금미달(今彌達)이라 부르기도 하였다. 단군왕검은 나라를 연 후 1500년 간 다스렸다.

주(周) 나라의 무왕(武王)이 은(殷) 왕조를 멸하고 왕위에 올라 기묘년, 그 해에 신하 기자를 조선의 제후로 세웠다.

그러자 단군은 도읍을 장당경³으로 옮겨 다스렸다. 뒤에 단군은 아사달에 돌아가 은거하여 산신이 되었는데 그때 그의 나이 1908세였다.

이상은 우리 나라의 『단군고기』에 실려 전해내려 온 이야기이나, 일찍이 중국의 역사서인 『위서』에도 고조선에 관한 기록이 실려 있다.

지금으로부터 2천 년 전 단군왕검이란 이가 있었으니, 그는 아사달에 도읍을 세우고 나라를 열었고 국호를 조선이라 하였다. 그것은 요제(堯帝)와 동시대의 일이다.

---

²· **아사달(阿斯達)** 이병도 박사는 아사달은 '달' 즉 조양(朝陽), 조광(朝光)의 땅이란 뜻으로 '조선'의 원의(原義)일 것이라고 함.

³· **장당경** 황해도 구월산 아래와 안악산에 걸쳐 있던 땅 이름.

위만조선

위만이 조선에 망명하여

『전한서』[4]의 「조선전」에 이런 기록이 있다.

진나라가 망한 후 중국을 다시 통일한 한고조 유방은 자신과 같은 고향 사람으로 공을 세운 노관을 연나라의 왕으로 봉하였다. 그러나 노관은 자신이 반란을 일으킨 것으로 의심받자 한나라를 배반하고 북쪽 오랑캐 몽고족인 흉노에 도망하였다. 이 일로 연나라 사람 위만은 무리 천여 명을 모아 요동의 요새를 넘어, 조선과의 국경인 패수[5]를 건너 망명하였다.

그리고 진나라의 옛 공지였던 상하장(上下鄣)에 살면서 차츰 자비령 아래 한강 이북 땅인 진번과 조선의 오랑캐를 모으고, 또 옛날 연나라와 제나라에서 망명해 온 자들을 함께 모아 부리며 스스로 왕이 되었다. 그는 왕검[6]에 도읍을 정하고 그 이웃의 조그만 읍들을 침략하여 항복시켰다. 이에 진번과

---

4. **『전한서』** 후한 반고(班固)가 지은 전한에 대한 역사서. 『한서』 또는 『서한서』라고도 함.
5. **패수** 지금의 청천강.
6. **왕검** 땅 이름. 낙랑군의 패수 동쪽에 있다고 함.

임둔[7]이 복종해 와서 그에게 예속되니 영토가 사방 수천 리나 되었다.

　위만이 아들에게 왕위를 전하고 왕위가 손자 우거에 이르렀을 때 진번과 진국[8]이 한나라에 글을 올려 천자를 뵙고자 했으나 우거가 길을 가로막고 지나가지 못하게 하였다. 원봉 2년, 기원전 109년에 한나라에서 섭하(涉何)를 보내어 우거를 타일렀지만 우거는 끝내 명령을 듣지 않았다. 섭하는 돌아가는 길에 아무 성과 없이 돌아감을 두렵게 여겨서 국경 가까운 패수에 당도하자 말을 모는 시종을 시켜서 자기를 전송하러 나온 조선의 비왕 장을 찔러 죽였다. 그리고 곧 패수를 건너 변경 요새를 지나 자기 나라에 돌아가 이 사실을 보고하였다.

　한나라 천자 무제가 섭하를 요동의 동부도위로 임명하자 우거는 비왕 장의 원수를 갚고자 섭하를 불시에 습격하여 쳐죽였다. 그리하여 무제는 누선장군 양복(楊僕)을 보내 제(齊)[9]에서 배를 타고 발해[10]로 건너가 1만의 병력으로 조선을 치게 하고, 하나라 광무 사람 좌장군 순체에게 요동으로 나와서 우거를 치게 하였다. 누선장군은 제의 군사 7천을 거느리고 먼저 왕검성에 이르렀다.

　이때 성을 지키고 있던 우거는 누선의 군사가 얼마 되지 않음을 정탐하여 알아내고 그들보다 먼저 군사를 이끌고 나가 누선을 공격하니, 기습당한 누선은 패해 달아났다. 누선장군 양복은 군사들을 잃고 산 속으로 도망

7. **임둔** 현재 함경남도 일대.
8. **진국** 한강 이남에 있던 여러 부족 국가의 총칭. 안사고는 진국은 진한이라고 하였음.
9. **제(齊)** 중국 산동반도 지방.
10. **발해** 황해의 일부로 요동반도와 산동반도 사이에 있는 내해(內海).

하여 죽음을 면하였다. 좌장군 순체도 조선의 패수 서쪽을 쳤지만 깨뜨리지 못하였다.

한 무제는 누선장군과 좌장군의 전세가 순조롭지 못하다고 생각하고 위산(衛山)을 시켜 대군병의 위력으로 우거를 회유케 하였다. 마침내 우거는 항복하기를 청하고 태자를 보내어 말[馬]을 바치겠다고 하였다. 그리하여 태자가 만여 명이나 되는 병력을 거느리고 바야흐로 패수를 건너려 하는데 사자인 위산과 좌장군은 혹시 태자가 변을 일으킬까 의심하여 태자에게 일렀다.

"이미 항복한 터이니 병기는 가지고 오지 마시오."

태자는 사자인 위산이 혹 자기를 속여 해치지 않을까 의심하여 패수를 건너지 않고 군사를 데리고 그대로 돌아가 버렸다.

이 사실을 전해들은 무제는 위산의 목을 베었다. 좌장군은 패수 상류에 있는 조선 군사를 치고 곧바로 전진하여 왕검성 밑에 이르러 성의 서북쪽을 포위하였다. 누선장군도 왕검성으로 달려와 군사를 합쳐 성의 남쪽에 주둔하였다. 그러나 우거가 성문의 빗장을 단단히 채우고 굳게 지켜 몇 달이 지나도 함락시킬 수 없었다.

한 무제는 이 싸움이 오래도록 끝나지 않자 옛날 제남태수를 지낸 공손수(公孫遂)를 시켜 조선을 치게 하고 모든 일을 도모할 권리를 주었다. 공손수는 우선 누선장군을 굴복시키고 그 군사를 합쳐서 좌장군과 함께 서둘러 조선을 쳤다. 이때 조선의 상(相) 노인(路人)과 한도(韓陶), 또 이계지방의 상(相) 삼(參)과 장군 왕협이 서로 의논하여 항복하려 했으나 왕은 이 말을 따르지 않았다. 이에 노인과 한도, 왕협은 모두 도망하여 한나라에 투항하였는데 노인은 가는 도중에서 죽었다. 원봉 3년 여름에 이계의 상 삼(參)이 사람을 시켜서 우거를 죽이고 한나라에 항복하였다.

하지만 우거를 모시던 대신인 성기(成己)가 성 안의 백성들과 힘을 합하여 성을 굳게 지켜 성은 함락되지 않았다. 좌장군은 우거의 아들 장과 노인의 아들 최로 하여금 성 안 사람들을 타이르고 성기를 죽이도록 하여 왕검성을 함락시켰다. 이리하여 한나라는 조선을 평정하고 진번·임둔·낙랑[11]·현도[12]라는 네 군을 설치하였다.

---

[11]. **낙랑** 지금의 청천강 이남 자비령 이북의 땅.
[12]. **현도** 지금의 압록강 중류지역.

북부여

해모수가
용이 이끄는
수레를
타고

『단군고기(檀君古記)』에 전해오는 기록이다.

전한의 선제(宣帝) 15년(B.C. 59년) 4월 9일, 천제의 아들이 다섯 마리의 용이 끄는 수레를 타고 흘승골성[13]으로 내려와 나라를 열고 도읍을 정하니 국호를 '북부여(北扶餘)'라 하였다.

천제의 아들은 스스로를 '해모수(解慕漱)'라 일컫고 아들을 낳아서 부루(扶婁)라 하였다. 천제의 아들은 '해'로써 자신의 성을 삼았다.

뒷날 왕은 상제의 명령으로 근거지를 동부여로 옮기고, 동명제(東明帝)가 북부여를 계승하여 졸본주(卒本州)에 도읍을 정하니, 이것이 졸본부여로 곧 고구려의 시작이다.

[13]. **흘승골성** 대요의 의주 부근. 흘승골은 승흘골이 거꾸로 된 듯함.

동부여

하늘이 해부루에게 금와를 주다

북부여의 왕 해부루의 재상 아란불(阿蘭弗)이 꿈을 꾸었는데, 꿈에 천제가 강림하여 말하였다.

"장차 나의 자손으로 하여금 이곳에 나라를 세우게 하리라. 너희는 이곳을 피해 다른 곳으로 가라. 동쪽 바닷가에 가섭원이란 땅이 있으니 토지가 기름져 왕도를 세울 만한 곳이니라."

아란불은 해부루왕에게 권하여 도읍지를 가섭원으로 옮기고 국호를 '동부여'라 하였다. 가섭원의 뜻을 풀이하면 동명왕이 크게 일어난다는 뜻이다.

해부루왕이 늙도록 왕자를 얻지 못하자, 하루는 신하들을 거느리고 나가 산천의 신들에게 제사를 올리고 그의 후계자 탄생을 빌었다. 그런데 돌아오는 길에 그가 탄 말이 곤연(鯤淵)에 이르자 큰돌을 보고 마주서서 눈물을 흘리는 것이 아닌가. 해부루왕이 이를 기이하게 여기고 곁에 있던 신하들을 시켜 그 돌을 굴려내게 하였더니 그곳에 금빛 살갗에 개구리의 모양을 한 어린아이가 나왔다.

　해부루왕은 기뻐하며 외쳤다.

　"이는 하늘이 내게 아들을 내려주심이다!"

　왕이 그 아이를 데려다 기르며 이름을 금빛을 띤 개구리란 뜻으로 금와라 하였다. 그가 성장하자 해부루왕은 그를 태자로 삼았다.

　해부루왕이 죽자 금와태자가 왕위를 계승하였다. 금와왕은 다음 왕위를 태자 대소(帶素)에게 전하였다.

　고구려의 왕 무휼이 중국의 왕망 15년(22년)에 쳐들어와 대소왕을 죽이자 동부여는 멸하였다.

동명설화

주몽, 알에서 깨어나 나라를 세우다

고구려는 곧 졸본부여다. 어떤 사람들은 지금의 화주(和州), 또는 성주(成州) 등지였다고 하기도 하나 모두 잘못된 것이다. 졸본주는 요동 방면에 있었는데, 『국사』에 수록된 「고려본기」에 따르면 고구려의 시조는 동명성제로서 그의 성은 고(高)씨, 이름은 주몽(朱蒙)이었다. 고주몽의 탄생과 고구려 건국 내력은 다음과 같다.

재상 아란불의 꿈에서 받은 천제의 명령에 따라 나라를 동부여로 옮긴 후 북부여의 왕 해부루가 죽자 금와태자가 임금이 되었다.

금와(金蛙)가 왕위에 오른 어느 날 그는 태백산 남쪽에 있는 우발수(優渤水)를 지나다가 아리따운 젊은 여인을 만났다. 금와왕이 그녀에게 다가가 누구냐고 물었다. 여인은 왕의 물음에 다음과 같이 답하였다.

"저는 본시 물의 신 하백(河伯)의 딸로 이름은 유화라고 합니다. 어느 화창한 날 위화와 훤화, 두 동생들과 함께 나들이를 나갔다가 풍채가 늠름한 남자를 만났습니다. 그는 자기가 천제의 아들 해모수라고 말했습니다. 그는 저를 꾀어 웅신산 아래의 압록강가에 있는 어떤 집 속으로 데리고 들어갔습니다. 거기서 그는 저를 사통하고, 그리고 훌쩍 떠나 영영 돌아오지 않았습니다. 중매도 거치지 않고 함부로 낯선 사내에게 몸을 맡겼다고 부모님은 저를 여간 꾸짖지 않았습니다. 그리고 저를 이곳으로 귀양보내셨습니다."

유화의 고백을 들은 금와왕은 그녀가 평범한 여인이 아니라는 생각이 들었다. 그래서 유화를 데리고 가서 으슥한 방 속에 가두었다. 그랬더니 신기하게도 빛이 들지 않는 그 어두운 방으로 햇빛이 들어와 유화의 몸을 비추기 시작하였다. 유화가 몸을 이리저리 움직여 그 햇빛을 피하려고 했지만 햇빛은 계속 따라와 그녀의 몸을 비추었다. 그러기를 여러 날 지나자 유화의 배가 불러와 마침내 해산을 하게 되었다.

그런데 태어난 것은 아이가 아니라 무게가 닷 되나 될 만한 알 하나였다.

금와왕은 사람이 알을 낳은 것이 꺼림칙하여 그 알을 내다버리기로 하였다. 처음에 개와 돼지들에게 그 알을 던져 주었는데 짐승들은 알을 먹으려 들지 않았다. 그래서 말과 소들이 다니는 길바닥에다 내다버렸다. 그런데 말과 소들도 알을 밟지 않고 옆으로 조심스럽게 피해 갔다. 그 후 다시 들판에다 갖다버렸더니 이번에는 새와 짐승들이 내려와 알을 날개랑 몸으로 품어 보호해 주는 것이었다.

왕이 할 수 없이 그 알을 도로 가져와 깨트리려 했으나 너무나 단단하여 깨지지 않았다. 결국 왕은 알을 어미 유화에게 되돌려 주었다.

유화가 알을 포근히 감싸서 따뜻한 곳에 두며 보호하였더니 며칠이 지나자 알의 껍질을 깨고 한 아기가 태어났는데. 골격이며 외모부터가 영특하고 비범하였다.

자라난 아이는 여느 아이들과는 달리 무척 영민했다. 나이 겨우 7세에 제 힘으로 활과 화살을 만들어 쏘곤 했는데, 그것이 또한 백발백중이었다. 그때 동부여에서는 활 잘 쏘는 사람을 가리켜 주몽이라 불렀고, 아이의 이름은 그래서 주몽이 되었다.

금와왕에겐 일곱 왕자가 있었다. 주몽은 항상 그들과 함께 활쏘기며 말 타기며 사냥 등을 같이 다녔다. 그러나 일곱 왕자 중 그 누구도 주몽의 재주를 당해낼 수가 없었다. 그래서 늘 주몽을 시기하던 태자 대소가 마침내 왕에게 이렇게 아뢰었다.

"주몽은 본시 인간의 정기로 태어난 것이 아닙니다. 그를 빨리 없애버리지 않으면 후환이 따를까 합니다."

그러나 왕은 태자 대소의 말을 듣지 않고 주몽을 마구간에서 말먹이꾼으로 일하게 하였다.

태자들의 기색을 읽은 주몽은 앞으로 무슨 일이든 일어날 것을 예감하고 그때를 대비하여 차근차근 준비를 하였다. 그는 말의 품종을 구별하는 법을 익혀 좋은 품종을 따로 골라 두었다. 준마를 따로 골라 먹이를 일부러 적게 주어 여위게 만들고 미련하고 빠르지 못한 놈들은 잘 먹여 살을 찌워 두었던 것이다. 아니나 다를까, 왕은 살이 쪄서 빛깔이 좋은 말들은 골라 자기가 타고 여윈 놈은 주몽에게 주었다. 주몽은 또한 오이, 마리, 협부 등 충실한 벗을 사귀고 무예를 익히며 앞날을 도모하였다.

주몽이 자랄수록 두려워진 태자 대소는 여러 왕자들과 금와왕의 여러 신하들과 도모하여 장차 주몽을 해치기로 모의하였다. 그 낌새를 알아챈 주몽의 어머니 유화 부인이 은밀히 주몽을 불러 말하였다.

"이 나라 사람들이 장차 너를 해치려 하는구나. 너만한 재략으로 어디 간들 뜻을 이루지 못하겠느냐. 어서 이곳을 벗어나 화를 면하도록 해라."

주몽은 계략을 써서 왕으로부터 얻은 준마를 타고 절친한 세 친구와 함께 서둘러 동부여를 탈출하였다. 주몽의 탈출을 알아챈 일곱 명의 왕자들이 신하들을 이끌고 곧 뒤쫓아 말을 몰아 추격해 갔다.

이윽고 주몽 일행이 엄수[14]에 다다랐는데 검푸른 강물이 앞을 가로막아 건널 길이 없었다. 추격자들이 점점 거리를 좁혀오자 주몽은 강물을 향해 고하였다.

"나는 천제의 아들이자 물의 신 하백의 외손이다. 오늘, 화를 피해 도망하는 길, 뒤쫓는 자들이 바로 뒤에서 닥치고 있는데 어쩌면 좋겠느냐?"

주몽의 말이 끝나자마자 문득 강물 위로 수많은 물고기들과 자라들이 떠올라 스스로 몸들을 이어 순식간에 다리를 만들었다. 주몽 일행은 고기와 자라들의 다리 위를 달려 강을 건넜다. 주몽 일행이 맞은편 강 언덕에 닿자 고기와 자라들의 다리는 물 속으로 흩어져 버렸다. 그리하여 주몽 일

---

14. **엄수** 『삼국사기』에는 엄호수라고 하여 '일명 개사수로 압록강의 동북쪽에 있다'고 하였음

행을 뒤쫓던 무리들은 강을 건너지 못하였다.

주몽 일행은 졸본주[15]에 이르자 그곳을 도읍으로 정하였다. 미처 궁실을 지을 겨를이 없어 비류수(沸流水) 근처에 초막을 짓고 거하며 국호를 '고구려'라 하였다.

이에 따라 주몽은 원래의 성인 '해'를 버리고 자신이 천제의 아들로 일광을 받아 태어났다 하여 그의 성을 고씨로 정하였다. 이때 그의 나이 열두 살[16]이었다. 주몽은 중국 한나라의 효원제(孝元帝) 12년(B.C. 37년)에 즉위하여 왕이라 일컬었다. 고구려 전성기 때의 가호는 21만5백8호[17]나 되었다.

『주림전』 제21권에 실린 기록이다.

옛날, 영고리왕(寧藁離王), 즉 해부루왕의 시비가 임신을 하자 한 관상쟁이가 점을 쳐보고 말하였다.

"이 아이는 태어나면 왕이 될 것입니다."

왕은 이 관상쟁이의 점괘 풀이를 듣고서,

"나의 혈육이 아니니 죽임이 마땅하다."고 하였다.

이에 그 시비가,

"저의 임신은 하늘로부터 온 정기로 인한 것입니다."라고 대답했다.

---

15. **졸본주** 현도군 부근.
16. **이때 그의 나이 열두 살** 『삼국사기』에는 그의 나이가 22세로 기록되어 있음.
17. **21만5백8호** 고구려가 망할 때의 가호수만 해도 69만 7천 호였으므로 이 통계는 확실하지 않음.

결국 시비의 몸에 잉태되었던 아기가 태어나자 왕은 상서롭지 못한 일이라 하여 아기를 돼지우리에 버렸더니 돼지가 입김을 뿜어 아기를 따뜻하게 해주었다. 다시 마구간에 버렸더니 말이 젖을 먹여주었다. 그리하여 그 아기는 끝까지 죽지 않고 자라서 마침내 부여의 왕이 되었다.

신라 시조

혁거세, 6부를 아울러 계림을 세우다

진한에는 여섯 마을이 있었고, 6촌에는 각각의 우두머리가 있어 마을을 다스리며 살고 있었다. 이 6촌은 노례왕 9년에 개명하여 6부가 되었다.

중국 전한의 선제(宣帝) 5년(B.C. 69년) 3월 초하룻날에 있었던 일이다.

6부의 조상, 즉 6촌의 우두머리들은 각기 그 자제들을 데리고 회의를 하기 위해 알천 언덕에 모였다.

"우리에게는 위에서 다스릴 군주가 없어 백성들을 이끌 수가 없다. 하여 백성들은 법도를 모르고 각자 마음내키는 대로 행동하며 질서가 없다. 그러하니 덕 있는 분을 찾아내어 군주로 맞이하여 나라를 바로 세우고 도읍을 정하는 것이 좋지 않겠는가."

그때 알천 언덕에서 남쪽으로 그다지 멀지 않은 양산 기슭에 이상한 기운이 보였다. 높은 곳에 올라가 바라보니 양산 기슭의 나정(蘿井) 옆에 그 서기(瑞氣)가 번개처럼 땅으로 드리워져 있고, 그리고 그 기운이 서린 곳에 하얀 말 한 마리가 꿇어 절하는 모습이 보였다.

그들이 그곳으로 찾아가니 그 하얀 말 앞에는 자줏빛 알[18]이 하나 놓여 있었다. 하얀 말은 사람들을 보더니 길게 소리쳐 울고는 곧 하늘로 올라가 버렸다.

알을 쪼개었더니 단정한 생김새의 아름다운 남자아이가 나왔다. 모두들 놀라고 신기해 하며 아이를 동천[19]에 데리고 가서 몸을 씻겼더니 몸에서 광채가 났다. 새와 짐승들이 덩달아 춤을 추었고 천지가 진동하고 해와 달의 빛은 더욱 청명해졌다.

그리하여 그를 세상을 밝게 다스린다는 뜻으로 혁거세왕이라 칭하고 그의 직위에 대한 칭호를 '거슬한', 혹은 '거서간(居西干)'이라고도 하였으니 이는 그가 최초로 입을 열어 스스로 이르기를,

"알지 거서간 한 번 일어나다."라고 했으므로 그 말에 따라 부르게 된 것이다.

이로부터 '거서간'은 왕자의 존칭이 되었다.

사람들은 하늘이 자신들의 소원을 들어 임금님을 내려주었으니, 이 경사를 기뻐하며 말하였다.

"천자께서는 이제 이미 내려오셨으니 마땅히 덕이 있는 아가씨를 찾아 왕후로 짝을 지어야 하지 않겠는가."

---

18. **자줏빛 알** 혹은 푸른빛 알.
19. **동천** 동천사(東泉寺)는 사뇌야(詞腦野) 북쪽.

같은 날 사량리에 있는 알영 우물가에 한 마리 계룡이 나타나더니 그 왼편 옆구리로 여자아이를 낳았다. 그 자태가 유달리 고왔는데 유독 입술만은 마치 닭의 부리 같았다. 아이를 월성 북쪽에 있는 시냇가로 데리고 가 목욕을 시켰더니 그 부리가 떨어졌다. 부리가 빠졌다고 하여 그 시내의 이름을 발천(撥川)이라 하였다.

사람들은 남산 서쪽 비탈, 지금의 창림사 자리에 궁실을 짓고서 두 신성한 아이들을 받들어 길렀다. 남자아이는 그가 태어났던 알이 마치 박 같았으므로 박(朴)이라 성을 지었고, 그리고 여자아이는 그가 나온 우물의 이름을 따서 알영이라 하였다.

이 두 성인이 자라서 열세 살이 되었을 때, 즉 한의 선제 17년(B.C. 57년)에 남자아이 혁거세는 왕으로 추대되었고, 여자아이 알영은 왕후가 되었다. 그리고 국호를 '서라벌(徐羅伐)' 또는 '서벌'이라 일컬었는데, 혹은 '사라', '사로'라고도 하였다. 왕이 처음에 계정에서 출생하였기로 국호를 '계림국(鷄林國)'이라고도 하였다. 이는 계림이 상서로움을 나타내기 때문이었다. 일설에는 탈해왕 때에 김알지(金閼智)를 얻으면서 닭이 숲에서 울었다 하여 국호를 '계림'이라 하였다고도 한다. 나라 이름을 '신라'라고 한 것은 그 훗날의 일이다.

나라를 다스린 지 61년 되던 해, 혁거세왕은 홀연히 하늘로 올라갔다. 그가 하늘로 올라간 지 이레만에 왕의 유체(遺體)가 땅으로 흩어져 떨어졌고, 곧 알영 왕후도 뒤따라 돌아가셨다고 한다. 서라벌 사람들이 흩어져 내린 왕의 유체를 수습하여 합장하려 하였으나 커다란 구렁이 한 마리가 사람들을 쫓으며 그렇게 하지 못하게 하였다. 하는 수없이 흩어진 다섯 부분 그대로 각기 따로 다섯 개의 능을 만들고 오릉이라 하였다.

한편으로는 구렁이와 관련지어 사릉이라고도 했는데 담엄사 북쪽에 있는 능이 그것이다.

혁거세왕이 하늘로 돌아간 후 태자 남해(南解)가 왕위를 계승하였다.

탈해왕

탈해,
호공의
집을
빼앗다

탈해임금에 관한 남해왕 때의 일이다.

어느 날, 가락국 앞바다에 낯선 배 한 척이 닻을 내렸다. 그 나라의 수로왕(首露王)은 신하와 백성들을 이끌고 나아가 북을 치며 배를 맞이하였다. 수로왕이 그 배를 그곳에 머물게 하려 하자 배는 곧 나는 듯이 재빨리 달아나 버렸다.

배는 신라 동쪽 하서지촌(下西知村) 아진포(阿珍浦) 앞바다에 이르렀다.

아진포 갯가에는 아진의선(阿珍義先)이라고 하는 노파가 살고 있었다. 그는 바로 혁거세왕에게 해물(海物)을 진상하던 고기잡이였다.

아진의선은 어느 날 바다 쪽에서 들려오는 난데없는 까치들의 지저귐에 놀라 바다 쪽을 바라보며 중얼거렸다.

"까치들이 모여들 만한 바위라고는 하나도 없는데, 까치들이 저리 모여 우는 건 대체 무슨 일일까?"

노파는 곧 배를 저어 까치들이 지저귀는 곳으로 가보았다.

까치들은 낯선 배 위에 모여 울고 있었다. 노파가 까치들이 시끄럽게 지저 귀는 배 곁으로 다가가 배 안을 살피니, 배 안에는 길이가 스무 자쯤 되고 폭은 열석 자쯤 되어 보이는 궤 하나가 놓여 있었다.

노파는 그 궤 속에 무엇이 들어 있는지, 또 그것이 흉한 일인지 길한 일인지 알 수가 없었다. 노파는 배를 갯가 수풀 밑으로 끌어다 놓고 하늘을 향해 손을 모았다.

잠시 동안 묵도를 올리고 난 뒤 노파는 비로소 궤를 열어보았다. 궤 안에는 단정하게 생긴 사내아이 하나와 일곱 가지 보배, 그리고 노예들이 가득 하였다. 그들이 노파의 집에 머물며 대접을 받은 지 이레가 지나자 비로소 사내아이가 노파에게 입을 열었다.

"나는 본래 바다 건너 용성국(龍成國)의 왕자입니다. 우리 나라에는 일찍이 사람의 모습으로 태어나서 대여섯 살 때부터 왕위를 이어받아 임금이 된 스물여덟 용왕님들이 있었습니다. 용왕님들은 온 백성을 잘 다스려 아무 걱정 없이 살도록 교화하였습니다. 우리 나라엔 여덟 종류의 혈통이 있으나 혈통을 가리지는 않아 다 높은 벼슬자리에 오를 수 있습니다. 저의 아버지는 함달파왕(含達婆王)이십니다. 함달파왕은 적녀국(積女國)의 공주를 왕비로 맞아들였습니다. 그러나 오래도록 왕자를 얻지 못하자 왕자를 낳게 해달라는 기도를 드렸습니다. 기도를 드린 지 7년이나 지나 수태를 하였으나 태어난 것은 커다란 알이었습니다. 아버지 함달파왕이 신하들을 모아 의논을 하였더니 모두들 사람으로서 알을 낳는 것은 고금에 없던 일로 좋은 징조가 아니라고 하였습니다. 그래서 커다란 궤를 만들어 그

때까지 알에서 깨어나지 않은 나와 칠보와 시중, 노예들을 넣어서 배에 실어 바다에 띄웠습니다. 바다에 띄워 보내면서 '아무쪼록 너와 인연 있는 땅으로 흘러가서 나라를 세우고 집을 이루어 잘 살라'고 빌었답니다. 나를 실은 배가 용성국의 해안을 떠나자 홀연히 붉은 용이 나타나더니 배를 이곳까지 호위해 주었습니다."

말을 끝내자 용성국의 왕자는 지팡이를 들고 두 노예를 데리고 토함산으로 올라서 산마루턱에 돌집을 짓고 이레 동안 그곳에 머물렀다. 그동안 도성 안을 굽어보며 자기가 살 만한 터전이 있나 살펴보았다. 그러다가 초승달처럼 생긴 언덕을 발견하였는데 좋은 기운을 능히 오래도록 누리게 할 터전으로 보였다.

그가 곧 서라벌 도성으로 내려와 눈여겨보았던 그 터를 찾았더니 그곳엔 이미 호공(瓠公)이란 사람이 살고 있었다.

왕자는 어떻게 해서라도 그 터전을 차지하고 싶어 계책을 하나 꾸몄다. 호공의 집 곁에다 몰래 숫돌과 숯 부스러기를 묻어두고는 이튿날 아침 일찍 호공을 찾아가 말하였다.

"이 집은 우리 조상이 살던 집이오."

호공은 그럴 리 없다고 하였다. 이렇게 서로 자기 집이라고 하며 끝없이 다투다가 결국 두 사람은 관아에 찾아가 판결을 부탁하였다. 판결을 맡은 관원이 그 아이를 보고 말하였다.

"무엇으로 네 집임을 증명하겠느냐?"

아이가 답변하였다.

"저희 집은 원래 대장장이었습니다. 한 동안 이웃 고을에서 살았는데 돌아와 보니 저 사람이 차지해 살고 있지 않습니까? 집 주위를 파헤쳐 보면 아실 겁니다."

판결을 맡은 관원이 아이의 말에 따라 호공의 집 주위를 파 보니, 과연 숫돌과 숯 부스러기가 나와서 그곳이 대장간 터가 분명한 듯 보였다. 마침내 어린 왕자는 호공의 집을 차지하게 되었다.

당시 남해왕이 탈해의 지략이 출중함을 알고 왕의 첫째공주를 시집보내어 그를 사위로 삼았다. 탈해에게 시집온 이 남해왕의 첫째공주가 아니부인(阿尼夫人)이다.

하루는 탈해가 동악(東岳)에 올랐다가 돌아오는 길에 갈증을 느껴 백의(白依)에게 시켜 마실 물을 떠오라고 하였다. 백의가 물을 떠오다가 도중에 먼저 한 모금 마시자 뿔잔이 입술에 딱 달라붙어 떨어지지 않았다.

백의가 하는 수 없이 입술에 잔이 붙은 채로 탈해 앞에 나아갔더니 탈해가 그 꼴을 보고서 백의를 꾸짖었다.

"이후로는 거리가 가깝든 멀든 함부로 먼저 맛보지 않겠습니다."라고 백의가 굳게 맹세한 뒤에야 잔이 입술에서 떨어져 나갔다.

백의는 이때부터 탈해를 두려워하여 감히 속이지 못하였다.

지금도 동악[20]에 있는 한 우물을 일러 요내정(遙乃井)이라 부르는데 바

---

[20] **동악** 토함산.

로 그 우물이다.

　노례왕이 붕어(崩御)[21]하자, 후한 광무제(光虎帝) 33년(67년) 6월에 탈해가 왕위에 올랐다. 그리고 '옛적에 우리집이었다.'라고 하며 남의 집(호공의 집)을 차지하였다 하여 성을 석(昔;옛)이라 하였다. 다른 전하는 말로는 까치[鵲]로 말미암아 궤를 열게 되었다고 해서 '작(鵲)' 자에서 '鳥' 자를 떼어 버리고 남는 '昔' 자로 성을 삼았고, 알을 벗어나고[脫] 궤에서 풀려나와[解] 세상에 나왔으므로 그렇게 탈해(脫解)라는 이름을 가졌다고도 한다.

　탈해왕이 승하하자 소천(疏川) 구릉에 장사지냈다. 왕위에 오른 지 23년 되던 해였다. 그 뒤 그의 혼령이 나타나,

　"내 뼈의 매장을 삼가라."고 하였다.

　사람들이 그의 능을 파헤쳐 보았더니 해골의 둘레가 석 자 두 치, 몸뼈의 길이가 아홉 자 일곱 치나 되었고 이[齒]는 엉겨 한 덩어리가 되었고 뼈마디는 흩어지지 않고 모두 살았을 때의 그것처럼 사슬진 그대로였다. 이른바 천하무적의 역사(力士)의 골격이었다.

　그 뼈대들을 부수어 소상(塑像)을 만들어 궁궐 안에다 안치했더니 훗날 혼령이 또 나타나 이르기를,

　"내 뼈를 동악(東岳)에다 두도록 하라."하였다.

　이 지시에 따라 그곳에 봉안(奉安)[22]케 하였다.

---

21. **붕어(崩御)** 비슷한 말로는 승하(昇遐).
22. **봉안(奉安)** 안치(安置)의 높임말.

일설에 의하면 탈해왕이 승하한 뒤 27대 손인 문무왕 시대, 당 고종 31년(680년) 3월 15일 밤, 태종의 꿈에 매우 늠름하고도 무서운 모습의 한 노인이 나타나 말하기를,

"나는 탈해다. 내 뼈를 소천 구릉에서 파내어 상을 만들어 토함산에 안치하라."고 하였다.

왕이 그 말을 좇아 그 후부터 지금까지 나라에서 제사를 끊이지 않고 있으니 이가 바로 동악신이라고 하였다.

김 알 지

알 지 ,
황 금 궤 에 서
나 오 다

8월 초나흗날 밤, 반월성 서쪽 마을의 밤길을 걷고 있던 서라벌사람 호공(瓠公)이 마을 옆 시림[23]이 온통 환한 큰 빛으로 가득 차있는 것을 발견하였다. 그가 숲을 살피자 자줏빛 구름이 하늘에서 숲 속까지 드리워져 있었고 그 구름 속에는 황금으로 된 궤짝 하나가 나뭇가지에 걸려 있었다.

숲을 밝히는 환한 빛은 바로 그 황금궤에서 나오는 것이었는데 그 나무아래 눈부시게 하얀 닭 한 마리가 소리 높여 울고 있었다.

놀란 호공이 궁궐로 달려가 이 광경을 탈해왕에게 아뢰었다. 왕이 곧 시림으로 거동하여 궤를 열어보았더니 사내아이 하나가 누워 있다가 발딱 일어났다. 그것이 마치 옛날 혁거세왕이 '알지 거서간 한 번 일어나다' 라고 한 말을 떠오르게 했으므로 '알지' 라 이름지었다. 알지란 곧 우리말로는 아기를

---

[23]. **시림** 구림(鳩林)이라고도 함.

뜻하는 말이다. 그리고 금궤에서 나왔다고 하여 성을 김으로 하였다.

　탈해왕이 알지를 안고 궁궐로 돌아오는 길에 수많은 새와 짐승들이 따르며 날고 뛰며 기뻐하였다. 왕이 알지를 하늘이 내린 사람이라 여겨 좋은 날을 잡아 태자로 세웠지만 알지는 뒷날 왕위를 파사(婆娑)에게 양보하고 왕위에는 오르지 않았다.

　알지가 열한(熱漢)을 낳고, 열한은 아도(阿都)를 낳고, 아도는 수류(首留)를 낳고, 수류는 욱부(郁部)를 낳고, 욱부는 구도(俱道)[24]를 낳고, 구도는 미추(未鄒)를 낳았다. 미추가 왕위에 올랐으니 신라 김씨는 알지에서 시작되었다.

---

[24] **구도(俱道)** 혹은 구도(仇刀).

연오랑과 세오녀

해의 정기를 지닌 부부

신라 제8대 임금인 아달라왕이 즉위하여 4년이 되던 해에 있었던 일이다.

동해의 한 바닷가에 연오랑(延烏郎)과 세오녀(細烏女) 부부가 고기잡이를 하며 살고 있었다. 어느 날 연오랑이 바다에 나가 해초를 따고 있는데 전에 보이지 않던 바위[25] 하나가 홀연히 나타났다. 연오랑이 그 바위에 오르자 바위는 스스로 움직여 어느 해안으로 데려갔다. 그곳은 일본의 한 마을이었다. 바위에 실려온 연오랑을 본 일본 사람들은 범상한 사람이 아닐 것이라 여겨 연오랑을 그 나라의 왕으로 모셨다.

해초를 따러 나간 남편이 돌아오지 않는 것을 이상히 여긴 세오녀는 연오랑을 찾아 바닷가로 나갔다가 바위 위에 가지런히 벗어놓은 남편의 신발을 발견하였다. 세오녀가 바위 위로 뛰어 오르자 바위는 세오녀를 싣고 바다 위를 둥실 떠갔

---

[25] **바위** 일설엔 고기라 하였음.

43

다. 잠시 후에 세오녀가 닿은 곳은 연오랑이 당도한 그 해안이었다. 바위에 실려온 세오녀를 본 사람들은 그녀를 보고 놀라며 이상히 여겨 왕 연오랑에게 그 사실을 아뢰었다. 그리하여 연오랑과 세오녀 부부는 다시 서로 만났고 세오녀는 귀비(貴妃)로 받들어졌다.

연오랑과 세오녀가 일본으로 떠난 뒤 신라에서는 해와 달이 갑자기 빛을 잃어 온 나라 안이 어둠에 잠기는 이상한 일이 일어났다. 왕이 길흉을 점치는 일관에게 물으니 그가 다음과 같이 아뢰었다.

"이런 변괴가 생긴 것은 우리 나라에 내려와 있던 해와 달의 정기가 이제 일본으로 건너가 버렸기 때문입니다."

자초지종을 알게 된 왕이 일본으로 사신을 보내어 연오랑과 세오녀에게 돌아오기를 청하였다. 연오랑은 돌아오기를 청하는 사신들에게,

"짐이 이 나라에 오게 된 것은 하늘이 시킨 일이다. 그러니 어찌 돌아갈 수 있겠는가? 짐의 왕비가 직접 짠 고운 비단이 있으니 그것을 가져가 하늘에 제사를 올리라. 그리하면 해와 달의 빛이 다시 돌아오리라."하며 비단을 내주었다.

사신이 전하는 말을 들은 왕은 비단을 받쳐들고 하늘에 제사를 올렸다. 그러자 해와 달이 예전처럼 다시 빛났다.

왕은 그 비단을 국보로 삼아 대궐의 창고에 간수하였다. 그리고 창고를 귀비고(貴妃庫)라 이름 짓고, 하늘에 제사 드렸던 곳을 영일현(迎日縣) 또는 도기야(都祈野)라 이름하였다.

미추왕과 죽엽군

미추왕이 댓잎 군사를 보내어

김알지의 7세손인 미추[26]는 제13대 임금으로 현달하고 덕이 있어 점해왕의 뒤를 이어 김씨로서는 최초로 왕위에 올랐다. 임금에 오른 지 23년만에 붕어하였으니 흥륜사 동쪽에 능을 모셨다.

제14대 임금 유리왕(儒理王) 때 일이다.

이서국(伊西國) 사람들이 금성을 공격해와 우리 쪽에서도 군사를 크게 일으켜 막으려 했으나 오래 버텨낼 수가 없었다.

그때 어디선가 홀연히 정체를 알 수 없는 병사들이 나타나 신라 사람들을 도왔는데 그 병사들은 모두 댓잎을 귀에 꽂고 있었다. 그들은 신라군과 힘을 합쳐 적군을 막아내었다.

그러나 적군들이 몰려간 뒤에 보니 그 병사들은 어디로 갔는지 보이지 않고 다만 미추왕릉(未鄒王陵) 앞에 댓잎만이 무수히 쌓여 있는 것을 볼 수 있을 따름이었다. 사람들은 그제

---

[26]. **미추** 미조(未祖) 또는 미고(未古).

서야 모든 일이 미추왕의 혼령이 도운 것임을 알고 '댓잎 꽂은 병정들이 나타난 능'이란 뜻으로 왕릉을 죽현릉(竹現陵)이라 불렀다.

제36대 임금인 혜공왕(惠恭王) 15년(779년) 4월의 어느 날, 김유신 장군의 무덤에서 갑자기 큰 회오리바람이 일어났다. 그 회오리바람 속에는 장군의 차림을 갖추고 준마를 탄 사람이 역시 갑옷을 입고 병기를 갖춘 40여 명의 군사를 거느리고 있었다. 그들은 곧 회오리바람에 휩싸여서 죽현릉에 들어서자 사라져 버렸다.

장군과 신하의 모습을 한 그들이 죽현릉에 들어서고 나서 잠시 후 능 속에서는 천지가 진동하는 듯 웅장한 소리와 우는 소리가 나더니 그 후에 무엇인가 호소하는 듯한 말소리가 들려왔다. 그 말의 내용은 이러하였다.

"신, 한평생 국가를 위해 일하였고, 나라를 위험에서 구하였으며, 백성들의 잘못을 바로 잡고, 나라를 통일시키기 위하여 힘을 도모한 공훈을 이루었습니다. 이제 죽어 혼백이 되어서도 이 나라를 굽어 살펴 재앙을 물리치고 환난을 구제하려는 마음은 조금도 변한 적이 없습니다. 그런데 지난 경술년에 신의 자손이 죄도 없이 죽임을 당하였으니 이는 지금의 군신들이 신의 공훈을 생각하지 않은 바가 아니고 무엇이겠습니까? 이제 신은 멀리 다른 곳으로 옮겨가 편히 쉬려 하오니 바라옵건대 왕께선 부디 허락해 주소서."

미추왕의 혼령이 대답하였다.

"나와 공이 이 나라를 돌보지 않는다면 저 백성들은 어찌하겠는가? 공은 전과 다름없이 나라를 위해 애쓰도록 하시오."

유신공이 세 번을 청하였으나 미추왕은 허락하지 않았다. 그러자 회오리 바람은 김유신 장군의 무덤으로 되돌아갔다.

당시의 임금 혜공왕은 이 사실을 고하여 듣고 두려워하며 바로 공신(工臣) 김경신(金敬信)을 보내어 김유신 장군의 묘소에 나아가 사죄를 드리게 하였다. 그리고 다시 장군을 위해 공덕보전(功德寶田) 30결을 취선사에 내리어 장군의 명복을 빌게 하였는데 경상북도 경주에 위치한 이 취선사는 바로 김유신 장군이 평양을 친 뒤에 복을 빌기 위하여 세운 절이었기 때문이다.

또한 나라 사람들이 미추왕의 덕을 감사히 여겨 3산[27]과 같은 등급의 제사를 왕에게 지내고, 서열을 혁거세왕의 오릉 위에 놓아 대묘(大廟)라 일컬었다. 그것은 미추왕의 혼령이 아니었던들 김공의 혼령이 품었던 노여움을 막을 길이 없었을 것이니 왕의 나라를 지키려는 공덕이 크다고 아니할 수 없기 때문이다.

---

[27] **3산** 신라 제전 가운데 대사(大祀)에 속한 것으로 내림(奈林)·골화(骨火)·혈례(穴禮)의 세 곳.

김[28] 제상 이 야 기

두 왕자를 구하다

제17대 임금 내물왕(奈勿王) 36년(391년), 왜왕이 신라에 사신을 보내왔다. 내물왕을 뵙기를 청한 사신들이 왕에게 아뢰기를,

"저희 임금께서 대왕의 신성하심을 들으시고서 저희로 하여금 백제의 죄를 대왕께 고하라 하셨습니다. 청컨대 대왕께선 왕자 한 분을 보내시어 저희 나라 임금께 성의를 보여 주소서."라고 하였다.

이에 내물왕은 셋째왕자 미해[29]를 왜에 사신으로 보냈다. 이때 내신 박사람(朴娑覽)을 부사로 딸려 보냈는데, 미해왕자의 나이 겨우 열 살이라 언행에 아직 부족한 점이 있었기 때문이다. 한데 왜왕은 답례차 온 사신 미해왕자를 볼모로 억류하고는 30년이 지나도록 보내주지 않았다.

내물왕의 다른 왕자 눌지가 신라 제19대 왕위에 오른 지 3

---

[28] **김제상** 김부식의 『삼국사기』에는 박제상으로 기록.

[29] **미해** '미토희(未吐喜)'라고도 함. 『삼국사기』에는 '미사흔(未斯欣)'.

년째 되던 해(419년)에 고구려의 장수왕이 사신을 보내 알현을 청하여 왔다.

"저희 임금께서 대왕의 아우이신 보해[30]의 뛰어난 지혜와 재주를 들으셨습니다. 그리하여 서로 친분을 나누기를 원하시어 일부러 저희들을 보내어 간청하십니다."

눌지왕은 그러잖아도 큰 위협이 되는 고구려와의 화친을 강구해 오던 터라 고구려 사신의 말을 듣고 큰 다행으로 여기며 곧 화친할 뜻을 알렸다. 왕은 아우 보해에게 고구려로 떠나도록 명하며 내신 김무알(金武謁)을 보내어 보해를 돕도록 하였다. 그러나 장수왕 역시 보해를 억류하고서 돌려보내지 않았다.

세월이 흘러 눌지왕이 즉위한 지 어느덧 10년이 되었다.

하루는 왕이 조정의 여러 신하들과 나라 안의 이름난 호걸, 협객들을 불러모아서 궁중에서 친히 연회를 베풀었다. 술잔이 서너 차례 돌아가고 음악이 연주되어 연회가 한참 흥에 겨울 무렵이었다. 왕이 눈물이 흘리며 신하들에게 말하였다.

"지난 날 과인의 아버님께서는 진심으로 백성들의 안녕을 우려하시었소. 그리하여 사랑하는 아들을 동쪽 왜로 보내셨고, 끝내 그 아들을 다시는 못 보신 채 돌아가셨소. 또 과인이 즉위한 이래 이웃나라 군사들이 매우 강성하여 전쟁이 그치지 않더니 고구려가 유독 화친을 맺자는 말을 해

---

30. **보해** 『삼국사기』 기록으로는 '점해'.

왔으므로 과인이 그 말을 믿고서 친동생을 고구려로 보냈소. 그랬더니 고구려도 또한 아우를 억류하고 이제까지 돌려보내 주지 않고 있소. 과인이 비록 부귀를 누리며 살고 있으나 하루도 두 아우를 잊은 날이 없고 마음 아파 눈물 흘리지 않은 날이 없소. 두 아우를 만나 선왕의 사당에 함께 절을 올릴 수만 있다면 백성들과 그대들에게 그 은혜를 꼭 갚겠소. 이 일을 도모하여 행할 만한 사람이 누구 없겠소?"

왕의 호소를 조용히 듣고 있던 여러 신하들은 한결같이 입을 모아 아뢰었다.

"이 일은 참으로 쉬운 일이 아닙니다. 지혜와 용기를 갖춘 자라야만 능히 해낼 수 있을 것입니다. 신들의 생각으로는 삽라군[31]의 태수인 제상(堤上)이 가장 적당한 자로 여겨집니다."

왕이 제상을 불러 그의 뜻을 묻자 왕에게 재배를 드리고 망설임 없이 말하였다.

"신이 듣기로 '군주에게 근심이 있다면 그것은 신하에게 욕된 일이요, 군주에게 욕된 일이 있다면 신하는 그 일을 위해 죽어야 한다' 하였습니다. 일의 어려움과 쉬움을 따진 뒤에 행한다면 그것은 불충이요, 죽을 것인가 살 것인가를 가린 뒤에 움직인다면 그것은 무용(無勇)입니다. 신이 부족하오나 왕의 명을 받들어 일을 행하겠나이다."

눌지왕은 제상의 충성과 용기를 가상히 여겨 거듭 치하하였다. 왕과 신

---

[31]. **삽라군** 현재는 경상남도 양산에 위치함.

하는 서로 잔을 맞들어 술을 나누고 손을 맞잡고 작별하였다.

제상은 왕명을 받은 즉시 북쪽으로 뱃길을 잡았다. 고구려에 다다르자 변장을 하고 보해가 머물러 있는 처소를 찾아갔다. 제상과 보해는 고구려를 탈출할 계획을 짜고, 탈출 날짜를 서로 약속하였다. 제상은 5월 보름날 고성(高城) 항만에 먼저 돌아와 배를 대놓고 기다렸다.

제상과 약속한 기일이 다가오자, 보해는 병을 핑계로 며칠 동안 조회에 참석하지 않다가 한밤중에 고구려 왕성을 빠져나와 고성 바닷가를 향해 도망하였다.

장수왕이 보해의 도망 소식을 듣고 군사 수십을 보내어 추격케 하여 고성에 이르러 보해를 따라잡을 수 있었다. 그러나 보해가 고구려에 있을 때에 주위의 사람들에게 항상 온정을 베풀었으므로 그를 쫓던 고구려의 군사들은 그를 불쌍히 여겨 화살촉을 뺀 화살을 쏘기 시작하였다.

마침내 보해는 죽음을 면하고 그리던 고향에 돌아올 수 있었다.

눌지왕은 아우 보해를 만나게 되자 바다 건너 왜에서 오랜 세월을 망향에 젖어 있을 그의 다른 아우 미해의 생각이 더욱 간절하였다. 기쁜 한편 슬프기도 한 마음으로 왕은 눈물을 흘리며 좌우의 신하들을 둘러보고 말하였다.

"마치 한 몸에 한쪽 팔만 있고, 한 얼굴에 한쪽 눈만 있는 것 같구려, 비록 한쪽은 얻었으나 다른 한쪽이 아직 없으니 어찌 마음이 아프지 않겠는가?"

제상이 왕의 말을 듣고 왕에게 두 번 절을 하고 곧장 말을 몰아 집에도 들르지 않고 바로 율포 바닷가로 내달렸다.

제상의 아내는 남편이 왜로 건너가기 위해 바로 율포로 갔다는 소식을 듣고는 역시 말을 달려 그를 뒤쫓았다. 그러나 그녀가 율포 바닷가에 다다랐을 때 제상이 탄 배는 이미 먼 바다 한가운데로 떠가고 있었다. 제상의 아내가 목이 찢어져라 간절히 불렀지만 다만 손을 흔들어 보일 뿐 제상은 배를 멈추지 않았다. 배는 점점 더 멀어져 갔다.

제상은 왜에 이르자 짐짓 거짓말을 하였다.

"나는 신라 사람인데 신라왕이 아무 죄 없는 나의 부형을 죽였습니다. 그래서 신라를 버리고 이곳으로 도망쳐 왔습니다."

왜왕은 제상의 말을 그대로 믿고 그에게 집을 주어 편히 살게 하였다.

제상은 왕자 미해와 접촉하게 되자 그를 모시고 바닷가를 노닐면서 고기를 잡거나 새를 사냥하며 때를 기다렸다. 그때마다 잡힌 물고기나 새를 왜왕에게 바쳤으므로 왜왕은 무척 기뻐하며 그를 의심하지 않았다.

마침 새벽 안개가 자욱히 낀 어느 날 제상은 미해에게 말하였다.

"오늘이 좋겠습니다."

"그렇다면 같이 떠나야지요."

함께 탈출해야 한다는 미해의 말에 제상이 답하였다.

"신까지 가면 왜인들이 알아채고 뒤쫓을 것입니다. 저는 여기 머물며 뒤쫓는 자들을 막겠습니다."

미해가 비통한 마음으로 말하였다.

"나는 이제 그대를 친부형처럼 생각하고 있소. 그런데 어찌 그대를 이곳에 버리고 나 홀로 살아 돌아가란 말이오?"

제상이 말하였다.

"공을 구해내어 고국에 계신 대왕의 근심을 없애드릴 수만 있다면 신하
된 자로서 더 이상 바랄 것이 없습니다. 그런데 어찌 감히 살기를 바라겠
나이까?"

제상은 말을 마치고 술을 가져와 미해에게 따라올리고, 마침 왜에 와 있
던 신라 사람 강구려(康仇麗)를 따르게 하여 미해를 떠나 보냈다. 미해를
탈출시킨 뒤 제상은 미해가 거처하던 방으로 들어갔다. 이튿날 아침, 날이
밝아 시중들던 왜인들이 미해를 살피러 와서 방으로 들어오려 하자 제상
이 나가서 그들을 말리며 말하였다.

"어제 사냥하시느라 뛰어다니시더니 몹시 피곤하신가 보오. 아직 일어
나시지 못하고 계시오."

한낮이 지나 해가 서쪽으로 기울어도 미해가 잠자리에서 나오지 않자
수상히 여긴 시종들이 다시 와서 제상에게 물었다. 제상이 태연히 답하였
다.

"미해공께서 떠난 지가 이미 오래 되었다네."

놀란 시종들은 왜왕에게 달려가 고하였다.

왜왕은 기병들을 시켜 급히 미해를 뒤쫓게 하였으나 결국엔 잡지 못하
였다.

그러자 왜왕이 제상을 가두고 물었다.

"너는 어째서 네 나라 왕자를 몰래 내보냈는가?"

제상은 대답하였다.

"나는 계림의 신하이지 왜의 신하가 아니다. 계림의 신하로서 이제 내 나라 임금의 뜻을 이루려 했을 뿐인데, 내 구태여 그대에게 무엇을 말하겠는가."

왜왕은 분노하여 말하였다.

"네 이미 나의 신하가 된 마당에 '계림의 신하'라 하느냐? 네가 '계림의 신하'라 계속 우긴다면 오형(五刑)을 갖추어 다스려 주겠다. 그러나 이제라도 '왜국의 신하'라고 한 마디만 한다면 내 반드시 너에게 후한 작록을 상으로 주겠다."

왜왕의 말을 들은 제상은 답하였다.

"내 차라리 계림의 개, 돼지가 될지언정 너희 왜의 신하는 되고 싶지 않다. 차라리 계림의 매질은 받을지언정 너희 왜의 작록은 받지 못하겠다."

왜왕은 진노하여 제상의 발바닥 가죽을 벗겨내고 갈대를 베어낸 뒤 그 위로 제상을 걷게 하였다. 지금도 갈대 끝의 색깔이 붉은 빛을 띠는데, 세상 사람들은 그것을 제상의 피라고 말한다.

왜왕이 다시 제상을 향해 물었다.

"너는 어느 나라 신하인가?"

제상은 답변하였다.

"계림의 신하다."

왜왕은 철판을 뜨겁게 달구어 그를 올라서게 하고 다시 물었다.

"어느 나라의 신하인가?"

제상은 답변하였다.

"계림의 신하다."

왜왕은 마침내 제상의 마음이 굳건하여 바꿀 수 없음을 알고 목도(木島)에서 불태워 죽였다.

한편 바다를 건너 신라의 해안에 도착한 미해는 먼저 강구려를 보내 자신의 도착을 알렸다. 눌지왕은 놀라고 기뻐하여 궁중의 모든 관리들에게 명하여 굴헐역[32]에 나아가 그를 맞이하게 하고, 왕 자신도 아우 보해와 함께 남쪽 교외에 나가 그를 맞아들였다. 왕은 대궐로 돌아와 연회를 베풀고, 나라 안의 죄수들을 크게 사면하였다. 그리고 제상의 아내에게 국대부인(國大夫人)이란 작위를 내리고 그의 딸을 미해공의 부인으로 삼았다.

제상의 일을 두고 옛 주가(周苛)의 일에 견주어 이렇게 말하는 이들이 있다.

주가는 한나라 유방(劉邦)의 신하로 영양 땅에서 초나라 군사들의 포로가 되었다.

초왕 항우가 주가에게 말하였다.

"나의 신하가 되면 만호를 가진 제후로 삼겠다."

주가는 끝내 굽히지 않고 오히려 항우를 꾸짖어 항우에게 죽임을 당하고 말았다.

---

[32] **굴헐역** 지금의 경상남도 울산 근처인 듯.

한데 제상의 충정이 이 주가에 비해 조금도 모자라지 않았다.

제상이 왜로 떠날 때 부인은 그 소식을 듣고 곧 뒤쫓아갔으나 끝내 남편 제상을 따라잡지 못하여 망덕사 절문 남쪽의 모랫벌에 쓰러져 누워 슬피 울부짖었는데, 사람들이 그 모랫벌을 장사(長沙)라고 이름지었다.

친척 두 사람이 부인을 부축하여 집으로 돌아오려 했지만 부인은 다리를 뻗고 주저앉아 일어나려 하지 않았다. 이렇듯 부인이 다리를 뻗고 주저앉아 버린 곳을 벌지지(伐知旨)라 불렀다.

오랜 세월이 흐른 뒤에 부인은 남편에 대한 그리움을 참을 수 없어 세 딸을 데리고 치술령 고개 위에 올라 먼 바다 건너 왜를 바라보며 하염없이 통곡하다 그대로 죽어갔다.

죽어서 부인은 치술신모(鵄述神母)가 되었다. 지금도 그 뜻을 기리는 사당이 남아 있다.

비처왕

까마귀를 피하는 날

신라 제21대 임금 비처왕, 다른 이름으로는 소지왕이라 불리는 왕이 즉위한 지 10년(488년). 어느 날 왕이 천천정에 나들이하였다.

나들이 가는 길 가운데 까마귀와 쥐가 나타나 울어대다가 쥐가 사람의 말을 하였다.

"이 까마귀가 날아가는 곳을 따라가세요."

왕이 기사를 시켜 까마귀가 날아가는 곳을 따라가 보게 하였다. 기사는 까마귀를 따라가다 남쪽으로 피촌[33]에 이르자 멧돼지 두 마리가 한창 싸움판을 빌이고 있는 것을 보았다. 그는 그 돼지 싸움에 정신이 팔려 한참을 구경하다 그만 까마귀의 행방을 놓치고 말았다.

당황한 기사가 근처를 배회하고 있노라니 한 노인이 연못 속에서 홀연히 나타나 편지 한 통을 전하였다. 편지의 겉봉에

---

[33] **피촌** 지금의 양피사촌, 남산의 동쪽 기슭.

는 이런 글이 씌어 있었다.

"이것을 열면 두 사람이 죽고, 열지 않으면 한 사람이 죽을 것이다."

기사가 편지를 가져와 왕에게 바쳤더니 겉봉에 적힌 글을 읽은 왕이 말하였다.

"봉투를 열어 두 사람이 죽는 것보다는 열지 않고 한 사람만 죽는 것이 낫겠구나."

그때 곁에 있던 일관이 아뢰었다.

"두 사람이란 보통 사람을 이르는 것이고, 한 사람이란 바로 왕을 칭하는 것입니다."

비처왕이 일관의 말을 그럴 듯 여겨 편지를 열어보았다.

〈거문고 갑을 쏘아라.〉

편지에는 단 한 마디가 적혀 있을 뿐이었다.

궁궐로 돌아온 왕은 즉시 거문고 갑을 향해 활을 겨누고 화살을 쏘았다. 그 안에서 사람의 비명이 들렸다. 거문고 갑 안에서 내전에서 분향수도(焚香修道)하는 중이 왕비와 몰래 간통하고 있었던 것이다. 두 사람은 곧 죽임을 당하였다. 우리 나라 풍속에 매년 정월달의 첫 해일(亥日), 첫 자일(子日), 첫 오일(午日)에는 모든 일을 삼가며 함부로 행동하지 않는다. 또, 정월 보름날을 오기일(烏忌日)이라 하여 찰밥으로 까마귀에게 제사를 지내 주는 등의 풍속이 있는데 이때부터 생긴 일이다. 그리고 이런 풍속들을 속언으로 달도라 하는데 이는 곧 슬프고 근심스런 마음이 들어 백사(百事)를 금기한다는 뜻이다.

그리고 편지가 나온 연못을 서출지(書出池)라 불렀다.

일설에는 53대 신덕왕이 흥륜사에 향을 피워 제사 드리러 가다가 길에서 쥐 여러 마리가 꼬리에 꼬리를 물고 있는 것을 보고 괴상히 여겨 돌아와 점을 치니,

"내일 제일 먼저 우는 새를 찾아 따라가라."고 하였다 한다.

지철로왕

울릉도를 정벌하니

신라 제22대 임금인 지철로왕(智哲老王)은 남제(南齊)의 화제(和帝) 2년(500년)에 즉위하였는데 성은 김씨고 이름은 지대로(智大路), 혹은 지도로(智度路)라고 하였다. 왕이 죽은 후에 부르는 시호를 지증(智證)이라 하였고, 이때부터 시호가 시작되었다. 왕을 마립간이라고 부른 것도 이 왕부터이다.

지철로왕은 그 음경의 길이가 무려 한 자 다섯 치나 되어 왕후가 될 배필을 구할 수가 없었다. 배필을 구할 수 없자 왕은 마침내 삼도(三道)에 사자들을 보내어 왕후가 될 짝을 구해 오도록 하였다.

사자가 모량부에 있는 동로수(冬老樹) 아래에 이르렀을 때, 개 두 마리가 북만큼 커다란 인분덩이 하나를 사이에 두고 서로 다투며 먹고 있었다. 사자는 그 인분덩이의 임자가 여자라면 지철로왕의 짝이 될 만하다고 여겨 그 마을 사람들에게 물었다. 작은 계집아이가 다가와 사자에게 모량부 상공의 딸이

냇가에서 빨래를 하다가 숲속에 숨어들어 눈 것이라고 알려주었다.

　사자가 그 집을 찾아가 살폈더니 그 딸의 키가 놀랍게도 일곱 자 다섯 치나 되었다.

　그 사실을 전해들은 왕은 몹시 기뻐하며 수레를 보내어 모량부 상공의 딸을 궁중으로 맞아들여 왕후로 삼았다. 여러 신하들은 모두 왕의 경사를 축하하였다.

　그 지철로왕 때 있었던 일이다.

　아슬라주[34]의 동쪽 바다에 돛배로 순풍을 타고 이틀쯤 되는 거리에 우릉도(于陵島)라는 섬이 있었다. 그 섬은 둘레가 26,730보[35]쯤 되었는데 섬 오랑캐들은 섬이 육지와 멀리 떨어져 있고 수심이 깊어 군사들이 접근할 수 없음을 믿고는 스스로를 신라의 신하가 아니라 하였다.

　왕이 이찬 박이종에게 명하여 군사를 주어 토벌케 하였다. 이종은 꾀를 내어 큰배에 나무로 여러 마리의 사자를 만들어 싣고 가서 섬 오랑캐들을 위협하였다.

　"너희가 항복하지 않으면 이 짐승을 풀어놓아 너희를 잡아먹게 하겠다."

　섬 오랑캐들이 몹시 두려워하여 마침내 항복하였다. 왕은 이종의 공로를 인정하여 아슬라주의 지사로 삼았다.

---

34. **아슬라주** 오늘날의 강원도 강릉시.
35. **26,730보** '보'는 길이의 단위. 1보는 약 1.82미터.

도화녀와 비형랑

죽은 왕이 나타나 혼인을 요구하다

　제25대 사륜왕(舍輪王)은 시호가 진지대왕(眞智大王)이고 성은 김씨였다. 그 왕비는 기오공(起鳥公)의 딸로 지도부인(知刀夫人)이었다.

　그가 왕위에 오른 후, 나라는 어지러워지고 왕은 쾌락에 빠져 국사를 멀리하자 나라 사람들이 그를 왕위에서 끌어내렸으니 진나라 선제(宣帝) 8년(576년)에 즉위하여 나라를 다스리기 4년째의 일이었다.

　사륜왕이 왕으로 있을 때, 사량부 백성의 딸로 얼굴이며 맵시가 복사꽃처럼 아름다운 여인이 있었다. 사람들은 그녀를 복사꽃과 같다 하여 도화랑(桃花郞)이라 불렀다. 왕이 그 소문을 듣고 그녀를 궁중으로 불러들여 사랑하려 하자 도화랑이 왕에게 말하였다.

　"두 지아비를 섬기지 않는 것은 여자의 도리이옵니다. 지아비 있는 여자가 다른 남자에게 가게 하는 것은 비록 천하를 다스리는 제왕의 위엄이라 하여도 결코 안 되는 일이옵니다."

도화랑의 말에 왕이,

"죽어도 좋은가?" 하고 물었다.

그러자 도화랑이 다시금 흔들림 없이 답하였다.

"차라리 저잣거리에서 목을 베일지언정 지아비 아닌 다른 남자를 따르고 싶진 않사옵니다."

왕이 장난 삼아 말하였다.

"만약 지아비가 없다면 되겠느냐?"

"그러하옵니다."

왕은 그를 놓아 보내주었다. 그해 왕은 왕위에서 쫓겨나 죽었다.

도화랑의 남편 또한 사륜왕이 죽은 지 3년만에 죽었다.

그 열흘쯤 되는 날 한밤에 사륜왕이 3년 전의 생시와 다름없는 모습으로 여자의 방으로 찾아왔다. 왕이 도화랑에게 말하였다.

"이전에 네가 말했듯, 네 지아비가 죽고 없으니 이제 내 청을 들어 주어도 되겠느냐?"

도화랑은 쉽게 허락지 않고 부모에게 사실을 알렸더니 부모가 말하였다.

"군왕의 말씀인데 어찌 피할 수 있겠느냐?"

그녀는 부모의 뜻에 따라 왕이 기다리는 방으로 들어갔다.

왕이 도화랑의 방에 이레를 머물며 도화랑을 휘하였는데, 오색구름이 이레 동안 늘 집을 덮었고 오묘한 향내가 온 집 안에 가득 하였다. 그 이레가 지난 뒤에 사륜왕은 자취도 없이 사라졌고 도화랑은 수태하였다.

그리고 달이 차서 아기를 낳으려 하자 하늘과 땅이 흔들리고 큰 소리가 울리더니 곧 한 사내아이가 태어났다.

도화랑은 태어난 아이의 이름을 비형(鼻荊)이라고 하였다.

진평대왕(眞平大王)이 이 신기한 소문을 듣고 비형을 데려다 궁중에서 길렀다. 비형의 나이 열다섯 살이 되던 해에 왕은 그에게 집사(執事) 벼슬을 주어 정사를 돕게 하였다.

그런데 비형은 매일 밤 궁중을 빠져나가 먼 곳에서 놀다 돌아오곤 하였다. 이 일을 전해들은 왕은 비형의 하는 짓을 수상히 여겨 용감한 군사 50명을 시켜 그를 숨어 지켜보게 하였다.

군사들이 수풀에 숨어 몰래 지켜보았더니 비형은 언제나 월성의 성벽을 날아 넘어가 경주 서쪽에 있는 황천[36] 냇가 언덕으로 가서 귀신들을 모아 놓고 놀았다. 비형과 귀신들은 한참 신나게 놀다가 여기저기서 새벽 종소리가 들리면 제각기 흩어져 갔고, 그제서야 비형도 궁으로 돌아왔다.

군사들의 보고를 듣고 진평왕이 비형을 불러 물었다.

"네가 귀신을 거느리고 논다는 것이 참말이냐?"

비형이 그렇다고 말하자 왕은 그에게 한 가지 명령을 내렸다.

"그렇다면 귀신을 부려 신원사[37] 북쪽 개천에 다리를 놓아 보거라."

비형은 진평왕의 명령을 받들어 그가 거느리는 귀신들로 하여금 돌을 다듬게 하여 하룻밤 사이에 커다란 다리를 만들었다. 세상 사람들이 이 다

---

[36] **황천** 서울(경주) 서쪽.

[37] **신원사** 경상북도 월성군 내남면의 신원평에 위치.

리를 귀신이 놓았다 하여 귀교(鬼橋)라 불렀다.

왕이 다시 비형에게 물었다.

"귀신들 가운데 인간 세상에 와서 나라 일을 도울 만한 자가 있겠느냐?"

"길달(吉達)이란 자가 있는데 그가 충직하고 뛰어나니 능히 나라 일을 도울 만할 것입니다."

왕이 즉시 길달을 데려 오라 이르자, 이튿날 비형은 길달을 데리고 와 함께 왕을 뵈었다. 왕은 길달에게 집사의 직책을 주었다. 과연 길달은 충직하기 이를 데 없었다.

마침 각간 임종(林宗)에게 아들이 없었으므로 왕은 길달을 양자로 삼게 하였다.

임종이 길달을 시켜 흥륜사[38] 남쪽에 문루를 세우게 하니 길달은 문루를 세우고 매일 밤 그 문루 위에 가서 자곤 하였다. 사람들은 그 문을 길달문 이라고 불렀다.

그러던 어느 날, 길달은 여우로 변하여 달아나 버렸다. 비형은 귀신들을 시켜 길달을 붙잡아 죽여버렸다. 이일로 인해 귀신들 무리는 비형의 이름 만 듣고도 무서워 달아나게 되었다.

당시 사람들이 비형을 두고 이렇게 노래하였다.

성스런 임금의 혼이 아들을 낳았으니
비형 랑이 지은 집이 여길 세

---

[38]. **흥륜사** 경주 남이리에 있던 절. 신라 불교 초기 중심 사찰.

날고 뛰는 온갖 귀신 들아
이곳에 함부로 머물지 말아라.

민간에서는 이 사(詞)를 써서 집 밖에 내어 걸어 잡귀를 쫓는 풍속이 있
다.

선덕왕의 지혜

여왕이 그 지혜를 보이니

제27대 덕만왕의 시호는 선덕여대왕으로 성은 김씨이고, 진평왕의 따님으로 아버지의 뒤를 이어 당 태종 6년(632년)에 즉위하였다. 선덕여왕은 나라를 다스린 15년 동안 세 번 앞일을 예견하였다.

그 첫째는 당 태종이 붉은색·자주색·흰색, 세 가지 색으로 그린 모란꽃 그림과 그 씨앗을 석 되 보내왔을 때의 일이다. 여왕은 모란꽃 그림을 보고 이렇게 말하였다.

"이 꽃은 필시 향기가 없을 것이다."

모란씨앗을 궁전 뜰에 심어 보았더니 과연 꽃이 피어서 질 때까지 그 향기가 없었다.

그 둘째는 습격하는 백제군을 보지도 않고 막아낸 것이다. 몹시도 추운 겨울날 영묘사[39]의 옥문지(玉門池)에 난데없이 개구리 떼가 모여들어 사나흘을 연이어 울어댔다. 겨울날 개

---

[39] **영묘사** 경주시 성진리에 있었음.

구리가 울어 해괴한 일이라 여긴 백성들이 왕에게 아뢰었더니 그 소식을 들은 여왕은 급히 각간[40] 알천(閼川)과 필탄(弼呑) 등에게 명하였다.

"날쌘 군사 이천 명을 뽑아 서울의 서쪽 교외로 출병하도록 하여라. 그곳에 가면 여근곡[41]이란 골짜기가 있을 것이다. 여근곡에 적병이 잠복해 있을 것이니 습격해 죽이도록 하여라."

두 각간이 왕명을 받고서 각각 1천의 군사들을 모아 서쪽 교외로 달려가서 물어보았더니 과연 그곳 부산 기슭에 여근곡이란 골짜기가 있었다.

그곳에 백제의 군사 5백여 명이 잠복해 있기에 모두 잡아 죽였다.

또 백제의 장군 오소(亐召)란 자가 남산령 바위 위에 숨어 있는 것을 포위하여 사살하고, 또 뒤따라오는 백제군 1300여 명도 공격하여 한 사람도 남김 없이 다 죽였다.

그 셋째의 것으로는 왕이 아주 건강할 때 신하들에게 나는 아무 해, 아무 달, 아무 날에 죽을 터이니 장사를 도리천에 하라고 당부한 것이다. 신하들이 도리천이 어디 있는지 알 수 없어 왕에게 여쭈었더니 그곳은 남산의 남쪽 비탈에 있다고 하였다.

예언했던 그 달 그 날이 되자 과연 예언대로 왕이 죽었다. 신하들은 왕의 당부에 따라 서울의 남쪽 근교에 있는 낭산의 남쪽 비탈에 장사지냈다.

그로부터 십여 년 뒤 문무대왕(文武大王)이 선덕여왕의 능 아래에 사천왕사[42]를 창건하였는데 불경에 이르기를 '사천왕천은 수미산[43]의 중턱에

---

40. **각간** 신라 때의 17관등의 첫째 등급 이벌찬의 다른 이름.
41. **여근곡** 지금 경주와 대구 중간에 건산과 아화의 중간으로 철로의 남쪽 편에 여근곡이 보임.

있고 그 위에 바로 도리천이 있다' 하였으니 모두 그제사 선덕여왕의 영험함을 알게 되었다.

선덕여왕의 살아생전에 신하들이 여왕께 여쭈었다.

"모란꽃에 향기가 없음과 겨울날 개구리가 우는 일이 백제군이 쳐들어올 징조라는 것을 어찌 알았나이까?"

왕이 말하기를,

"황제가 보낸 모란 그림에 나비와 벌이 없었다. 그것으로 모란이 향기가 없다는 것을 알았다. 그것은 곧 당나라의 황제가 과인에게 짝이 없음을 풍자한 것이다. 그리고 개구리는 눈이 불거져 화난 형상이니 군사를 나타낸다. 옥문이란 곧 여근이요, 여자는 음양 중에 음에 속하니 그 빛은 희고, 흰 빛깔은 서쪽을 뜻한다. 그래서 적의 병사가 서쪽에 있음을 알았다. 남근이 여근 속에 들어가면 반드시 죽는 법이라, 그러므로 그들을 쉽게 잡을 수 있음을 알았다."

여왕의 설명을 들은 모든 신하들은 그 성지(聖智)에 감복하였다.

당 태종이 세 가지 빛깔의 모란꽃을 보낸 것은 신라에 세 여왕이 있을 것을 예감하고 한 것인가. 세 여왕은 바로 선덕 · 진덕 · 진성이다. 이로써 당 태종에게도 선견지명이 있었다고 하겠다.

선덕여왕이 영묘사를 창건한 일에 관해서는 『양지사전(良志師傳)』에 자

---

42. **사천왕사** 경주시 백반리에 유지(遺地)가 있음.
43. **수미산** 불교의 세계 구성설에 나오는 산. 네 개 주의 중앙 금륜 위에 높이 솟은 산으로 꼭대기에 도리천(제석천), 중턱에 사천왕천이 있다고 함.

세하게 적혀 있고, 별기(別記)에는 이 선덕여왕 때에 돌을 다듬어 첨성대
를 쌓았다고 기록되어 있다.

김유신

세 신령이
유신랑을
보호하다

　김유신은 이간 무력(武力)의 손자이며 각간 서현(舒玄)의 맏아들이다. 아우는 흠순(欽純)이요, 큰누이는 보희(寶姬)로 아명은 아해(阿海)였고, 작은누이는 문희(文姬)로 아명은 아지(阿之)였다.

　김유신은 진평왕 17년(595년)에 태어났다. 칠요(七曜)의 정기를 받고 태어나서 등에 칠성(七星) 무늬가 박혀 있었는데 그에게는 그 밖의 다른 신기한 일들이 많았다.

　그는 검술에 능통하여 열여덟 살 때 화랑과 낭도들을 총지휘하는 국선이 되었다. 유신랑은 고구려와 백제를 칠 방도를 궁리하며 밤낮을 고민하였다. 당시 유신을 따르던 낭도 중에는 백석(白石)이란 자가 있었다.

　그는 어디서 왔는지 그 근본을 알 수 없는 자였으나 여러 해 유신의 무리에 있으면서 함께 생활하며 훈련하였다. 백석이 고구려와 백제를 치려는 그의 계획을 알고 먼저 유신랑에게 말하였다.

"저와 함께 저쪽에 잠입하여 그들의 내정을 정탐한 후 일을 도모함이 어떻겠습니까?"

유신은 그의 말이 그럴 듯하여 백석을 데리고 밤을 틈타 길을 떠났다.

유신랑 일행이 힘든 고개를 넘다 잠시 쉬는 사이 두 여인이 그들의 뒤를 따라왔다. 골화천[44]에 이르러 유숙하려는 데 갑자기 다른 한 여인이 나타났다. 그날 밤 유신은 세 여인과 함께 즐겁게 얘기를 나누었다. 여인들이 맛좋은 과일을 유신랑에게 바쳤다. 세 여인이 준 과일을 먹고 웃으며 얘기하던 유신은 그들과 마음이 통하여 속마음을 털어놓기에 이르렀다. 그의 말을 들은 여인들이 말하였다.

"공의 말씀은 잘 들어 이미 알겠습니다. 공께서 백석을 잠시 떼어놓으시고 저희를 따라 숲으로 가시면 저희의 속마음을 말씀드리겠습니다."

유신랑은 백석을 떼어놓고 여인들을 따라 갔다. 여인들과 함께 숲에 이르자 여인들은 갑자기 신령으로 변하였다.

"우리는 내림·혈례·골화[45] 세 곳의 호국신이다. 지금 적의 첩자가 그대를 유인해 가는 데도 그대가 그것을 모르고 따라가기에 우리가 그대를 만류하려고 여기까지 온 것이다."

세 신령은 이 말을 끝내자 사라져 버렸다. 유신랑은 신령들이 하는 말에 놀라 쓰러졌다가 일어나 두 번 절하고 숲을 나왔다.

골화관에 들어 유숙하면서 유신은 백석에게 말하였다.

"백석아, 함께 집으로 돌아가야겠다. 타국으로 가면서 꼭 필요한 중요한 문서를 놓고 왔으니 가지러 가야겠다."

집으로 돌아오자마자 유신은 백석을 결박하고 사실을 문초하였다. 백석은 다음과 같이 고백하였다.

"나는 본시 고구려 사람으로 우리 나라 대신들이 이런 얘기를 하였다. 신라 김유신의 전신(前身)은 우리 고구려의 복술가(卜述家)였던 추남이다. 한 번은 국경의 강물이 거꾸로 흘러 왕이 그에게 점을 치게 하였다. 추남은 점괘를 뽑아 보더니 왕비께서 음양의 도를 거슬렀으므로 그 표징이 그렇게 나타난 것이라고 왕께 고하였다. 왕은 몹시 놀랐고 왕비는 크게 진노하여 그것은 요사스러운 여우의 말이라고 하였다. 왕비는 왕에게 다른 일로 추남을 시험하여 그가 만약 알아맞추지 못한다면 그에게 중형을 내리도록 간청하였다.

이에 왕은 쥐 한 마리를 함 속에 감추고 추남에게 속에 든 것이 무엇인가 물었다. 추남은 서슴없이 '그 속에 든 것은 필시 쥐입니다. 모두 여덟 마리입니다'라고 하였다. 그러자 왕은 한 마리인 쥐를 여덟 마리라 하였으니 알아맞추지 못하였다 하여 추남을 죽이라 명하였다. 형장에 나온 추남은 맹세하였다. '내 죽은 뒤에 다른 나라의 장수로 태어나 고구려를 반드시 멸망시키고 말리라' 추남의 목이 베어진 후 사람들이 함 속의 쥐를 꺼내 배를 갈라보았더니 뱃속에 새끼가 일곱 마리나 들어 있었다. 사람들은 그제야 추남의 점괘가 맞았음을 알았다. 추남이 죽은 날 왕이 꿈을 꾸었는데 꿈속에서 추남이 신라 선현공 부인의 품속으로 들어갔다. 왕이 신하들에게 꿈 얘기를 했더니 모두들 추남이 맹세하고 죽더니 과연 그대로 이루어지려나 보다 하였다. 그래서 나를 이곳에 보내어 추남의 환생인 당신을 유인하려 했던 것이다."

유신은 백석을 처형하고 갖은 제물을 갖추어 세 신령에게 제사를 드렸다. 신령들은 모두 현신하여 제사를 받았다.

54대 경명왕[46] 때에 이르러 유신공을 흥무대왕(興武大王)으로 추봉하였다. 유신공의 능은 서산 모지사에서 북동쪽으로 뻗은 봉우리에 있다.

---

[46] **경명왕** 『삼국사기』 「김유신열전」에는 42대 흥덕왕 10년(835년)의 일로 기록.

태종 김춘추

유신, 춘추에게 문희를 주다

태종대왕은 제29대 임금으로, 이름은 춘추(春秋), 성은 김씨로서 문흥대왕(文興大王)으로 추봉된 각간 용수[47]의 아들이다. 어머니는 진평대왕의 따님인 천명부인(天明夫人)이고, 왕의 비는 문명황후(文明皇后) 문희이니 바로 김유신공의 작은누이다.

왕이 문희를 부인으로 맞아들이기 전의 일이었다.

문희의 언니 보희는 어느 날 밤 서악에 올라가 오줌을 누었더니 온 서울이 오줌으로 가득 차는 꿈을 꾸었다. 아침에 일어나 보희가 동생 문희에게 꿈 얘기를 하였더니 그 얘기를 들은 문희가 보희에게 말하였다.

"내가 그 꿈을 사겠소?"

언니는 물었다.

"무엇을 주려느냐?"

---

[47] **용수** 혹은 용춘(龍春).

"비단치마면 되겠소?"

언니 보희가 좋다고 응낙하였다.

문희는 언니 보희를 향하여 옷깃을 벌리고 그 꿈을 받아들였다.

보희는 큰 소리로 외쳤다.

"지난 밤의 꿈을 너에게 주마."

동생 문희는 꿈값으로 비단치마를 내주었다.

문희가 언니 보희에게서 꿈을 사고 난 뒤 열흘쯤 되는 정월 오기일이 었다. 문희의 오라버니 유신은 바로 자기 집 앞에서 춘추와 함께 신라 사람들이 '구슬놀리기[弄珠之戱]'라고 부르기도 하는 축국을 하고 놀고 있었다. 유신은 공을 차다 일부러 춘추의 옷을 밟아 옷고름을 떨어지게 하고는 자기 집에 들어가 꿰매자고 청하였다. 춘추는 유신의 말에 따라 그의 집으로 들어갔다. 유신은 큰누이 아해에게 춘추의 옷고름을 꿰매어 주라고 청하였더니 아해는,

"어찌 그런 하찮은 일로 가벼이 귀공자를 가까이 대하겠어요?"라면서 사양하였다.

그러자 유신이 아지에게 춘추의 옷고름을 달라고 하였더니 아지는 기꺼이 그리 하였다. 춘추는 자신과 누이를 맺어주려는 그의 의도를 알고 문희를 사랑하였다.

이 일이 있은 후 춘추는 자주 문희에게 다녀가곤 하였다.

유신이 곧 문희가 수태하였음을 알고,

"네가 부모님께 아뢰어 허락을 구하지도 않고 잉태한 것이 도대체 어찌

된 일이냐?"라며 크게 꾸짖었다.

그러고는 짐짓 널리 소문을 퍼뜨리며 누이를 불태워 죽이겠다고 공언하였다. 어느 날 선덕여왕이 남산으로 나들이 나가실 때를 기다려 유신은 자기 집 뜰에다 장작을 쌓아놓고는 불을 질러 연기가 하늘 높이 치솟게 하였다. 선덕여왕이 남산에서 그 연기를 보시고 웬 연기냐고 좌우의 신하들에게 물었다.

신하들은 들은 바 있어 아뢰었다.

"아마 유신이 그 누이를 불태워 죽이려나 봅니다."

왕이 까닭을 물었다.

"그 누이가 혼인도 하지 않았는데 임신을 한 때문이라 합니다."라고 신하들은 아뢰었다.

"그것이 누구의 소행이냐?"

왕이 다시 물었다.

이때 춘추공이 왕을 가까이 모시느라 그 앞에 있었는데 춘추의 얼굴빛이 크게 변하였다.

왕이 그것이 춘추의 소행임을 알고 명하였다.

"너의 소행이로구나. 어서 달려가 구해내지 않고 무엇 하느냐."

춘추는 서둘러 말을 달려 유신의 집으로 향하였다. 그는 왕명임을 알리고 화형을 멈추게 하였고, 곧 문희와 혼례를 치렀다. 일설에 따르면 보희가 사양한 것이 아니라 병이 들어 나오지 못하였다고도 한다.

선덕여왕의 뒤를 이어 즉위한 진덕여왕이 승하하자 당 고종 5년(654년)

에 조카뻘인 춘추가 왕위에 올랐다. 나라를 8년 동안 다스리다가 고종 12년(661년)에 붕어하였으니 그때 나이 59세였다. 왕을 애공사[48] 동쪽에 장사지내고 그의 공을 기려 비석을 세웠다.

왕의 묘호를 태종(太宗)이라 하였는데 그가 유신과 함께 몸과 지혜를 다하여 삼한을 하나로 통합하고 사직에 큰공을 세웠기 때문이다.

문희 부인의 소생으로는 태자 법민(法敏)과 각간 인문(仁問)과 각간 문왕(文王)과 각간 노저(老且)와 각간 지경(智鏡)과, 그리고 각간 개원(愷元)들이 있었다. 이는 모두 그때 언니 보희에게서 꿈을 샀던 결과이다. 서출(庶出)로는 급간 개지문(皆知文)과 나라의 제상인 영공 차득(車得)과 아간 마득(馬得)과, 그리고 딸을 합하여 다섯 사람이 있었다.

왕은 매끼에 쌀 서 말과 장끼 아홉 마리씩을 먹다가 백제를 멸한 뒤로는 점심을 그만두고 아침과 저녁만을 들었다. 그러나 따져보면 하루에 쌀 여섯 말, 술 여섯 말, 꿩 열 마리씩을 먹은 것이다.

왕이 다스리던 시기의 도성 안 물가가 베 한 필에 벼 30석, 또는 50석이나 되어 백성들은 모두들 태평성대(太平聖代)라고 하였다.

왕이 태자로 있을 때 고구려를 치려고 군대를 청하러 당나라에 들어갔었는데, 당나라 황제가 그의 풍채를 보고 '신성한 사람'이라 하여 굳이 머물러주기를 청하는 것을 애써 설득하여 돌아왔다.

---

[48]. **애공사** 지금의 경상북도 경주 효현리에 위치.

태종대왕과 김유신

신라가 삼한을 통일하니

의자왕은 백제의 마지막 임금으로 무왕의 맏아들이었다. 그는 덕이 깊고 용맹스러우며 담대할 뿐 아니라, 어버이 섬기기에 정성을 다하고 형제와도 우애 깊어 당시 사람들은 그를 해동증자(海東曾子)라 불렀다.

그러나 무왕의 뒤를 이어 당 태종 15년(641년)에 왕위에 오른 뒤부터 의자왕은 줄곧 술과 계집에 빠졌으니 정치는 거칠어지고 나라는 위태로웠다.

좌평(佐平) 성충(成忠)이 충성을 다하여 직언을 하였으나 듣지 아니하고 그를 옥에다 가두어 버렸다. 성충은 호된 옥살이로 병이 깊어 죽게 되었다. 성충은 죽음에 이르러서도 의자왕에게 간하는 글을 올렸다.

"충신은 죽어서도 그 임금을 잊지 못한다 하였습니다. 바라건대 한 말씀만 드리고 죽으려 하옵니다. 신이 일찍이 시국의 움직임을 살피니 머지않아 반드시 전쟁이 일어날 것입니다. 군사를 능히 쓰려거든 그 싸울 지역을 잘 가려야 하오니, 상류에 진을 치고 적을 막는다면 국토를 온전히 보전할 수 있을 것입니다. 만약 다른 나라의 군사가 쳐들어오면 육로로는 탄현[49]을 넘어서지 못하게 하시고, 수로로는 기벌포[50]에 들어오지 못하게 하옵소서. 그 험하고 좁은 지세를 이용하여 막아야 될 것이옵니다."

그러나 왕은 성충의 간언을 무시하였다.

왕이 즉위한 지 19년(659년) 백제가 멸망하기 1년 전, 오회사[51]에 커다란 붉은 말이 나타나 밤낮으로 절을 여섯 번 돌았다.

같은 해 2월에는 한 무리의 여우가 궁중에 들어와, 그중 흰 여우 한 마리가 좌평이 쓰는 책상 위에 올라앉았다.

4월에는 태자궁에서 암탉이 뱁새와 교미를 하였다.

5월에는 사자수[52] 기슭에 길이가 세 길이나 되는 커다란 고기가 나와 죽었는데, 그 고기를 먹은 사람들이 모두 죽었다.

9월에는 궁정에 있는 느티나무가 사람처럼 곡을 하며 울었고 밤에는 귀신이 궁궐 남쪽의 길 위에서 울었다.

왕이 즉위한 지 20년, 백제가 망하던 그해 봄 2월에는 서울의 우물물이 핏빛으로 변하였다. 또 서해 바닷가에 작은 고기들이 나와 죽었는데 백성들이 이루 다 먹을 수가 없었다. 사비수가 또한 핏빛이 되었다.

---

[49]. **탄현** 침현(沈峴)이라고도 하며 백제의 요새.
[50]. **기벌포** 지금의 금강 하류로 장항 부근.
[51]. **오회사** 혹은 오합사.
[52]. **사자수** 부여의 강. 사자수는 사비수(泗沘水)의 오기. 지금의 백마강.

같은 해 4월에는 수만 마리의 개구리들이 나무 위에 모여 앉았고, 도성 안 사람들이 공연히 마치 누가 잡으러 오기나 한 듯이 놀라 달아나다가 쓰러져 죽은 자가 백여 명이나 되었고 재물을 잃은 자가 또한 셀 수 없이 많았다.

6월에는 왕흥사[53]의 중들이 돛대가 큰 물결을 따라 절 문으로 들어오는 것 같은 광경을 보았고, 들사슴처럼 커다란 개가 서쪽으로부터 사비수 언덕으로 올라와 왕궁을 향해 짖다가 홀연히 어디론가 사라졌다. 또 도성 안의 개들이 길바닥에 모여 한참 동안 시끄럽게 짖어대고 울어대다가 흩어졌다.

그 달에 귀신이 궁중으로 들어와,

"백제 망한다! 백제 망한다!"하고 큰 소리로 외치고 곧 땅속으로 사라져 버렸다.

왕이 괴이하게 여겨 사람을 시켜 귀신이 들어간 자리를 파보게 하였다. 땅을 서너 자쯤의 깊이로 파내려 가자 거북이 한 마리가 있었는데, 거북이의 등에 다음과 같은 글이 씌어 있었다.

〈백제는 보름달이요, 신라는 초승달이다.〉

왕이 무당을 불러 묻자 무당은 그 글의 뜻을 이렇게 풀이하였다.

---

[53]. **왕흥사** 지금의 충남 부여에 있던 백제 무왕이 세운 절.

"보름달이란 이미 가득 찬 것입니다. 차면 이지러지게 마련입니다. 초승달은 아직 차지 못한 것입니다. 아직 가득 차지 못하였으니 점점 차오르기 마련입니다."

이 말을 들은 의자왕은 대노하여 그 무당을 죽여버리고 다른 이를 불러 물었다. 새로 불려온 이가 말하였다.

"보름달이면 성한 것입니다. 초승달은 미약한 것입니다. 소인의 생각으로 우리 나라는 성하여 강대해지고 신라는 미약해진다는 뜻인가 하옵니다."

원하던 답을 들은 왕은 그제야 기뻐하였다.

신라의 태종은 백제에서 온갖 해괴한 일이 자주 일어난다는 소문을 듣고 왕 즉위 7년(660년)에 아들 인문을 당나라에 사신으로 보내어 백제를 칠 군사를 청하였다.

당나라 고종은 좌호위대장군 형국공(荊國公) 소정방을 신구도행군총관(神丘道行軍摠管)으로 임명하여 좌위장군 유인원(劉仁遠)과 좌호위장군 풍사귀(馮士貴)와 좌호위장군 방효공(龐孝公) 등을 밑에 두고 13만[54] 군사를 이끌고 백제를 치게 하였다.

한편 신라왕 춘추를 우이도 행군총관으로 삼아서 신라군을 이끌고 자기 나라 군사들과 합세하게 하였다.

---

[54] **13만** 「향기(鄕記)」에는 군졸이 122,711명, 배가 1,900척이라 했음.

소정방은 군사를 거느리고 성산[55]에서 바다를 건너 신라 서쪽 덕물도[56]에 이르렀다. 신라왕은 장군 김유신으로 하여금 정병 5만을 거느리고 출격하게 하였다.

백제의 의자왕은 신라와 당나라의 군대가 합세하여 쳐들어온다는 보고를 받고 모든 신하들을 불러모아 싸울 계책을 물었다.

먼저 좌평 의직(義直)이 아뢰었다.

"당나라 군사들은 멀리 바다를 건너와 이곳 지세에 익숙지 못하고, 신라군은 당의 대군을 믿고 우리 군을 가볍게 보는 마음이 있습니다. 하나 만일 당나라 군대가 불리해지는 것을 본다면 의구심이 생겨 감히 쉽게 진격해 오지 못할 것입니다. 그러하오니 먼저 당군과 결전하는 것이 옳을 듯싶습니다."

그러자 달솔 상영(常永) 등이 의직의 의견에 반대하고 나섰다.

"그렇지 않습니다. 당군은 먼길을 달려왔기 때문에 싸움을 빨리 끝내려고 할 것이니 그 날카로운 공격을 막기가 쉽지 않을 것입니다. 반면 신라군은 이미 여러 차례 아군에게 패하였으니 이제 우리의 군세를 보기만 해도 두려워할 것입니다. 그러므로 당군의 진로를 막아 군사들의 기세를 둔화시키고, 다른 한쪽 부대로 신라군을 공격하여 그 사기를 꺾어야 합니다. 그리고 난 후 기회를 엿보아 두 군대를 병합하여 싸우면 군사들을 잃지 않고 나라를 보존할 수가 있습니다."

---

[55]. **성산** 지금의 중국 산동성(山東省) 문등현(文登縣).
[56]. **서쪽 덕물도** 지금의 서해 덕적도(德積島).

왕은 어느 말을 따라야 할지 몰라 망설이다가 죄를 얻어 고마며지[57] 고을에 유배 가 있는 좌평 흥수(興首)에게 사람을 보내어 의견을 물었다.

사자가 흥수에게,

"사세가 급박하오. 어쩌면 좋겠소?" 하고 묻자,

흥수는 다음과 같이 답하였다.

"내 생각은 좌평 성충의 말과 대체로 같소."

대신들은 그를 불신하여 말하기를,

"흥수는 지금 죄를 입어 유배당한 자입니다. 그 까닭으로 그가 임금을 원망하고 나라를 사랑하지 않습니다. 그 자의 말을 믿을 수가 없습니다. 당나라 군사를 백강[58]으로 끌어들이면 좁은 강물을 따르느라 배가 동시에 두 척이 들어오지 못할 것이고, 신라군을 탄현에 오르게 하면 좁은 길을 가느라 군대가 동시에 지나지 못할 것입니다. 이때 군사를 풀어 적을 친다면 적군은 우리 속에 갇힌 닭이요, 그물에 걸린 고기와 같을 것입니다."

왕이 생각하기에 이 말이 그럴 듯하였다.

그러는 사이 이미 당군이 백강에 들어서고 신라 군사가 탄현을 지나 진격해 오고 있다는 기별이 왔다.

왕은 곧 계백장군에게 5,000명의 결사대를 주고 황산[59]으로 나가 맞서 싸우게 하였다.

---

[57] **고마며지** 지금의 전남 장흥.
[58] **백강** 기벌포(伎伐浦).
[59] **황산** 지금의 충청남도 논산군 연산에 있는 황등 들판.

계백장군은 네 번의 접전에서 네 번 모두 이겼으나 5,000명의 결사대 수는 신라의 대군에 비해 너무나 적었다. 목숨을 다하여 싸웠지만 마지막 전투에서 그 힘을 다하여 결국 백제군은 패하고 계백장군도 전사하였다.

　전투가 끝난 후 신라군은 성으로 들어오는 나루 어귀에 이르러 당군과 합세하여 강가에 군대를 주둔시켰다.

　그때 갑자기 어디서 새 한 마리가 나타나 소정방의 병영 위를 선회하였다. 정방은 기분이 못내 꺼림칙하여 점쟁이를 불렀다.

　점쟁이는 점괘를 보더니 고하였다.

　"원수께서 상하실 징조입니다."

　소정방이 이 말에 두려워하여 공격을 멈추고 군사를 퇴각시켜 가려 하자 유신이 소정방에게 말하였다.

　"하늘을 나는 새 한 마리의 괴이한 짓으로 하늘이 주신 기회를 어찌 놓칠 수 있겠소. 하늘의 뜻을 받들고 인심에 따라 어질지 못한 자를 치는 이 마당에 그 무슨 상서롭지 못한 일이 있겠소?"

　그리고 곧 신검을 빼어 그 새를 겨누었더니 새가 갈기갈기 찢어져 땅에 떨어졌다. 그제야 소정방은 왼편 기슭으로 나와 산을 둘러 진을 치고 싸워, 백제군은 대패하였다.

　군사들은 강으로 밀려드는 밀물을 타고 꼬리에 꼬리를 물고 전선을 몰아 북을 치며 진격해 왔다. 소정방은 보병과 기병을 거느리고 곧장 도성 30리 밖에 와서 진을 쳤다. 백제는 도성 안의 모든 군사를 총동원하여 항거하였으니 결국 패배하였고 전사자가 만 명을 헤아렸다. 당군은 그 기세를 몰아 바로 도성 밖까지 쳐들어 갔다. 의자왕은 함락을 피할 수 없음을 알고 비로소 탄식하였다.

"후회로다, 후회로다. 내 일찍이 성충의 말을 듣지 않아 이 지경에 이르렀구나."

의자왕은 태자 융을 데리고 북쪽 변읍[60]으로 도망하였다.

소정방이 도성을 포위하자 의자왕의 둘째 아들 태(泰)가 스스로 왕이 되어 성 안의 무리를 북돋아 성을 굳게 지켰다. 태자 융의 아들 문사(文思)가 숙부 태에게 말하였다.

"왕과 태자이신 아버님께서 이미 이 성을 벗어나고 안 계신데, 숙부님께서 스스로 왕이 되셨으니 만약 당나라 군사가 물러가면 우리들이 어떻게 목숨을 부지하겠습니까?"

문사도 종자들을 데리고 줄을 타고 성을 넘어 달아났다. 그러자 많은 백성들이 그를 따라갔지만 태는 그들을 막을 수가 없었다.

소방이 군사들을 시켜 성채에 올라 당나라의 깃발을 꽂게 하니 궁지에 몰린 태는 마침내 성문을 열고 목숨을 빌었다. 이에 의자왕과 태자 융, 왕자 태 그리고 대신 정복(貞福) 등이 전국의 여러 성들과 함께 모두 항복하였다. 정방은 의자왕과 태자 융, 왕자 연(演)과 대신 및 장수 88명, 그리고 백성 12,807명을 당나라의 서울 장안으로 보냈다.

백제는 본래 5부 37군 2백 성 76만 호가 있었다. 당나라는 백제의 옛 영

---

[60]·**변읍** 웅진성(熊津城). 지금의 충청남도 공주.

토를 웅진·마한·동명·금련(金漣)·덕안(德安) 등의 5도독부로 나누어 우두머리를 뽑아 도독과 자사로 삼고 다스리게 하였다. 그리고 낭장 유인원으로 하여금 백제의 도성을 지키게 하고, 또 좌위 낭장 왕문도(王文度)를 웅진도독으로 임명하여 백제의 유민들을 아우르게 하였다.

정방이 포로들을 이끌고 황제를 알현하니 황제는 포로들을 일단 꾸짖고 사면하였다. 의자왕이 당나라에서 병들어 죽자 당나라 조정에서는 그에게 자광록대부위위경(金紫光祿大夫衛尉卿)의 작위를 주고, 옛 신하들이 그에게 절하고 곡하는 것을 허락하였다. 그리고 중국 오나라 왕 손호와 진나라 후주(後主) 진숙보의 무덤 곁에 장사지내게 하고 비석을 세워주었다.

『백제고기』에 이렇게 기록되어 있다.

부여성의 북쪽 한 귀퉁이에 커다란 바위가 백강을 아래로 굽어보고 서있다. 옛부터 전해오는 말로는 백제의 마지막 날에 의자왕과 그를 모시던 후궁들이 죽음을 피할 길이 없음을 알고,

"적의 손에 목숨을 맡기느니 차라리 자결을 하겠다."하고 이곳에 와서 백강에 몸을 던져 죽었다고 한다.

그래서 세상 사람들이 그 바위를 가리켜 타사암[61]이라 부르고 있다.

하나 이것은 잘못된 속설일 따름이다. 그 바위에서 떨어져 죽은 것은

[61]. **타사암** 충남 부여의 낙화암.

단지 궁녀들뿐이요, 의자왕은 당나라에서 병들어 죽었다. 당의 사록에 의하면 의자왕이 당나라에서 죽었음이 명백하다.

『신라별기』에 다음과 같은 기록이 있다.

문무왕 즉위 5년(665년) 가을 8월에 왕은 친히 대군을 거느리고 웅진성으로 행차하여 가왕 부여융[62]을 만나 단(壇)을 만들고 백마를 제물로 바치며 맹세하였다.

천신과 산의 신령에게 먼저 제사 드리고 백마를 베어 그 피를 입에 바르고 글로써 맹세하였으니 다음과 같다.

〈지난날 백제의 선왕(의자왕)은 천기를 거역하고 순종의 도리에 어두워 이웃나리와 우호를 나누지 못하고 인척과 화평하시 못하였으며, 고구려와 결탁하고 왜와 교통하여 함께 잔혹하고 포학한 짓을 일삼고 신라를 침략하여 성읍을 짓밟아 거의 평안한 때가 없었다. 중국의 황제는 하찮은 미물일지라도 제 있을 곳을 잃어버림을 안타까이 여기고 우리 백성들의 고달픔을 가련히 여겨 여러 차례 사자를 보내어 서로 화친할 것을 타일렀다. 그러나 백제는 바다를 사이에 두고 지형의 험난함과 중국과의 거리가 먼 것을 믿고 천조(天朝)의 크나큰 경륜을 업신여겼다. 이에 황제는 크게 진노하여 고달픈 백성들을 찾아 위로하고 어질지 못

[62] **부여융** 당나라가 의자왕의 아들 융을 웅진도독으로 삼아 고국의 백성을 안무케 했기 때문에 '가왕 (假王)'이라 하였음. '부여'는 백제의 왕의 성(姓).

한 자들을 벌하는 일을 행하였으니 깃발이 향하는 곳마다 한 번의 싸움으로 크게 평정하였다.

진실로 궁궐을 헐어 연못을 만들어 장차 올 후예에게 경계토록 하고, 근원을 막고 뿌리를 뽑아 그 후손들에게 교훈을 남김이 마땅할 것이다. 그러나 순응하는 자는 포용하고 반역한 자만 없애는 것이 선왕들이 남긴 훌륭한 전범이요, 망한 자를 일으켜주고 끊어진 손을 이어주게 함이 옛 현인들이 세운 떳떳한 법이라, 일은 반드시 전적에 전해오는 옛것을 본받아야 할 것이다. 그러므로 전 백제왕 사가정경(司稼正脚) 부여융을 웅진 도독으로 세워 그 선대의 제사를 받들게 하고 그 옛 마을을 보전케 하니 신라에 의지하여 길이 우방이 되어 서로 지난날의 묵은 원한을 풀고 우호를 맺어 서로 화친하여 공손히 황제의 명을 받들어 길이 번방(藩方)으로 복속할 일이다.

이에 우위위장군 노성현공(右威衛將軍 魯城縣公) 유인원을 보내어 친히 타이르고 그 뜻을 알린다. 그대들은 서로 혼인으로 약속하여 맹세하고 짐승을 잡아 피를 바르고, 함께 처음부터 끝까지 돈독히 지내라. 재앙을 같이 하며 환난을 도와, 은의를 형제처럼 하여라. 천자의 말을 공경히 받들어 감히 소홀하지 말지어다.

이미 맹세한 뒤에는 서로 절조를 굳게 지킬 것이니, 만일 이를 어겨 신의를 한결같이 하지 않고 군사를 일으키고 무기를 옮겨 변경을 침범하는 일이 있을 시에는, 신명이 이를 훤히 살피시고 온갖 재앙을 내려 사직은 보존되지 못하고, 자손이 끊겨 세 대가 이어지지 못하고 제사마

저 없어져 아무 것도 남는 것이 없게 될 것이다. 그러므로 철판에 글을 새기고 금을 입혀 금서철권을 만들어 종묘에 간직하노니, 자손 만대에 그 누구도 이 맹세를 어기는 일이 없도록 하라. 신이여 들으시고 , 흠향하시고 복되게 하소서!〉

입에 백마의 피를 바르는 의식이 끝나자 폐백을 제단의 북쪽에 묻고, 맹세문을 신라의 대묘(大廟)에 간직하였다. 이 맹세문은 대방도독(帶方都督) 유인궤(劉仁軌)가 지었다.

신라의 옛 기록에 이러한 글이 있다.

총장(總章) 원년 무진(668년)에 신라에서 청한 당나라 원군이 평양성 교외에 주둔하고 군량을 급히 보내달라는 편지를 조정에 보내왔다. 문무왕은 신하들을 모아놓고 의견을 물었다.

"당나라 군의 진영까지 가려면 적국을 거쳐야하니 위험한 일이오. 그렇다고 우리가 청하여 온 천자의 군사들의 군량이 떨어졌다는데 보내주지 않는다면 그것도 또한 올바른 처사는 아니오. 경들, 어떻게 하면 좋겠소?"

곁에 있던 김유신이 말하였다.

"신들이 군량을 수송하겠습니다. 대왕께선 염려하지 마십시오."

김유신, 김인문 등이 수만의 사람들을 이끌고 고구려 영토로 들어가 군량미 2만 섬을 당군에게 전해주고 돌아왔다. 왕이 크게 기뻐하였다.

또 다른 기록도 있다.

　신라는 군사를 일으켜 당나라 군과 연합하려는 계획으로 김유신은 먼저 연기(然起)와 병천(兵川) 두 사람을 당나라 군 진영에 보내어 만날 기일을 물었다. 당나라 군의 장수 소정방은 종이에다 난새와 송아지를 그려 돌려보냈다. 신라군에서 그 의미를 알 수 없자 원효법사에게 사람을 보내어 물었다.

　원효법사는 다음과 같은 전갈을 보내었다.

　〈빨리 회군하라. 송아지와 난새를 그린 것은, 송아지와 난새가 둘 다 어미와 새끼가 떨어져 자라는 동물을 뜻하니, 곧 두 군대가 끊어짐을 말한 것이다.〉

　이에 유신은 화급히 군사를 돌려서 패강을 건너기로 하고, 늦게 건너는 자는 목을 벤다는 엄한 군령을 내렸다. 군사들은 앞을 다투어 강을 건넜다. 군사의 절반쯤이 건넜을 때 고구려 군이 공격해 와 미처 건너지 못한 자들은 죽었으니 다음날 유신은 고구려 군을 반격하여 수만 명을 잡아 죽였다.

　다음은 『신라고전』에 적혀 있는 사실이다.

　소정방은 고구려와 백제 두 나라를 이미 평정하고 나서도, 또 신라를 칠 속셈으로 곧바로 본국으로 돌아가지 않고 기회를 보며 한동안 머물러 있었다. 유신이 그의 생각을 알아채고 당나라 군사들에게 잔치를 베풀고 독주를 먹여서 모두 죽여 구덩이에 묻어버렸다. 지금 상주 근방에 있는 당교가 바로 당군을 쓸어 묻었던 그 자리다.

당나라 군사가 백제를 평정하고 이미 본국으로 돌아간 뒤에 신라 왕은 장수들에게 명하여 백제의 잔당들을 추격해 잡도록 하였다. 신라군이 한산성에 이르러 진을 치고 있는데 고구려와 말갈 두 나라 군사들이 힘을 합쳐서 공격하여 신라군을 포위하였다. 서로 공방전을 계속하여 5월 11일에서 6월 22일에 이르도록 고구려와 말갈 군사들의 포위는 풀리지 않았다. 신라군은 위태한 지경에 빠져 있었다.

왕이 이 소식을 듣고서 뭇 신하들을 모아 어떻게 할 것인가를 의논해 왔으나 모두들 머뭇거리고 선뜻 해결책을 내놓지 못하였다. 이럴 즈음에 유신이 궁중으로 달려와 아뢰었다.

"일이 급박하옵니다. 사람의 힘으로서는 미칠 수 없고 오직 신술(神術)로나 구원할 수 있습니다."

유신은 곧 성부산에 제단을 쌓고 신술을 베풀었다. 그러자 갑자기 큰 돌만한 광채가 제단 위에서 나타나더니 별처럼 북쪽을 향해 날아갔다.

한산성에 포위당한 군졸들은 지원병이 오지 않는 것을 원망하며 서로 바라보면서 울고 있을 뿐이었다. 적군들이 공격을 서두르고 있을 때 갑자기 밝은 광채가 남쪽 하늘로부터 날아와 벼락을 내려 30여 개소의 포석[63]을 단번에 부숴 버렸다. 적군의 활과 화살, 창 등 무기가 모두 부서지고, 적군은 모두 땅에 쓰러졌다. 얼마 뒤에 깨어난 적군들은 황망히 흩어져 달아나 버리고 신라군은 돌아왔다.

또 성부산(星浮山)이라는 이름이 생기게 된 이야기도 있다. 즉 도림의 남쪽에 유독히도 빼어난 봉우리가 하나 있으니 경주에 사는 어떤 사람이 벼슬을 얻으려고 아들을 시켜 횃불을 만들어 밤에 산에 올라가 쳐들고 있게 하였다. 그날 밤 도성 사람들이 그 횃불을 바라보고는 괴성이 나타났다고 떠들었다. 왕이 그 소문을 듣고 근심스럽고 두려워 그 괴성의 재난을 없앨 사람을 공모하였다. 횃불을 들어올리게 했던 그 아버지가 응모하려 하였는데 일관이 왕에게 아뢰기를 이것은 큰 변괴가 아니라 단지 어느 집의 아들이 죽고 아버지가 울게 될 징조일 뿐이라고 하여 마침내 괴물을 물리칠 계획을 그만두었다. 그날 밤 그 아들은 산에서 내려오다 호랑이에게 물려죽었다고 하였다.

태종이 처음 즉위하였을 때 어떤 사람이 머리 하나에 몸이 둘, 그리고 다리가 여덟 개나 달린 돼지 한 마리를 바쳤다.

이 돼지를 두고, 이것은 반드시 천지사방[六合]을 통일할 상서로운 징조이다' 라고들 하였다.

이 태종 때부터 비로소 중국의 의관과 상아로 만든 홀[64]을 착용하였다. 그것은 자장법사가 당나라 황제에게 청하여 가지고 와 전한 것이다.

신문왕 때 당 고종이 신라에 사신을 보내어 전하였다.

---

[63] **포석** 포차(砲車). 큰 돌을 튕겨 성채를 파괴하는 무기.
[64] **홀** 조례 때 대신이 손에 쥐는 것.

〈짐의 아버님께서는 어질고 현명한 신하 위징(魏徵)과 이순풍(李淳風) 등을 만나 마음을 합하고 뜻을 같이하여 천하를 통일하였으므로 태종황제(太宗皇帝)라 칭한 것이다. 그러나 너희 신라는 변방의 작은 나라로서 태종이란 시호를 사용하여 천자의 명호를 함부로 욕되게 일컬었으니 그것은 불충이라 하겠다. 빨리 그 시호를 고치도록 하라.〉

신라의 신문왕은 글을 올려 이에 답변하였다.

〈신라가 비록 작은 나라이긴 하나 성신 김유신을 얻어 삼국을 통일하였기로 태종이라 봉한 것입니다.〉

신라 왕의 글을 받아본 당 고종은 자신이 아직 태자로 있을 때 있었던 일이 한 가지 생각났다. 어느 날 하늘에서 큰 외침이 있었으니,

'33천(天)[65]의 한 사람이 신라에 하강하여 유신이 되었다' 라는 말이었고, 그것을 책에 기록해 두었다.

고종이 이제 그 기록을 찾아보고 사뭇 놀라고 두려워하였으니, 다시 사자를 보내 '태종' 이란 시호를 고치지 않아도 좋다고 전하였다.

---

[65] **33천(天)** 불교의 세계에서 수미산 꼭대기의 도리천.

제
2
권

기이(紀異) 제二

　　　　　왕이 궁으로 돌아와 대나무로 피리
를 만들어 월성의 천존고(天尊庫)에 간수하였다. 그 피리를 불면 적군이
물러가고 병이 나았으며, 가뭄에는 비가 내리고 장마가 들 땐 개었다.
또 거센 바람을 가라앉히고 큰 파도를 잠재웠다. 그래서 그 피리를 만파
식적(萬波息笛)이라 부르고, 국보로 삼아 귀히 여겼다.

문무왕 법민

비단으로
지은 절이
나라를
구하니

문무왕은 당 고종 12년(661년)에 즉위하였다.

한 여인의 시체가 사비수 남쪽 바다에서 나왔는데 신장이 73자, 발의 길이가 6자, 그 음부의 길이가 3자나 되었다. 혹은 신장이 18자라고도 하였다. 당 고종 18년(667년)의 일이었다.

당 고종 19년(668년)에 문무왕은 군사를 거느리고 인문(仁問)·흠순(欽純) 등과 함께 평양성에 닿아 당나라 군사와 연합하여 고구려를 정벌하였다. 그때의 당나라 장수 이적(李勣)이 고장왕, 즉 보장왕을 사로잡아 본국으로 돌아갔다.

당시 당나라의 유병과 장병들 가운데는 진영에 머물며 기회를 보아 신라를 습격하려고 기도하는 자들이 있었다. 왕이 그 음모를 알아채고 군사를 일으켜 그들을 쳤다. 그 이듬해 당 고종은 김인문 등을 불러,

"너희가 고구려와 백제를 치기 위해 우리 군사를 청하였는데, 그들을 멸한 뒤 이제 도리어 우리 군사를 해치는 것은 무슨 이유냐?"

하며 문책하고는 곧 인문 등을 옥에 가두어 버렸다.

그리고 군사 50만을 훈련시켜 설방(薛邦)을 장수로 삼아 신라를 치려 했다. 그때 유학차 당나라에 들어가 있던 의상법사가 감옥으로 인문을 찾아가 만나자 인문이 그 일을 일러주었다. 법사가 곧 신라에 돌아와 문무왕에게 보고하자 왕이 몹시 우려하며 신하들을 모아 방책을 물었다. 각간 김천존(金天尊)이 아뢰었다.

"듣자하니 최근에 명랑법사(明朗法師)란 이가 용궁에 들어가 비법을 전수하여 왔다고 합니다. 그를 불러 물어보심이 어떠하옵니까?"

명랑법사가 왕의 부름을 받고 와서 말하였다.

"낭산 남쪽 기슭에 신유림(神遊林)이 있습니다. 그곳에 사천왕사(四天王寺)를 세우고 도량을 열면 좋을 듯합니다."

그때 정주[1] 고을에서 사자가 달려와 왕께 고하였다.

"수많은 당나라 군사들이 우리 국경을 넘어와 바다 위를 정찰하고 있습니다."

왕은 다시 명랑법사를 불렀다.

"일이 이미 급박하게 되었으니 어쩌면 좋겠느냐?"

명랑법사는 채색비단을 가져다 임시로 절을 짓도록 하라고 일러주었다. 왕은 채색비단으로 절을 짓고, 동·서·남·북과 중앙의 각각 다섯 방위를 맡은 신의 신상(神像)을 풀을 베어 만들어 세웠다. 그리고 밀교에 정통

---

[1] **정주** 지금의 경기도 개풍군.

한 유가명승 열두 사람을 부르고 명랑법사를 우두머리로 하여 문두루의
비밀스러운 법을 행하였다. 이때는 당나라 군사와 신라군이 아직 교전을
시작도 하기 전이었다. 그런데 갑자기 바다에 거센 풍랑이 일어, 당군의
배가 모두 뒤집혀 바다 속으로 침몰하였다.

나중에 목재로 절을 고쳐 짓고 사천황사라 이름지었는데 이 절에서는
지금까지도 대중을 모아 불법을 강의하는 법석(法席)이 끊어지지 않고 있
다.

신미년(671년)에 당나라가 조헌(趙憲)을 장수로 삼아 5만의 군사로 다
시 침공해 왔으나, 또 그 비법을 베풀었더니 당나라의 배들은 예전과 같이
뒤집혀 가라앉았다.

이때 신라의 한림랑(翰林郎) 박문준(朴文俊)이 김인문과 함께 옥중에 있
었는데 당 고종이 박문준을 불러 물었다.

"너희 나라에 무슨 특별한 비법이 있기에 대군을 두 차례나 보냈는데도
살아 돌아오는 자라곤 없느냐?"

박문준은 대답하였다.

"저희 배신²들이 상국(上國)에 온 지 이미 십여 년이 되기에 본국의 일을
잘은 알지는 못 하옵니다. 다만 한 가지 풍문에 들리는 말로 상국의 은혜
를 두터이 입어 삼국을 통일하였으므로 그 은덕을 기리고자 낭산 남쪽 기
슭에 새로 천왕사를 창건하고 황제의 만수무강을 축원하며 장시일에 걸

---

² **배신** 변방에 속한 나라의 신하로서 황제에 대한 자칭.

쳐 법석(法席)을 열었다 하옵니다."

고종이 문준의 말을 듣고서 심히 기뻐하여 예부시랑(禮部侍郞) 악붕귀(樂鵬龜)를 신라에 사자로 보내 그 절을 살펴보게 하였다.

문무왕은 당나라의 사자가 천왕사를 살피러 올 것이라는 소식을 듣고 천왕사만은 보여줄 수 없다고 생각하여 천왕사 남쪽에 따로 새 절을 지어 기다리고 있었다.

당나라의 사자가 도착하여 말하였다.

"먼저 황제의 장수를 축원한다는 천왕사에 가서 꼭 분향하고 싶소."

조정대신들이 당나라의 사자를 천왕사 남쪽의 새 절로 인도하였다. 사자는 새 절의 문 앞에 서서 말하였다.

"이 절은 천왕사가 아니오. 이 절은 망덕요산(望德遙山)의 절이오."

하며 사자는 새 절에 들어가려 하지 않았다. 조정에서 그를 달래기 위하여 금 천 냥을 주었다. 사자는 돌아가 이렇게 아뢰었다.

"신라가 천왕사를 세우고 황제의 장수를 그 절에서 빌고 있었사옵니다."

사신의 말에 따라 새로 지은 그 절을 망덕사라 불렀다.

문무왕은 박문준이 말을 잘한 덕으로 당나라 황제가 김인문 등을 사면할 뜻이 있다는 소식을 듣고 강수(强首)[3] 선생에게 '인문의 석방을 청하는 글'을 짓게 하여 관리 원우(遠禹)를 시켜 당나라 조정에 전달하였다. 황제가 그 표문을 읽고 눈물을 흘리면서, 인문을 사면하고 위로하여 돌려보냈

---

[3] **강수(强首)** 신라의 대문장가. 당나라에서 온 난해한 문서를 쉽게 해석. 문무왕 때 외교문서를 능숙하게 다루어 삼국통일에 큰 공을 세움. 원래는 임나가라 사람.

다. 김인문이 당나라의 감옥에 갇혀 있을 때 신라에서는 그를 위해 절을 세워 인용사(仁容寺)라 이름하고 관음도량(觀音道場)을 열었는데, 인문이 당나라에서 돌아오는 중 바다 위에서 죽자 그 도량을 미타도량(彌陀道場)으로 고쳤다. 아직도 이 절이 남아 있다.

문무대왕

문무대왕이 용이 되어 나라를 지켜주시니

문무대왕은 나라를 다스리기 21년 되던 해, 당 고종 32년(681년)에 붕어하였다. 왕의 유소에 따라 동해의 큰 바위[4] 위에 장사지냈다. 왕은 살아 생전에 늘 지의법사(智義法師)에게 말하였다.

"짐은 죽어 나라를 지키는 큰 용이 되려 하오. 그래서 불법을 받들고 국가를 수호하려오."

지의법사가 물었다.

"용이라면 본시 짐승의 업인데 어찌 하시렵니까?"

그러자 왕이 이렇게 답하였다.

"짐이 인간 세상의 영화에 싫증을 느낀 지 오래되었소. 만약 좋지 않은 업으로 축생이 된다 한들 그것이 본래 나의 소망에 맞는 일이라오."

---

[4] **동해의 큰 바위** 화장하여 뼈를 그곳에 묻었다고 하며, 그 바위를 대왕암이라 함. 1967년 답사반에 의해 경북 감포 앞바다에서 왕릉이 발견됨.

왕은 처음 즉위하자 남산에다 장창(長倉)을 설치하였다. 그 창고는 길이가 50보, 너비가 15보로 쌀과 무기를 쌓아두었는데 이 창고가 우창(右倉)이고, 천은사⁵ 서북쪽의 산 위에 있는 것이 좌창(左倉)이다.

다른 한 책에, 진평왕 13년(591년)에 남산성을 쌓았으니 그 둘레가 2,850보라고 기록되어 있으니 이 남산성은 진평왕대에 쌓았던 것으로 문무왕 때에 와서 다시 쌓은 것이 분명하다.

또 부산성⁶을 처음 쌓기 시작하여 3년 만에야 공사가 끝났다.

안북하변(安北河邊)에 철성(鐵城)을 쌓고 다시 서울 일대에 성곽을 쌓으려고 관리들에게 이미 명령을 내려두었는데 의상법사가 왕의 계획을 듣고 글을 보내어 진언하였다.

"왕의 정치와 교화가 밝으면 비록 풀 언덕에 금을 그어 성곽이라 하여도 백성들은 함부로 그것을 넘지 않을 것이며, 재앙이 씻겨 가고 홍복을 누릴 수 있을 것입니다. 그러나 정교(政敎)가 진실로 밝지 못하면 만리장성을 가졌더라도 재해가 사라지지 않을 것입니다."

왕은 곧 성 쌓기를 중단하였다.

당 고종 17년(666년) 3월 10일에 길이(吉伊)라는 민가의 한 여자 종이 한꺼번에 세 아기를 낳았다. 역시 고종 21년(670년) 정월 7일에 한기부(漢岐部)의 일산급간⁷의 여자 종이 한꺼번에 딸 하나와 아들 셋을 낳았다. 나

---

5. **천은사** 지금의 경주 합동에 위치.
6. **부산성** 경북 월성군 서면 부산에 그 성지(城地)가 있음.
7. **일산급간** 혹은 성산아간이라 함. 신라의 관직 이름.

라에서 곡식 200석을 주어 포상하였다.

또 고구려를 치고 그 왕손 안승이 귀화하매 그를 대우하여 진골의 계급을 주었다.

왕은 어느 날 그의 서제(庶弟)인 거득공을 불러 말하였다.

"네가 재상이 되어 모든 관리를 잘 감독하고 천하를 태평하게 다스려라."

거득공이 답하였다.

"폐하께서 소신을 재상 삼으시겠다고 하시면, 먼저 나라 안을 몰래 돌아보고 민간부역의 과중 여부와 세금의 경중과 그리고 관리의 청렴한 정도 등을 살핀 후에 재상의 직책을 맡고자 합니다."

왕은 그 말을 옳게 여겨 허락하였다.

거득공은 손에는 비파를 들고, 검은색 승복을 입고, 삭발을 하지 않는 거사의 행색을 하고 도성을 떠났다. 아슬라주[8]와, 우수주[9] 그리고 북원경[10] 등지를 경유하여 무진주[11]에 이르러 마을을 순행하였다.

무진주의 관리 안길(安吉)이 거득공을 보고 범상한 사람이 아니라 생각하여 제 집에 맞이하여 극진하게 대접하였다. 밤이 되자 안길이 그의 처첩 세 사람을 불러 말하였다.

---

8. **아슬라주** 지금의 강원도 강릉.
9. **우수주** 강원도 춘천.
10. **북원경** 충청북도 충주.
11. **무진주** 전라남도 광주 일대.

"누구든 오늘 밤 거사 손님을 모시고 함께 자는 사람과 종신토록 해로하리라."

그중 두 아내가 말하였다.

"차라리 당신과 함께 살지 못할지언정 어찌 다른 남자와 동침한단 말입니까?"

그의 나머지 한 아내는 말하였다.

"당신이 저와 평생토록 같이 해로할 것을 약속하신다면 저는 시키는 대로 행하겠나이다."

그녀는 남편의 말을 따랐다.

이튿날 아침에 거사는 떠나며 말하였다.

"나는 서울 사람으로 이름은 단오[12]라오. 내 집이 황룡(皇龍)과 황성(黃聖)의 두 절 사이에 있으니 주인께서 혹시 서울에 올 일이 있거든 내 집을 찾아주면 고맙겠소."

거득공은 순행을 마치고 도성으로 돌아와 재상에 취임하였다.

당시 제도에 외방 고을의 관리를 한 사람씩 불러 올려 서울의 여러 부처를 지키게 하는 지금의 기인제도와 같은 것이 있었는데, 무진주의 안길이 마침 지킬 차례가 되어 서울로 올라왔다. 서울에 온 안길이 황룡과 황성 두 절 사이에 있다는 단오거사의 집을 물었으나, 아무도 아는 이가 없었다. 안길이 한동안 길가 한편에 서서 오가는 이에게 집을 묻고 있자니 한

---

[12] **단오** '단오'와 '거득' 둘 다 '수렛'과 '수릿' 쯤의 차자. 그래서 자기 이름을 수릿날에 비유한 듯.

노인이 지나다가 그 말을 듣고 한참 생각하더니 말해 주었다.

"황룡과 황성, 두 절 사이의 집이라면 그건 대궐일 테고, 단오란 거득공일 거요. 일전에 외방 고을을 암행할 때 그대와 무슨 사연이 있었던가 보구려."

안길이 노인에게 사연을 얘기하자 노인이 길을 일러주었다.

"궁성의 서쪽 귀정문(歸正門)으로 가서 기다리면 드나드는 궁녀가 있을 것이니 그를 잡고 알리시오."

안길은 노인의 말에 따라,

"무진주의 안길이 궁성 밖에 이르렀다."고 궁녀에게 알렸다.

거득공이 이를 듣고 뛰어나와 안길의 손을 잡아끌고 궁으로 들어갔다. 그리고 그의 부인을 불러 동석을 시키고 잔치를 벌였는데 내어놓은 음식이 50가지나 되었다.

거득공이 왕에게 아뢰어 무진주 상수리의 성부산을 궁과 관에 연료를 대는 소목전으로 정하여 하사하고 아무나 벌채하지 못하도록 금지하였다. 궁 안팎 사람들이 모두 그를 부러워하였고 다른 이들은 감히 함부로 소목전에 들지 못하였다. 성부산 아래에 종자 3석을 뿌릴 만한 넓이 30무(畝)의 밭이 있었는데, 이 밭에 풍년이 들면 무진주도 풍년이 들고, 이 밭이 흉작이면 무진주 역시 흉작이 들었다고 한다.

만파식적[13]

신기한 대나무로 피리를 만드나니

제31대 신문대왕의 이름은 정명(政明)으로, 성은 김씨였다. 당 고종 32년(681년) 7월 7일에 즉위하자 부왕인 문무대왕을 기리기 위하여 동해 바닷가에 감은사를 창건하였다.

전해오는 기록에 의하면 문무왕이 왜병을 진압하기 위해 이 절을 짓다가 미처 끝내지 못하고 붕어하여 해룡이 되고, 아들 신문왕이 즉위하여 당 고종 33년(682년)에 완성하였는데, 금당 섬돌 아래 동쪽으로 굴혈이 뚫려 있으니 그것은 용이 들어와서 깃들어 있게 하기 위한 것이라고 한다. 이것은 문무왕의 유조(遺詔)에 의해 유골을 간수한 곳으로 이름을 대왕암이라 하고, 절은 감은사라 했다. 나중에 용의 현형(現形)을 본 곳은 이견대[14]라 이름하였다.

---

[13]. **만파식적** 모든 파랑(波浪)을 그치게 하는 피리라는 뜻.
[14]. **이견대** '이견대'란 명칭은 『주역(周易)』의 '비룡재천, 이견대인(飛龍在天, 利見大人)'에서 취해 온 것.

당 고종 33인인 이듬해 5월 초하루에 해관 파진찬 박숙청이 동해에 있던 작은 산이 감은사 쪽으로 떠내려 와서 물길을 따라 오르락내리락 한다고 아뢰었다.

왕이 이를 괴이하게 생각하여 일관 김춘질에게 점을 치게 하였다.

"김유신공은 본래 33천(天)의 아드님 중 한 분으로 지금 이 땅에 내려와 대신이 되셨습니다. 또한 돌아가신 선왕께서는 지금 바다의 용이 되시어 이 삼한 땅을 굳게 지키고 계십니다. 이제 두 성인이 뜻을 같이하여 나라를 지킬 보기(寶器)를 지금 내려주시려 하오니 폐하께서 바닷가로 납시면 값으로 따질 수 없는 큰 보물을 얻게 되실 것입니다."

일관의 점괘를 들은 왕이 기뻐하였다.

그 달 초이레에 왕은 이견대에 나아가서 동해바다에 뜬 작은 산을 보고 사람을 보내어 살펴보게 하였다. 섬의 생김새가 마치 거북이 머리 같았는데, 그 위에는 대나무 한 그루가 있어 낮에는 둘이 되어 있다가 밤이 되자 합하여 하나가 되더라고 사자가 와서 보고하였다.

왕은 감은사에서 묵었다.

이튿날 오시(午時)에 대나무가 합하여 하나가 되자 천지가 진동하고 비바람이 몰아쳐 세상은 깜깜한 어둠에 잠겨버렸다. 비바람과 어둠이 이레 동안이나 계속되었다.

그 달 16일이 되어서야 비바람은 자고 바다도 가라앉았다. 왕이 배를 타고 그 산으로 들어갔다. 산에 이르자 한 용이 나타나 검은 옥대를 왕에게 바쳤다. 왕은 용을 맞이하여 함께 앉아 물었다.

"이 산과 대나무가 어느 때는 갈라졌다가 어느 때는 합쳐지기도 하니 도 대체 무슨 연유인가?"

용이 왕의 물음에 아뢰었다.

"비유하자면, 한 손으로 치면 소리가 나지 않고, 두 손뼉을 마주 쳐야 소 리가 나는 것과 같은 이치입니다. 이 대나무는 본시 합한 뒤에야 소리가 나도록 되어 있습니다. 이것은 성왕께서 소리로써 천하를 다스리게 될 상 서로운 징조입니다. 왕께서 이 대나무를 가져다 피리를 만들어 부시면 천 하가 화평해질 것입니다. 이제 유신 장군은 다시 천신이 되시고 왕의 돌아 가신 선왕께서는 바다의 큰 용이 되셨습니다. 그리고 두 거룩한 이들이 마 음을 같이 하여 값으로 따질 수 없이 귀한 이 큰 보배를 내리시어 저로 하 여금 왕께 바치게 하신 것입니다."

용의 말을 듣고 왕이 놀라고 기뻐하며 오색 비단과 금과 옥으로 보답하 였다. 그리고 사자를 시켜 그 대나무를 베어내게 하였는데 왕 일행이 대를 베어내고 바다에 나와 보았더니 그 산과 용은 홀연히 사라져 버리고 다시 는 나타나지 않았다.

왕 일행은 그날 밤을 감은사에서 묵고 17일, 기림사 서쪽 시냇가에 이르 러 수레를 멈추고 점심을 먹는데 태자 이공[15]이 대궐을 지키고 있다가 이 소식을 듣고 말을 달려와서 감축하였다. 그가 옥대를 찬찬히 살펴보더니 왕에게 아뢰었다.

---

[15]. **이공** 효소대왕.

"이 옥대의 여러 쪽들이 모두 진짜 용들입니다."

그것을 어떻게 아느냐고 왕이 묻자 태자는

"그 옥대의 쪽 하나를 베어 물에 넣어보십시오."라고 말하였다.

이공태자의 말대로 옥대의 왼편의 둘째 쪽을 베어서 시냇물에 넣어 보았더니 옥대의 쪽은 곧 용이 되어 하늘로 올라가고, 그 올라가고 난 자리는 못이 되었다. 그 못을 용연(龍淵)이라 불렀다.

왕이 궁으로 돌아와 대나무로 피리를 만들어 월성의 천존고(天尊庫)에 간수하였다. 그 피리를 불면 적군이 물러가고 병이 나았으며, 가뭄에는 비가 내리고 장마가 들 땐 개었다. 또 거센 바람을 가라앉히고 큰 파도를 잠재웠다. 그래서 그 피리를 만파식적(萬波息笛)이라 부르고, 국보로 삼아 귀히 여겼다.

당 중종 10년(693년) 효소대왕(孝昭大王) 때 적군의 포로가 되었던 부례랑(夫禮郎)이 살아 돌아오게 된 기적이 일어났으므로 다시 만만파파식적(萬萬波波息笛)이라 하였다.

모죽지랑가

죽지랑의 높은 덕

제32대 효소왕(孝昭王) 때에 화랑 죽지랑(竹旨郞)을 따르던 낭도 중에 급간인 득오가 있었다.

화랑명부에 이름이 오른 그는 날마다 충실하게 출근하더니 어느 한 날부터 시작하여 열흘이 지나도록 보이지 않았다.

죽지랑이 득오의 어머니를 찾아 아들이 어디 있는가 물었다.

그 어머니가 말하기를,

"당전(幢典)[16]인 모량부의 아간 익선(益童)이 제 아들을 부산성의 창고지기로 임명하였습니다. 급히 달려가느라 낭에게 미처 하직을 고하지 못했나이다."

이 말을 듣고 죽지랑은,

"그대의 아들이 사사로운 일로 그곳에 갔다면 찾아볼 필요가 없겠으나 공적인 일로 갔다 하니 찾아가 대접하는 것이 마

---

16. **당전(幢典)** 신라의 군직 이름으로 부대장.

땅하겠소."하고 말하고 떡 한 함지와 술 한 항아리를 좌인들에게 들려 득오를 찾아 나섰다.

죽지랑과 의장을 갖춘 낭도 137명이 길을 떠나 부산성에 도착하여 문지기에게 득오실(得烏失)의 행방을 물으니 문지기가 득오가 지금 익선의 밭에 가서 관례에 따라 노역에 종사하고 있다고 알려주었다.

죽지랑은 득오를 찾아 밭으로 가 가져온 술과 떡으로 그를 대접하였다. 그를 대접한 후 죽지랑은 곧 익선을 찾아가 말하였다.

"득오에게 잠시 휴가를 주어 나와 함께 돌아가 쉴 수 있도록 해주시겠소?"

익선에게 낭이 정중히 청하였으나 익선은 죽지랑의 소청을 기어이 거절하였다.

그때 추화군 능절(能節)의 벼 30석을 거두어 성 안으로 수송해 가는 일을 하던 간진(侃珍)이란 사리[17]가 이 일을 알았다. 간진은 죽지랑의 선비를 중히 여기는 품성을 내심 아름답게 여겨 칭송하고, 익선의 성품이 옹졸함을 추하게 여겼다. 이에 간진은 그가 가지고 가던 30석의 벼를 익선에게 주며 죽지랑의 청을 들어 달라고 청하였다. 그래도 익선이 허락하지 않자 간진이 다시 사지 진절(珍節)의 말과 안장을 주었더니 그제야 익선이 휴가를 허락하였다.

조정에서 화랑을 관장하던 관리 화주가 이 일을 전해 듣고 사자를 보내

[17] **사리** 수송·연결 등의 임무를 띤 관리.

어 그 더러운 마음을 씻겨 주려니 익선을 잡아들이라 하였다. 익선이 멀리 달아나 숨어버리니 그 맏아들이 대신 잡혀왔다. 화주가 익선의 아들에게 성 안의 못에서 목욕하는 벌을 내렸는데, 때는 동짓달이라 몹시 추워 익선의 아들은 그만 그대로 얼어죽고 말았다.

효소왕이 익선의 일을 듣고,

"모량리 사람으로서 관직에 종사하는 자들은 모두 관직을 박탈하고 다시는 관직에 발을 붙이지 못하게 하라. 또 승적에 오르는 것도 금하며, 만약 중이 된다 해도 절에서 어울려 수행하지 못하게 하라."는 명을 내렸다.

당시 원측법사(圓測法師)라는 해동의 고승이 있었는데 그가 모량리(牟梁里) 사람이라 이 명으로 인해 승직을 얻지 못하게 되었다. 한편 간진의 자손은 그의 의로움으로 인하여 평정호손[18]으로 삼아 표창하도록 명령하였다.

죽지랑은 진덕왕 때의 술종공(述宗公)의 아들로 태어났는데 그가 태어나기 전에 있었던 일이다.

술종공이 삭주도독사[19]로 임명되어 임지로 부임하게 되었는데, 마침 삼한에 난리가 일어나 기병 3천 명이 그를 호송하였다. 부임 행차가 죽지령(竹旨嶺)에 이르렀을 때 거사 하나가 나와 고갯길을 닦고 있었다. 술종공은 그를 보고 감탄하였고 거사도 또한 술종공의 위세가 당당함을 아름답

---

[18]. **평정호손** 당나라 제도로 한 마을의 사무를 관장하는 호(戶). 벼슬.
[19]. **삭주도독사** 지금의 강원도 춘천 지방을 비롯한 강원도 서북부 일대를 관할하는 지방장관.

게 여겨 두 사람의 마음이 서로 통하였다.

술종공이 삭주에 부임하여 한 달이 지난 어느 날 밤, 술종공은 죽지령 길을 닦던 그 거사가 방 안으로 들어오는 꿈을 꾸었다. 다음날 아침 그의 아내 역시 똑같은 꿈을 꾸었다는 것을 알고 부부는 몹시 놀라 괴이한 일이라 생각하였다. 이튿날 그가 사람을 보내어 그 거사의 안부를 물었더니 그곳 사람 하는 말이 거사는 죽은 지 며칠이 지났다고 하였다. 거사의 죽음을 고하는 사자의 말을 꼽아 보니 그날이 바로 거사가 술종공 부부의 방에 들어가는 꿈을 꾼 날이었다.

술종공은,

"아마 거사가 우리 집에 태어나려나 보오."하고 다시 군사를 보내어 죽지령 북쪽 봉우리에 거사를 장사지내고 돌미륵을 만들어 그 무덤 앞에 세워 주었다.

술종공의 아내는 거사가 방안으로 들어오는 꿈을 꾼 그날 수태하였다.

아이가 태어났는데 사내아이였고 죽지령 고갯길을 닦던 거사의 환생이라 하여 고개 이름을 따 죽지라고 불렀다. 죽지는 자라 벼슬길에 나아가 김유신과 더불어 부수(副帥)가 되어 삼한을 통일하고, 진덕·태종·문무·신문, 4대를 받들어 조정대신이 되어 나라를 안정시켰다.

득오가 죽지랑을 사모하여 읊은 노래[20]가 있으니 다음과 같다.

---

[20]. **노래** 〈모죽지랑가(慕竹旨郎歌)〉.

아름다움 나타내신
얼굴이 주름살을 지니려 하옵내다.
눈 돌이칠 사이에나마
만나뵙도록 지으리이다.
낭이여, 그릴 마음의 녀올 길이
다복쑥 우거진 마을에 잘 밤이 있으리까.

헌화가

부 끄 러 워
아 니
하 시 면

성덕왕 때 순정공(純貞公)이 강릉태수로 임명되어 부임하여 길을 가고 있었다.

늦은 봄 오후 동해를 끼고 굽이쳐 가는 길, 그들은 가던 길을 멈추고 바닷가의 한 곳에 잠시 머물렀다. 순정공은 그의 아내 수로(水路)부인과 시종들을 한 자리에 모아 점심을 먹었다. 그 자리 곁에는 높이가 천 길은 되어 보이는 석벽이 병풍처럼 바다를 둘러 서 있었다. 석벽 위에는 철쭉꽃이 활짝 탐스럽게 피어 있었다. 수로부인이 종자들을 둘러보며 물었다.

"누가 저 꽃을 내게 꺾어 주겠느냐?"

석벽 위는 도저히 사람의 발이 닿을 수 없는 곳이라 하며 시종들은 나서지 아니하고 서로 얼굴만 쳐다보았다.

그때 마침 한 늙은이가 암소를 끌고 그 곁을 지나다 수로부인의 말을 듣고 석벽 위로 올라가 꽃을 꺾어 왔다. 그리고 가사를 지어 읊으며 부인에게 꽃을 바쳤다.

자줏빛 바위 끝에
잡아온 암소 놓게 하시고
날 부끄러워 아니 하시면,
꽃을 꺾어 바치리다.

늙은이는 '헌화가(獻花歌)'를 부르며 수로부인에게 꽃을 바치고 사라졌는데 이 늙은이가 누구인지는 아는 이가 하나도 없었다.

순정공 일행이 다시 길을 떠나 이틀을 더 가서 바닷가에 세워진 한 정자에서 점심을 먹고 있었다.

그때 갑자기 바다에서 용이 나타나 수로부인을 납치해 바다 속으로 들어가 버렸다. 순정공은 당황하여 발을 구르며 야단을 하였으나 아무런 방책이 나오지 않았다.

또, 한 늙은이가 지나다가 말하였다.

"옛사람들이 말하기를 여러 사람의 입은 쇠를 녹인다 하더이다. 그러니 바다 속의 짐승 한 마리가 어찌 여러 사람의 입을 두려워하지 않겠소이까? 경내(境內)의 백성들을 모아 노래를 지어 부르며 막대기로 바닷물을 치면 부인을 찾을 수 있으리다."

공이 늙은이 말에 따라 사람들을 모았다.

거북아 거북아 수로를 내놓아라.
남의 부녀 빼앗아간 죄 그 얼마나 클까.

네 만일 거역 하고 내놓지 않으면

그물로 사로잡아 구워 먹고 말 테다.

여러 사람들이 모여 〈해가〉²¹를 부르며 막대기로 물가를 쳤더니 용이 부인을 받들어 모시고 바다에서 나왔다.

순정공이 부인에게 바닷속 일들을 물어보자 부인은,

"궁전은 일곱 가지 보배로 지었고, 음식은 달고 부드러우며 향기롭고도 소박하여 인간의 요리와는 전혀 달랐습니다."

라고 대답하였다.

부인의 옷에는 향내가 배어 있었는데 일찍이 인간 세상에서 맡아볼 수 없던 이상한 향내였다.

수로 부인은 자태와 용모가 빼어나서 깊은 산골이나 큰 못을 지날 때면 매번 이처럼 여러 번 신물(神物)들에게 납치되곤 하였다.

---

21. 〈해가〉'거북아 거북아'로 시작되는 해가는 고대인들이 노래의 마력을 믿고 불렀던 이른바 주가(呪歌)의 하나. 여기에 나오는 해가는 이전에 있던 가락국의 개국설화에 나오는 주가 '거북아 거북아 머리를 내밀어라 내밀지 않으면 구워 먹을래' 하는 〈구지가〉라는 이름의 주가를 가져다 수로부인의 경우에 맞게 발전시켜 부른 것임.

경덕왕

충담이 뜻 높은 향가를 지어

경덕왕 때, 5악과 3산[22]의 신들이 가끔 궁전의 뜰에 현신하니 왕이 신들을 모시곤 하였다.

경덕왕 24년 3월 삼짇날, 왕이 귀정문 누상에 앉아서 좌우 신하들을 둘러보며 말하였다.

"누가 길 위의 잘 차려입은 스님 한 분을 데려오겠느냐?"

그때 마침 깨끗하게 차려입은 큰스님 한 분이 거리를 걸어 가고 있어 신하들이 데리고 와 왕에게 뵈었다. 왕은 그 중을 보고 말하였다.

"내가 말한 영승이 아니다. 물러가게 하라."

또 다른 중이 헤져 누빈 가사를 입고 앵두나무로 만든 통을 둘러메고 길을 가고 있었다. 왕은 그를 보더니 반가운 마음으로 문루 위로 기쁘게 맞이하였다.

---

[22] **5악과 3산** 신라에서 국가적인 제전의 대상으로 지적된 곳. 5악은 동악 토함산, 남 악 지리산, 서악 계룡산, 북악 태백산, 중악 부악(일명 공산, 지금 대구의 팔공산). 3산은 내림, 골화, 혈례.

그가 둘러멘 통 속을 보니 다른 것은 아무 것도 없고 차 끓이기에 필요한 기구들만 들어 있을 뿐이었다.

왕은 물었다.

"그대는 누구인가?"

"충담이라 하옵니다."

"어디서 오는 길인가?"

"소승은 해마다 3월 3일과 9월 9일이면 차를 끓여 남산 삼화령에 계시는 미륵세존[23]님께 드리는데, 마침 오늘도 차를 드리고 돌아오는 길이옵니다."

왕은 물었다.

"과인에게도 차를 한 잔 나누어 줄 수 있겠는가?"

충담이 곧 차를 끓여 바치니 차 맛이 범상치 않고 찻잔에서도 이상한 향기가 진하게 풍겼다. 경덕왕이 또 말을 걸었다.

"내가 전에 들으니 그대가 기파랑을 찬미하는 〈사뇌가〉[24]를 지었는데, 그 뜻이 매우 높다고들 했소, 정말 그러하오?"

"그러하옵니다."

"그러면 과인을 위해 백성을 다스려 편안하게 하는 노래를 지어주시오."

충담은 그 즉시 명을 받들어 〈안민가(安民歌)〉를 지어 바쳤다.

---

[23] **미륵세존** 석가불의 뒤를 이어 나타날 미래불. 석가불 입멸(入滅) 후 56억7천만 년을 지나 다시 이 사바세계에 출현, 모든 중생을 제도한다고 함.

[24] **〈사뇌가〉** 향가를 달리 이르는 말.

임금은 아버지요
신하는 사랑하실 어머니요
백성은 어린 아이로고 하실지면
백성이 사랑을 알리이다.
구물거리며 살손 물생이 이를 먹여 다스려져
이 땅을 버리고 어디 가려 할지면
나라 안이 유지될 줄 알리이다.
아, 임금답게 신하답게 백성답게 할지면
나라 안이 태평하나이다

왕이 이를 아름답게 여겨 충담을 왕사(王師)에 봉하였다. 그러나 충담사
는 직위를 받지 않고 굳이 사양하였다.

충담사의 〈찬기파랑가(讚耆婆郎歌)〉는 이러한 것이다.

열치매
나타난 달이
흰 구름 좇아 떠가는 것 아니야?
새파란 나리에
기랑(耆郎)의 모습이 있어라.
일로 나리 조약에……
낭(郎) 지니시던
마음의 끝을 좇누아져
아아, 잣가지 높아
서리 모르시올 화반(花判)이여

표훈대덕

천기를 누설하였으니 하늘에 오르지 말라

경덕왕은 음경이 여덟 치로 오랫동안 아들이 생기지 않았다. 곧 왕비를 폐하여 사량부인(沙梁夫人)으로 봉하고 새로 부인을 맞이하니, 이가 만월부인(滿月夫人)으로 시호가 경수태후(景垂太后)며 의충(依忠) 각간의 딸이었다. 왕이 어느 날 표훈대덕(表訓大德)을 불러 명하였다.

"짐이 복이 없어 아직 후사를 얻지 못하고 있으니, 대덕이 상제께 청을 드려 아들을 두게 해주오."

표훈대덕이 천제께 올라가 왕의 뜻을 아뢰고, 돌아와 왕에게 말하였다.

"상제의 말씀이 딸은 주시겠지만 아들을 구하시면 안 된다고 하시옵니다."

이 말을 듣고 왕이 다시 부탁하였다.

"딸을 바꿔 아들이 되도록 해주오."

표훈대덕이 다시 하늘로 올라가 상제께 청하였더니 상제께서 표훈에게 말하였다.

"딸을 바꿔 아들이 되게 해 달라면 그렇게 할 수는 있다. 그러나 아들을 얻으면 나라가 위태로워지리라."

표훈대덕이 지상으로 내려오려 할 때 상제께서 다시 불러 말하였다.

"하늘과 인간 사이가 달라 그를 어지럽힐 수 없거니와, 이제 대사가 하늘을 마치 이웃 마을인양 오가며 드나들어 천기를 누설하니 차후로 다시는 오가지 못하리라."

표훈대덕이 내려와 상제의 말을 왕에게 전하니 왕이 듣고 말하였다.

"비록 나라가 위태로워지더라도 아들을 얻어 후사를 잇게 하면 과인은 만족하오."

이 일이 있은 후 만월왕후가 태자를 낳아 왕의 기쁨은 대단하였다.

태자의 나이 여덟 살이 되자 경덕왕이 붕어하고 태자가 즉위하였다. 이가 곧 혜공왕이다. 왕이 아직 어린 나이라 태후가 섭정하였는데 정사는 다스려지지 않고 도적은 벌떼처럼 들고일어나 이루 다 막을 수 없게 되었다. 표훈대덕의 말이 들어맞은 것이다.

혜공왕은 본래 여자로 태어날 것을 바꾸어 남자로 태어나게 했기 때문에 돌 때부터 왕위에 오르기까지 노상 부녀자들과 어울려 여자놀이를 하곤 하였다. 이리하여 나라가 크게 어지럽게 되고 왕은 마침내 선덕(宣德)과 김양상[25]에게 죽임을 당하였다.

표훈대덕 이후로는 신라에 성인이 나지 않았다고 한다.

---

[25] **김양상** 선덕왕. 여기 김양상은 김경신의 잘못인 듯.

경문대왕

임금님 귀는 당나귀 귀

경문왕(景文王)의 휘는 응렴(膺廉)으로 18세에 국선(國仙)이 되었다. 응렴랑이 20세가 되었을 때 헌안대왕(憲安大王)이 그를 불러 궁 안에서 연회를 베풀고 물었다.

"낭이 국선이 되어 사방을 돌아다닐 때 어떤 일들을 보았느냐?"

응렴랑은 답하였다.

"신이 행실이 아름다운 사람 셋을 본 적이 있습니다."

왕이 말하였다.

"그 이야기를 듣고 싶구나."

"남의 윗자리에 있을 만하면서도 행동거지가 두루 겸손하여 남의 아랫자리에 앉은 이가 있었는데, 이것이 그 첫째입니다. 대단한 부자면서도 검소하고 평범한 옷을 입은 사람이 있었으니, 그 둘째입니다. 그 셋째로는 본래 태생이 귀하고 권세가 있으면서도 위세를 부리지 않는 사람이었습니다."

헌안왕이 낭의 말을 듣고 그의 품성이 어질고 현명함을 알았다. 왕은 자신도 모르게 눈물을 흘리며 말하였다.

"짐에게 두 딸이 있는데 그대의 아내로 맞아주면 좋겠다."

응렴랑은 앉았던 자리에서 일어서서 왕에게 절을 드린 후 머리를 조아리며 물러 나왔다.

응렴랑이 돌아가 부모에게 알렸더니 낭의 부모는 놀라며 기뻐하였다. 그리고 자식들을 모아놓고 의논하였다.

"왕의 첫째공주는 얼굴이 몹시 못생겼고, 둘째공주는 무척 아름답다. 둘째공주에게 장가드는 것이 좋겠다."

응렴랑의 낭도 가운데 우두머리로 범교사란 중이 있어 이 소식을 듣고서 집으로 찾아와 낭에게 물었다.

"대왕께서 공주를 공에게 아내로 주시려 하신다고 들었습니다. 참말입니까?"

응렴랑은 그렇다고 답하였다.

범교사는 다시 물었다.

"어느 분을 아내로 맞으시렵니까?"

"양친께서는 둘째공주가 좋다고 말씀하셨습니다."

범교사가 말하였다.

"낭께서 만일 아우에게 장가가신다면 저는 낭이 보는 앞에서 반드시 죽겠습니다. 그 언니에게 장가를 드시면 세 가지 좋은 일이 꼭 있을 것이니 신중히 생각하십시오."

응렴랑은 그렇게 하겠노라 답하였다.

얼마 안 있어 왕이 혼례 날을 잡아 낭에게 사람을 보내 물어왔다.

"두 공주 가운데 누구를 얻을 것인가는 오직 그대의 뜻에 달렸다."

사자는 돌아와 응렴랑의 뜻을 아뢰었다.

"첫째공주님을 맞으시겠답니다."

그 뒤 석 달이 지나 왕은 병석에 눕게 되었다. 병이 몹시 위중해지자 왕은 자신이 회복할 수 없음을 알고 여러 신하들을 불러모아 말하였다.

"경들이 알다시피 과인에게는 아들도 손자도 없소. 그러하니 내 후사는 마땅히 맏딸의 남편 응렴이 잇도록 하시오."

이튿날 헌안왕이 붕어하였다.

응렴랑은 유조를 받들어 즉위하였다.

이에 범교사가 왕에게 나아가 아뢰었다.

"전날 신이 아뢰었던 세 가지 좋은 일이 이제 모두 드러났습니다. 첫째 공주를 맞으셨기 때문에 지금 왕위에 오르신 것이 첫째요. 둘째는 옛날에 마음에 두셨던 둘째공주도 이제 쉽게 취하실 수 있게 된 것입니다. 왕께서 그 언니를 아내로 맞으심으로 선왕과 왕비께서 무척 기뻐하셨으니 그것이 셋째입니다."

왕은 전날 범교사의 깨우침을 고마워하며 그에게 대덕의 직위를 내리고 금 130냥을 상으로 주었다.

왕이 붕어하자 경문이란 시호를 지어 올렸다.

경문왕의 침전에는 날마다 해질 무렵이 되면 수많은 뱀들이 모여들곤

하였다. 궁인들이 이에 놀라 두려워하여 뱀들을 쫓아내려 하면 왕은 말하였다.

"과인은 뱀들이 없으면 잠을 편히 이루지 못한다. 그냥 두어라."

왕이 잘 때는 언제나 뱀들이 혀를 날름거리며 왕의 가슴을 뒤덮곤 하였다.

경문왕이 왕위에 오르자마자 귀가 갑자기 길어져 마치 당나귀 귀처럼 되었다. 왕후와 궁인, 아무도 아는 이가 없었지만 오직 한 사람 모자를 만드는 복두장인(幞頭匠人)만 그 비밀을 알고 있었다.

그러나 그는 후환이 두려워 왕의 비밀을 누구에게도 말할 수가 없었다. 그는 평생 비밀을 간직하였다. 장인은 죽을 때가 다 되어갈 무렵에야 비로소 도림사[26]의 대나무 숲 속 아무도 없는 곳에 들어가 대나무들을 향하여 외쳤다.

"임금님 귀는 당나귀 귀, 임금님 귀는 당나귀 귀……."

그 뒤로 바람이 불면 도림사의 대나무숲에서는 이런 소리가 울려나오는 것이었다.

"임금님 귀는 당나귀 귀, 임금님 귀는 당나귀 귀……."

이 소문을 들은 왕은 대나무들을 베어버리고 대신 산수유를 심었다. 그 뒤로는 바람이 불면 다만 이런 소리가 날 뿐이었다.

"우리 임금님 귀는 길다."

---

[26]. **도림사** 지금의 경상북도 월성군 내동면 구황리에 있던 절.

처용가

처용랑 역신을 쫓으려 춤을 추나니

제49대 헌강왕 때 신라에는 서울은 물론이고 시골에 이르기까지 가옥이 즐비하고 담장이 잇달았으며, 초가라고는 한 채도 없었다. 길 위에서는 늘 피리 소리와 노랫소리가 울렸고 사시사철 바람은 부드럽고 비는 고왔다.

이렇듯 나라 안이 두루 태평성대를 누리자 왕이 어느 한때를 틈타 신하들을 거느리고 개운포[27] 바닷가로 놀이를 나갔다.

왕 일행이 놀이를 마치고 행차를 돌려 오는 길에 물가에서 쉬고 있을 때였다. 갑자기 바다로부터 구름과 안개가 자욱히 피어오르며 길을 덮더니 환하던 대낮이 어두워지고 행차가 나갈 길조차 어둠 속에 묻혀 버렸다.

놀란 왕이 좌우의 신하들에게 이 변괴가 웬일인가 묻자 옆에 있던 일관이 왕의 물음에 답하였다.

---

[27] **개운포** 경상남도 울산.

"동해용의 조화가 분명합니다. 뭔가 좋은 일을 베푸시어 풀어 주어야 합니다."

이에 왕은 해당 관리를 불러 동해의 용을 위해 그 근처에 절을 지어주라 명하였다. 왕이 그러한 명령을 내리자마자 곧 구름이 걷히고 안개가 사라졌다. 그리하여 훗날 사람들이 왕 일행이 머물던 그곳을 개운포라 이름하게 되었다.

자기를 위해 절을 세우기로 한 결정에 동해의 용은 매우 기뻐하였다. 그래서 그는 그의 일곱 아들을 데리고 왕의 수레 앞에 나타나 왕의 덕을 찬양하여 춤추고 노래하였다.

왕이 행차를 돌려 서울로 들어오는 길에 동해 왕의 일곱 아들 중 하나가 따라 왔다. 그는 왕의 곁에서 정사를 보좌하며 임금을 도왔는데 그 이름이 처용이었다.

왕은 그가 마음을 돌려 동해로 되돌아 갈까 염려하여 나라 안에 첫손꼽히는 미인을 주어 마음을 잡게 하고 급간 벼슬을 내려 주었다.

처용의 아내는 무척 아름다웠다. 역신[28]이 아름다운 처용의 아내를 사랑하였다.

처용이 집에 없는 어느 날, 역신이 사람으로 변하여 밤중에 처용의 집으로 몰래 그녀를 찾아갔다. 역신은 처용의 아내와 남몰래 잠자리를 같이 하였다.

---

[28]. **역신** 마마를 맡았다는 신, 역병 따위의 재앙을 끼치는 귀신.

처용이 외출하였다가 집으로 돌아와, 아내만 있어야 할 잠자리에 두 사람이 누워 있는 것을 보았다.

처용은 노래를 지어 부르고 춤을 추며 그 자리를 물러났다.

처용이 지어 부른 노래, 즉 '처용가'는 다음과 같다.

> 동경 밝은 달에
> 밤들이 노니 다가
> 들어 자리를 보니
> 다리가 넷이러라
> 들은 내해 였고
> 들은 누구했고.
> 본디 내해 다마는
> 빼앗은 것을 어찌 하리오.

처용이 노래를 부르고 춤을 추며 물러서자, 역신이 모습을 드러내어 처용 앞에 무릎을 꿇고 말하였다.

"제가 공의 아내를 사모해 오다가 오늘 밤 범하였나이다. 그런데도 공은 성난 기색 하나 보이지 않으시니 참으로 감복하고 감탄하였습니다. 이제 굳은 맹세를 드리겠으니 이 뒤로는 공의 모습을 그린 화상만 보아도 그 문엔 들어서지 않겠습니다."

그 이후 나라 사람들이 문간에 처용의 얼굴을 그려 붙여 사악한 귀신을 물리치고 경사스러운 복을 맞아들이게 된 것은 다 이런 연유라 하겠다.

헌강왕이 개운포에서 돌아와 곧 영취산 동쪽 기슭에 좋은 터를 잡아 절

을 세워 이름을 망해사[29]라고 하였다. 또는 신방사라고 부르기 했으니, 바
로 동해의 용을 위해 세운 절이다.

[29]. **망해사** 경상남도 울산에 있던 사찰.

헌강왕

신들이 멸망을 경고하니

헌강왕이 포석정에 거둥했을 때 남산의 신이 나타나 왕의 앞에서 춤을 추었다. 좌우의 신하들에겐 보이지 않고 오직 왕에게만 춤추는 모습이 보였다. 왕이 보지 못하는 신하들에게 남산 신의 춤을 흉내내어 추며 어떻게 추었는가를 몸소 보여 주었다.

어전에 나타나 춤을 춘 신의 이름은 상심(祥審)이라고 하였다. 그래서 지금까지도 이 나라 사람들은 그 춤을 전하여 '어무상심(御舞祥審)', 또는 '어무산신(御舞山神)'이라 하기도 한다. 어떤 설에는 신이 나와 춤을 추자 그 모습을 살펴[審]어 형상[象]을 잡아서 장인에게 명하여 새기게 하여 후세에게 전해주었기 때문에, 그 춤을 가리켜 '상심(象審)'이라고 한다고도 하였다. 혹은 '상염무(霜髥舞)'라 하기도 하는데, 이것은 곧 그 귀신의 생김새 때문에 일컬어진 것이다.

또 왕이 금강령(金剛嶺)에 거둥했을 때 북악의 신이 나타나 춤을 추었는데 그 춤의 이름을 '옥도금(玉刀鈐)'이라 하였다.

또 동례전(同禮殿)에서의 연회 때 지신(地神)이 나와 춤을 추었는데 그 춤의 이름은 '지백급간(地伯級干)'이라 하였다.

『어법집(語法集)』에는 그때 산신이 즐겁게 춤을 추고 노래를 부르며 '지리다도파(智理多都波)'라고 했는데, 그것은 대체로 지혜[智]로써 나라를 다스리[理]던 사람들이 미리 알아채고 많이[多]들 도망[逃]감으로 인하여, 도성[都]이 앞으로 깨뜨려[破]질 것임을 말한 것이라고 하였다.

즉 지신과 산신이 이 나라가 장차 멸망해 갈 것을 미리 알고 그 일을 경계하라 춤을 추어 경고해 주었던 것이다. 그런데도 조정에 있는 사람들은 그 뜻을 깨닫지 못하고 오히려 '상서(祥瑞)로운 조짐이 나타났다'고 하며 환락이 갈수록 심해졌다. 그리하여 나라가 끝내 멸망하고 말았다.

진성여왕과 거타지

나라가 기울어 가니

제51대 진성여왕이 왕위에 오른 지 몇 해 지나지 않아, 여왕의 유모인 부호부인(鳬好夫人)이 그녀의 남편인 잡간 위홍(魏弘) 등 서너 총신(寵臣)들과 손을 잡고 권세를 휘둘렀으니 정사(政事)가 어지러웠다. 도적들은 들고일어나고 백성들은 국운을 걱정하게 되었다. 나라를 근심하던 누군가가 다라니[30]의 은어로 글을 지어 사람들이 오가는 길 위에 던져 두었다.

그 다라니는 이러하였다.

남무망국 찰니나제 판니판니 소판니 우우삼아간 부이 사바하

어떤 이가 그 뜻을 이렇게 풀었다.

'찰니나제'는 바로 진성여왕을 가리키는 말이다. '판니판니소판니'는 두 소판을 가리키며, 소판은 관직의 명칭이다.

---

[30]. **다라니** 범문(梵文)을 번역하지 않고 음 그대로 적어서 외는 일. 불가(佛家)의 주문.

'우우삼아간'은 그 서넛의 총신을 말한 것이다. 그리고 '부이(鳧伊)'란 곧 여왕의 유모 부호부인을 말하는 것이다."

왕과 권세를 잡은 신하들이 그것을 받아 읽고 말하였다.

"이것은 왕거인의 소행이다. 대학자인 그가 아니고서 누가 이런 다라니로 글을 지을 수 있을 것인가?"

그리고 은사 왕거인을 옥에 가두어버렸다. 옥에 갇힌 왕거인이 시를 지어 하늘에 억울함을 호소하였다.

> 연단[31]이 피 흘리며 울매 무지개
> 해를 꿰뚫었고
> 추연[32]이 슬픔 품자
> 여름에 서리 내리네
> 지금의 길 잃은 처지가
> 그 옛일과 같건 마는
> 하늘이시여 어이 하여
> 표징이 없는가.

거인이 이렇게 시로 호소하자 하늘이 벼락을 내려 옥에서 놓여나게 해주었다.

---

31. **연단** 중국 전국시대 연나라의 태자 단(丹).
32. **추연** 중국 전국시대 제나라 사람.

거타지, 서해의 해신을 구하다

진성여왕 때의 아찬 양패(良貝)는 왕의 막내아들이었다. 그는 당나라 사신으로 떠나면서 궁수 50명을 뽑아 그를 따르게 했는데, 후백제의 해적들이 진도에서 뱃길을 가로막고 있다는 정보를 들었기 때문이었다.

양패 일행이 탄 배가 곡도에 이르렀을 때, 갑자기 풍랑이 거세게 일어 열흘 동안이나 곡도[33]에 머물며 움직이지 못하였다. 양패가 걱정이 되어 사람을 시켜 점을 치게 하였더니.

"이곳에 신령스러운 못이 있습니다. 그곳에 제사를 드리는 것이 좋을 듯합니다."고 하였다.

그 못에 제물을 갖추어 제사를 드렸더니 못물[池水]이 한 길이 넘도록 용솟음쳐 올랐다.

그날 밤 한 노인이 양패의 꿈에 나타나 말하였다.

"활 잘 쏘는 군사 하나를 이 섬에 남겨두고 가거라. 순풍을 만날 수 있으리라."

양패는 잠에서 깨어나 꿈을 얘기하고 나서 섬에 남을 자로 누가 좋겠느냐고 부하들에게 의견을 물었다.

여럿이 이렇게 의견을 내놓았다.

---

[33] **곡도** 속칭 골대도(骨大島).

"나무 조각 50개에 하나씩 각자 저희들의 이름을 적은 후 물에 넣어봅시다. 나무 조각이 가라앉는 사람이 섬에 머무는 것이 좋겠습니다."

양패공이 부하들의 의견에 따라 행하였더니 그들 50명의 궁수 가운데 거타지(居陀知)의 이름이 물 속에 가라앉았다. 거타지를 그 섬에 남겨두고 양패공 일행이 배를 띄우기로 하였더니 문득 순풍이 불어와 배가 미끄러지듯 바다를 떠갔다.

홀로 섬에 남은 거타지는 시름에 잠긴 채 멍하니 서 있었다. 그때 갑자기 제사를 드렸던 연못에서 한 노인이 나왔다. 그 노인이 거타지에게 말하였다.

"나는 서해의 해신(海神)이다. 매일 해가 솟을 무렵이 되면 중 하나가 하늘에서 내려와 다라니[呪文]를 외우면서 이 못을 세 바퀴 돈다. 그러면 우리 부부랑 자손들이 모두 물 위에 떠오르게 되는데, 그 중이 그렇게 하여 내 자손들의 간을 빼어 먹었다. 이제 내 자손들은 다 죽어 없어지고 오직 우리 부부와 딸 하나만 남았다. 내일 아침에도 필시 그 중이 와서 우리를 해치려 할 것이니 그대에게 부탁한다. 그 중을 쏘아다오."

거타지가 대답하였다.

"활쏘기는 본래 제가 제일 잘 하는 일입니다. 말씀대로 하겠습니다."

그 노인이 거타지에게 감사를 전하고 다시 연못 속으로 사라졌다.

거타지는 연못 주변에 숨어 중을 기다렸다. 이튿날, 동쪽에서 해가 떠오르자 과연 하늘에서 중이 내려왔다. 중이 전처럼 주문을 외고 연못을 세 번 돌아 용들을 공중에 떠오르게 하였다. 중이 늙은 용의 간을 빼내려 하자 기다리고 있던 거타지가 활을 쏘아 명중시켰다. 중은 곧 늙은 여우로 변하더니 땅에 떨어져 죽었다.

노인이 연못에서 나와 거타지에게 감사하며 말하였다.

"그대의 은덕을 입어 내 생명을 보전케 되었으니 내 딸을 그대의 아내로 주고 싶네. 데려가 주게."

거타지가 말하였다.

"주시는 것을 어찌 마다하겠습니까? 진실로 바라던 바였습니다."

노인이 딸을 한 송이 꽃으로 변하게 하여 거타지의 품에 넣어주었다. 그리고 두 마리의 용에게 명하여 거타지를 받들어 앞서간 양패공 일행의 배를 따라잡게 하고, 그 배를 호송하여 무사히 당나라 땅에 들어가도록 해주었다.

당나라 사람들이 신라의 선박이 두 마리의 용에게 업혀오는 것을 보고 그 일을 임금에게 고하였다.

당나라 황제는,

"신라의 사자는 틀림없이 비상한 사람일 것이다."하고 연회를 베풀 때 다른 신하들의 윗자리에 앉히고 금과 비단을 후하게 주었다.

고국에 돌아온 거타지는 품속에서 꽃가지를 꺼내어 여자로 변하게 하고 그녀와 더불어 함께 살았다.

신라의 멸망

경순왕이 나라를 들어 바치니

제56대 김부대왕의 시호는 경순(敬順)이다. 성씨는 김으로 이름은 부이다.

제55대 경애왕 즉위 4년 9월에 후백제의 견훤이 신라를 침범해 고울부[34]에까지 들어오자 왕은 우리 태조께 구원병을 청하여 왔다. 왕건 태조는 장군들에게 날쌘 군사 만 병을 거느리고 가서 신라를 구원하도록 하였다. 그러나 이 구원병이 미처 다다르기도 전에 견훤이 그해 겨울 11월에 서울로 쳐들어갔다.

경애왕은 그때 왕비와 후궁, 종척(宗戚)들과 더불어 포석정에 놀이를 나가 한창 잔치를 벌이며 즐기고 있는 중이었다. 왕은 견훤의 군사가 쳐들어오는 것도 모르고 있다가 갑자기 닥친 일에 어찌할 바를 몰랐다.

왕은 왕비와 함께 후궁(後宮)으로 도망해 들어가고, 종척들

---

[34] **고울부** 지금의 경상북도 영천군임.

과 높은 벼슬아치들은 사방으로 흩어져 달아났다. 그들은 적군에게 사로 잡히자 귀천도 없이 모두 엎드려 기면서 노예라도 되게 해달라고 애원하였다.

견훤은 군사들을 풀어 공사 구별 없이 재물을 마구 약탈하고 왕궁으로 들어가 자리를 잡고 앉아 부하들에게 명령하여 경애왕을 찾아내도록 하였다. 견훤의 부하들은 후궁에서 왕비와 빈첩 등 서너 사람과 함께 숨어 있던 경애왕을 찾아내어 군중(軍中)으로 끌어냈다. 견훤은 경애왕을 협박하여 자살하게 하였다. 그리고 그 자신이 직접 왕비를 범하고 그의 부하들에게는 왕의 빈첩들을 짓밟게 하였다. 그리고 견훤은 경애왕의 친척 형제가 되는 부(傅)를 세워 신라의 왕으로 삼았다.

김부대왕, 즉 경순왕은 견훤의 손에 의하여 즉위한 뒤 전왕(前王)의 시신을 서당(西堂)에 안치하고 여러 신하들과 더불어 통곡하였다. 우리 태조는 사자를 보내어 조문하고 제사를 지냈다.

그 이듬해(928년) 봄 3월에 태조가 병사 50명을 데리고 신라의 서울 근교로 순행하자 경순왕이 백관들과 함께 교외에 나와서 태조를 맞아 궁으로 모셔갔다. 두 왕은 궁에 서로 마주앉아 극진히 정의와 예의를 폈다.

그리고 경순왕은 태조를 위하여 임해전[35]에서 연회를 베풀었다. 술기운이 오르자 신라왕이 말하였다.

"내가 하늘의 보살핌을 받지 못해 점점 더 화란이 일고, 견훤은 불의한

---

[35]. **임해전** 경주 안압지가에 있음.

짓을 자행하여 우리 나라를 망하게 하니 이를 어찌하면 좋겠습니까?"

왕이 눈물을 흘리며 울자 좌우의 신하들 또한 흐느끼지 않는 이가 없었고 태조 역시 눈물을 흘렸다.

태조가 수십일 간 머물다 돌아갔는데 휘하의 군사들이 모두 정숙하여 조금도 법을 어기는 이가 없었으니 서울의 남녀들이 서로 칭송하여 말하였다.

"전날 견훤이 왔을 땐 이리와 호랑이 떼를 만난 것 같더니만 이제 왕공이 옴에는 마치 부모를 보는 것 같다."

8월에 태조가 사자를 보내 경순왕에게 금삼(錦衫)과 안마(鞍馬)를 선물하였다. 아울러 신료(臣僚)와 장사들에게도 그 지위의 고하에 맞추어 선물을 보냈다.

그 뒤, 경순왕 즉위 9년(935년) 10월에 경순왕은 사방의 국토가 거의 다 남의 소유가 되어버리고, 나라의 힘은 미약하고 돌아가는 형세가 의지할 데 없어지자 도저히 나라를 스스로의 힘으로 편히 지킬 수 없다고 생각하게 되었다.

결국 왕은 모든 신하들을 모아 회의를 열어 국토를 들어 태조에게 항복하자고 하였다. 신하들의 찬반 양론이 분분하여 그칠 줄을 몰랐다.

태자가 나서서 말하였다.

"나라의 존망은 반드시 천명에 달려 있습니다. 마땅히 충신, 의사들과 더불어 민심을 수습하고 통합하여 버텨야 합니다. 그러다가 끝내 힘이 미치지 못한다면 그때서야 그만둘 일입니다. 천년사직을 어찌 가벼이 남에게 넘겨줄 수가 있겠습니까?"

경순왕은 태자의 말에 답하였다.

"국가가 심히 위태롭고 더 이상 의지할 곳이 없으니 대세는 이미 보전키 어렵게 되었다. 기왕 강하지도 못하고, 더 약해질 수도 없는 처지일 바에야 무고한 백성들이 전쟁터에서 피 흘리며 죽어 가는 것을 보는 일은 나로선 차마 못할 노릇이다."

드디어 경순왕은 시랑 김봉휴(金封休)에게 국서(國書)를 주어 태조에게 항복을 청하도록 하였다.

태자는 왕에게 울며 하직을 고하고 곧 개골산[36]으로 들어갔다. 그는 삼베옷을 입고 풀을 뜯어먹으며 거기서 그의 일생을 마쳤다.

경순왕의 막내왕자는 머리를 깎고 화엄종에 들어가 승려가 되었는데, 법명을 범공(梵空)이라 하고 뒤에 법수사와 해인사에 머물렀다고 한다

김봉휴로부터 경순왕이 보낸 항서를 받은 태조는 태상(太相)자리에 있는 왕철(王鐵)을 보내어 경순왕을 영접해 오도록 하였다.

경순왕은 백관들을 거느리고 태조에게 귀순해 왔는데 호화로운 수레와 말들이 30여 리에 이르도록 뻗쳐 길이 메이고 길가에는 사람들이 담장처럼 늘어서 구경하였다.

태조는 송도[37] 교외에 나와 경순왕을 맞이하며 위로하고 왕에게 궁 동쪽의 한 구역[38]을 내주어 머물게 하고, 맏딸 낙랑공주를 왕의 아내로 내어주

---

[36] **개골산** 강원도 금강산의 다른 이름.
[37] **송도** 지금의 경기도 개성, 고려의 도읍.

었다.

태조가 낙랑공주의 칭호를 신란공주(神鸞公主)라 고쳐 불렀는데 그것은 자기 나라를 떠나 남의 나라에 와서 사는 왕의 처지가 어미와 떨어져 사는 난새와 같다 하여 이를 비유한 것이다. 신란공주의 시호는 효목(孝穆)이라 하였다.

태조는 경순왕을 정승으로 봉하여 그 위계를 태자의 위에 두었다. 녹봉 1천 석을 주고, 시종과 관원과 장수들을 거느리고 부리게 하였다. 그리고 신라를 경주(慶州)로 고쳐 공(公)의 식읍(食邑)으로 삼았다.

경순왕이 먼저 국토를 바치며 항복하자 태조가 매우 기뻐하며 두터운 예로써 대우하고 사람을 시켜 왕에게 말하였다.

"이제 왕께서 나라를 과인에게 넘겨주시니 그 주신 것이 정말 큽니다. 원컨대 종실과 혼인을 맺어 길이 인척의 정의를 나누도록 합시다."

경순왕이 대답하였다.

"나의 백부 억렴에게 딸이 있는데 덕과 용모가 모두 뛰어납니다. 그가 아니면 내정(內庭)의 일을 주관하기가 어려울 것입니다."

태조는 억렴의 딸을 맞아들여 혼약하였다. 이가 곧 신성왕후 김씨였다.

태조의 손자 경종 주(伷)는 경순왕의 따님을 맞아 비로 삼았다. 이가 곧 헌승왕후(憲承王后)다.

그리고 경순왕을 정승공에 봉하여 국왕이 나라 일을 의논하는 상보로

---

38. 궁 동쪽의 한 구역 지금의 정승원(政承院).

삼았다. 송 태종 3년, 즉 경종 3년(978년)에 정승공, 곧 신라의 마지막 임금 김부왕은 붕어하였다. 시호를 경순(敬順)이라 올렸다.

신라의 역사를 평하자면 이렇다.

신라의 박씨와 석씨는 모두 알에서 태어났다. 김씨는 금궤에 담겨 하늘로부터 내려왔다고도 하고, 혹은 금수레를 타고 내려왔다고도 한다. 이런 일은 허황하고 이상하여 도무지 믿을 만한 것이 되지 못한다. 그러나 세상 사람들은 오래 전부터 전해져 오는 이 일을 실제로 있었던 일이라 생각한다.

이제 나라가 세워진 초기로 돌아가 살펴보면 윗자리에서 다스리는 사람들일수록 자신을 위해서는 검소하고 남을 위함에는 너그러웠다. 관청은 간소하게 설치하고 일을 행함에 있어서는 번거로움이 없었다. 그리고 지성으로 중국을 섬겨 산을 넘고 바다를 건너 조빙[39]하는 사신이 잇따라 끊이지 않았다. 항상 중국으로 자제들을 보내 중국 조정에 들어가 묵으며 매사를 배우게 했고, 국학에 입학하여 배우고 배운 것을 되새기게 하였다. 이렇게 해서 성현들의 교화를 받아 미개한 풍속을 고쳐 예의를 지키는 나라가 되었다.

신라는 중국 황제의 도움에 힘입어 백제와 고구려를 평정하여 그들의 영토를 신라의 군현에 속하게 하였으니, 가히 태평성대(太平聖代)라고 할

---

[39]. **조빙** 제후국이 일정한 기간마다 천자국에 인사하는 일.

수 있었다.

그러나 그 폐단을 미처 알지 못하고 불법을 받들어, 마을마다 탑이며 절간들을 즐비하게 지었고, 편한 승려의 신분으로 도피하는 일반 백성들이 늘어나 군사와 농사꾼이 점점 줄어들게 되었다. 이에 따라 국운은 날로 쇠약해지기에 이르렀으니 어찌 정치가 어지러워지지 않았겠으며, 또한 나라가 망하지 않을 수 있겠는가.

이런 때에도 경애왕은 방탕한 쾌락에 빠져 궁인과 가까운 신하들과 더불어 포석정에 놀이를 나가 주연을 벌이느라 견훤의 내습조차 알지 못하였다. 그러니 저 문 밖의 한금호[40]와 누각 위의 장려화(張麗華)[41]와 그 무엇이 다르겠는가.

경순왕이 태조에게 귀순한 일은 비록 그것이 부득이한 일이었다고 하기는 하나, 역시 잘한 일이라 할 만하다. 그때 만약 우리 고려군에게 죽음을 무릅 쓰고 어리석게 항거하다가 결국 힘을 다하여 형세가 막막할 지경에까지 이르게 되었다면, 반드시 그 종족들은 멸망하게 되고, 화는 죄없는 백성들에게까지 미쳤을 것이다. 그러나 고명(告命)을 기다리지 않고 왕이 창고를 닫아 봉하고 군현(郡脚)을 기록하여 스스로 돌아와 태조에게 의지하였으니 조정에 다한 공로와 백성에 미친 은덕이 매우 지대한 것이다.

---

[40]. **한금호** 수나라 사람으로 진나라 공벌에 선봉을 서서 진의 후주를 잡은 사람이니 견훤에게 잡힌 경애왕의 말로를 그에 비유함.

[41]. **장려화(張麗華)** 진나라 후주의 비. 자태가 아름답고 총명하였는데 후주와 함께 수군에게 사로잡혀 죽었음.

오래 전에 중국 오월의 왕 전씨가 오월(吳越)의 땅을 송나라에 바친 사실을 두고 소동파가 그를 충신이라 일컬은 적이 있지만 지금 신라왕의 공덕은 그것보다 훨씬 더 크다. 우리 태조께서는 비와 빈이 많아 그 자손 역시 번성하였지만 현종(顯宗)께서 신라의 외손으로 왕위에 오르고 난 뒤부터 왕위를 이은 이가 모두 신라의 외손의 자손이었으니, 이것이 그 음덕의 소치가 아니고 무엇이겠는가.

신라가 영토를 바치고 나라가 망한 뒤, 먼 변방의 관원으로 나가 있던 아간 신회(神會)가 외직을 끝내고 신라의 도성으로 돌아오다가 도성이 이미 쇠락하여 허물어진 것을 보고 망국한(亡國恨)을 느껴 노래를 지었다고 한다. 그러나 그 노래는 없어져 지금은 내용을 알 수 없게 되었다.

남부여 – 전백제

백제를
이야기하다

부여군은 백제의 왕도다. 혹은 소부리군(所夫里郡)
이라 부르기도 한다.

『삼국사기』에 보면, 백제 성왕 16년(538년) 봄에 도읍을 사
자성으로 옮기고 국호를 남부여라 하였다' 하였는데 그 책의
주석에 따르자면, '그곳의 지명은 소부리이고, 사자(泗泚)성
은 지금의 고성진이고, 소부리는 부여의 별호이다' 라고 하였
다.

또 우리 고려의 토지측량대장인 『양전장적』을 보면, '소부
리군은 전정주첩(田丁柱貼)이다' 라고 씌어 있으니 오늘날 부
여군이라고 부르는 것은 옛적의 이름을 회복한 것이다.

백제왕의 성이 부여씨이기 때문에 그렇게 부르는 것인데
혹은 또 여주(餘州)라고 부르기도 한다. 그것은 그 부여군 서
쪽 자복사(資福寺)의 고좌(高座)에 수를 놓은 휘장이 있는데,
그 수에 '통화(統和) 15년 정유 5월에 여주 공덕대사가 수놓
은 휘장이다' 라고 적혀 있기 때문이다.

옛날 하남에 임주자사를 두었는데, 그때 도의 모든 것을 적은 기록에 '여주'란 두 글자가 적혀 있다. 임주는 지금의 가림군이고 여주는 지금의 부여군이다.

백제 『지리지(地理志)』에는, '「후한서」를 인용하여 '삼한은 모두 78개 국인데 백제는 그 가운데 하나다'라고 기록하고 있다.

『북사(北史)』에는, '백제는 동쪽에는 신라와 닿아 있고, 서쪽과 남쪽으로는 큰 바다와 닿아 있고, 북쪽으로는 한강에 접하였다. 그 도읍은 거발성(居拔城)인데 또 고마성(固麻城)이라고 하기도 한다. 이 밖에 또 오방성(五方城)이 있다'고 씌어져 있다.

『통전』에는, '백제는 남쪽으로는 신라와 북쪽으로는 고구려와 접해 있으며 서쪽에 큰 바다가 있다'고 기록되어 있다.

『구당서』에는, '백제는 부여의 다른 이름으로 동북쪽에 신라가 있고, 서쪽으로는 바다를 건너서 월주(越州), 남쪽으로는 바다를 건너서 왜에 이른다. 북쪽으로는 고구려와 접해 있다. 그 왕의 거주하는 곳으로서 동성과 서성, 둘이 있다'고 기록되어 있다.

『신당서』에 기록되기는, '백제는 서쪽으론 월나라와 경계하고 남쪽으론 왜와 경계했는데 모두 바다를 넘어섰으며 그리고 북쪽엔 고구려와 경계하였다' 고 한다.

『삼국사기』 「본기」의 기록을 보면,

백제의 시조는 온조(溫祚)로 그의 아버지는 추모왕(雛牟王)인데, 주몽이라고 하기도 한다. 주몽은 북부여에서 환난을 피하여 도망쳐서 졸본부여에 이르렀다. 졸본부여의 왕에겐 아들이 없이 딸만 셋이 있었다. 졸본부여의 왕이 주몽을 보니 범상치 않은 사람이라 그의 둘째딸을 시집 보내어 그를 사위로 들였다. 얼마 지나지 않아 왕이 죽자 주몽이 그의 뒤를 이어 왕위를 계승하였다. 왕녀와 혼인한 주몽은 새로 두 아들을 얻었다. 그중 첫째아들이 비류요, 둘째아들이 온조다.

주몽에게는 이미 첫 부인에게서 태어난 태자가 있었는데 그에게 용납되지 않을 것을 두려워한 비류와 온조는 마침내 오간(烏干)과 마려(馬黎) 등의 신하들과 함께 남쪽으로 길을 떠났다. 이때 그들을 따르는 백성의 무리가 많았다.

비류와 온조 일행이 드디어 한산(漢山)에 이르러 부아악(負兒岳)에 올라 살 만한 땅이 있는가 살펴보았다. 비류가 바닷가에 살 곳을 마련하려 하자 열 신하들이 간하였다.

"이 하남 땅이 북쪽으로는 한강을 끼고 동쪽으로 높은 산이 있어 의지할 수 있고, 남쪽으로 기름진 들이 펼쳐져 있습니다. 그리고 서쪽은 큰 바다로 막혀 있어 자연적으로 이루어진 요새가 지닌 이점으로 보아 능히 구하기 어려운 지세이오니 이곳에 도읍을 세우시는 것이 마땅치 않겠습니까?"

비류는 신하들의 의견을 듣지 않고 백성들을 데리고 바닷가 미추홀[42]에 자리잡았다. 온조는 10명의 신하의 보필을 받으며 하남 위례성에 도읍을 정하고서 국호를 '십제(十濟)'라 하오니 그것은 한나라 성제 15년(B.C. 18년)의 일이었다.

비류가 미추홀의 땅이 습하고 물이 짜, 편히 머물 수 없어 되돌아와 보니 위례성 도읍이 안정되고 안민들이 편안히 살고 있는 것을 보고 마침내 부끄러워 뉘우치며 죽고 말았다. 비류의 신하와 백성들은 모두 위례성으로 되돌아왔다. 되돌아올 때 백성들이 무척 즐거워하였다고 하여 그 뒤 국호를 '백제'로 고쳤다. 백제의 왕족의 혈통은 고구려와 같이 부여에서 나왔으므로 성씨(氏)를 해(解)라고 하였다.

뒤에 성왕(聖王) 때 도읍을 사비로 옮기니 지금의 부여군이다.

또 『전기(典記)』에는 이런 기록이 남아 있다.

동명왕의 셋째왕자 온조는 전한 성제 15년에 졸본부여에서 위례성으로 옮겨가서 도읍을 세우고 왕이라 일컬었다. 온조 14년(B.C. 5년)에 도읍을 한산[43]으로 옮겨 그곳에서 389년을 지냈다.

제13대 근초고왕 즉위 26년(37년)에는 고구려의 남평양[44]을 점령하

---

[42] **미추홀** 지금의 인천 부근.
[43] **한산** 지금의 경기도 광주군.

였고 도읍을 북한성[45]으로 옮겨 거기서 105년을 지냈다.

제22대 문주왕(文周王)이 즉위하던 해(475년)에 도읍을 웅천[46]으로 옮겨 그곳에서 63년을 지냈다. 제26대 성왕 연대에 이르러 소부리로 도읍을 옮기고 국호를 남부여라 하여 제31대 의자왕에 이르기까지 120년을 그곳에서 지냈다.

당 고종 11년, 의자왕 재위 20년(660년)에 신라의 김유신과 소정방이 백제를 평정하였다.

백제에는 본래 5부가 있어 37급, 200여의 성, 76만 호를 나누어 통치해 왔다. 당은 백제 땅에 웅진·마한·동명·금련·덕안 등의 다섯 도독부를 설치하고 추장으로 도독부자사를 삼았다. 얼마 뒤 신라가 백제 땅 전부를 병합하고서 웅천·전주·무주의 세 주와 그 밖에 여러 군현을 두었다.

백제의 호암사에 정사암(政事嚴)이라는 바위가 있었는데, 국가에서 재상을 뽑으려 할 때에는 쓸 만한 사람 3,4명을 뽑아 그들의 이름을 함 속에 적어 넣고 봉하여 바위 위에 두었다가, 얼마 지난 뒤 열어보아 이름 위에 도장이 찍힌 사람을 재상으로 삼았다. 그래서 그 바위를 일컬어 정사암이라고 부른 것이다.

또 사자수 가에 바위 하나가 있는데 옛적 소정방이 어룡을 낚았던 곳이

---

[44] **남평양** 지금의 서울.
[45] **북한성** 지금의 경기도 양주(楊州).
[46] **웅천** 지금의 충청남도 공주.

라 한다.

바위 위에는 용이 꿇어앉았던 자취가 남아 있어 그 이름이 용암이다.

부여군 안에는 산이 셋 있는데 일산·오산·부산이다. 백제의 전성기에
세 산에 사는 신인(神人)들이 서로 아침저녁으로 날아다니며 줄곧 왕래하
였다.

사자수 언덕에는 열 사람쯤 앉을 수 있는 바위 하나가 있는데, 백제왕이
왕흥사에 예불하러 거둥하였을 때 이 바위 위에서 부처에게 절하였더니
바위가 저절로 따뜻해졌다 하여 이름이 돌석[47]이었다. 사자수 절벽 양쪽으
로는 그림 같은 절경이 있어 왕들이 연회를 자주 열어 그곳을 대왕포(大王
浦)라 이름하였다.

백제의 시조 온조는 체구가 크고 효성스럽고 너그러우며 위엄이 있었
다.

구수왕(仇首王)이 붕어하자 왕위를 계승한 사비왕은 너무 어려 정사를
처리할 수 없었다. 그래서 곧 폐하고 고이왕을 세웠다고 하나 다른 이야기
로는 사비왕이 붕어하자 고이왕이 즉위하였다고도 한다.

---

[47]. **돌석** 지금 충청남도 부여 서쪽에 있는 자온대.

서동 이야기

서동, 책략으로 선화를 얻다

백제 제30대 무왕(武王)은 이름이 장(璋)이다.

무왕의 어머니는 서울 남지(南池)가에 집을 짓고 홀로 살던 과부였는데 그 못의 용과 정을 통하여 무왕 장을 낳았다. 무왕의 어릴 때 이름은 서동(薯童) 또는 맛동이라 하였고, 그의 재주와 도량은 넓고 깊어 헤아리기 어려웠다. 그가 항상 마를 캐어 팔아 살아갔으므로 사람들이 그의 이름을 맛동이라고 한 것이다.

그 당시 신라 진평왕의 셋째공주 선화가 세상에 둘도 없이 아름답다는 말이 온 삼한에 돌았다. 서동이 그 소문을 듣고 선화공주를 사모하여 머리를 깎고 신라의 서울로 들어갔다. 서동은 도성의 아이들을 모아 마를 나누어주며 마음을 얻었다.

아이들이 서동을 좋아하며 따르자 서동이 지금은 〈서동요(薯童謠)〉라 불리는 노래 하나를 지어 아이들에게 가르치기 시작하였다. 그리고 아이들을 꾀어, 서동이 지은 노래를 온 도성을 돌며 부르고 다니게 하였다.

선화 공주님은
남 몰래 짝을 만나
서동을 몰래
밤에 안고 간다.

동요는 온 도성의 이 거리에서 저 거리로 아이들의 입에서 입으로 번져 결국 대궐에까지 들어갔다. 백관들이 동요의 내용을 모두 믿고 선화공주의 행실을 벌하라 간하자 왕은 먼 시골로 공주를 귀양보내기로 하였다. 공주가 억울한 유배의 길을 떠나려 할 때 안타까이 여긴 왕후가 순금 한 말을 노자로 주었다.

서동이 길을 지키고 서서 귀양길 떠나는 공주를 맞았다. 서동은 나서서 앞으로 공주가 가는 길을 모시어 호위하겠다고 하였다. 공주는 그의 근본도 또 어디서 온 어떤 사람인지도 몰랐지만, 이 우연을 즐겁고 미덥게 생각하였다. 이리하여 서동이 공주를 따라가게 되었다. 둘은 서로 몰래 사랑하게 되었다. 얼마 지난 뒤에 공주가 그의 이름이 맛동인 것을 알고 노래가 실현되었다고 생각하였다.

선화공주와 서동이 함께 백제로 돌아온 후 공주가 그 모후가 주었던 금을 꺼내 놓고 생활을 궁리하자 서동이 크게 웃으며 물었다.

"이게 대체 무엇이오?"

"이건 황금인데 이 정도면 백 년은 부자로 살 수 있을 것입니다."

공주의 말에 서동이 말하였다.

"내가 어려서부터 마를 캐던 곳에는 이런 것들이 돌처럼 널려 있소."

공주는 이 말에 깜짝 놀라 말하였다.

"이것은 세상에서 아주 귀한 보물입니다. 그대가 지금 금이 어디 있는지 아신다면 금을 우리 부모님 궁전으로 실어 보내는 것이 어떨까요?"

서동이 흔쾌히 그러자고 하였다.

공주와 서동은 황금을 모아들여 높은 언덕만큼이나 쌓아놓고 용화산[48] 사자사(師子寺)에 있는 지명법사(知命法師)에게 가서 황금을 어떻게 옮기면 좋을지 여쭈어 보았다.

지명법사가 말하였다.

"내가 신통력으로 보낼 수 있으니 금을 가져오시오."

선화공주가 편지를 써서 금과 함께 지명법사에게 맡겼더니 법사가 신통력을 써서 하룻밤만에 황금과 편지를 신라의 궁중에 실어다 놓았다. 진평왕이 그 신묘한 조화에 놀라 서동을 무척 존경하게 되어 항상 글을 띄워 안부를 묻곤 하였다. 서동은 이로 인해 인심을 얻게 되어 왕위에 올랐다.

하루는 서동, 즉 무왕이 선화왕비와 함께 사자사로 거둥하는 길에 용화산 아래의 큰못 가에 이르자 미륵세존이 못 속에서 나타났다. 왕과 왕비가 수레를 멈추고 절을 드렸다. 왕비가 곧 왕에게 말하기를,

"이곳에 승려들이 거처하며 수행을 쌓을 수 있도록 큰 가람을 세우는 것

---

[48] **용화산** 전라북도 익산의 미륵산.

이 진실한 소원입니다." 하니 왕이 그 소원을 들어주었다.

곧 지명법사에게 찾아가 연못 메울 일을 의논하였다.

법사는 신통력을 써서 하룻밤 사이에 산을 무너뜨리고 못을 메워서 평지를 만들었다. 그곳에 미륵상 세 개와 함께 부수되는 회전(會殿)·탑·낭무(廊廡) 들을 각각 세 곳에 세우고 미륵사라는 절 이름을 판에 새겨서 달았다.

이 미륵사를 세울 때는 신라의 진평왕이 많은 장인들을 보내어 도와주었다. 지금도 이 절이 남아 있다.

견훤과 왕건

견훤, 한 시대를 풍미하다

『삼국사』「본전」에 적힌 바로는,

견훤(甄萱)은 상주 가은현 사람이다. 그는 신라 경문왕 7년(867년)에 태어났다. 본래 성이 이(李)씨였는데 나중에 그 스스로 견(甄)씨로 고쳤다.

견훤의 아버지는 아자개(阿慈介)라는 이로 그는 농사를 지으며 살다가 당 희종의 광계(光啓) 연간(885~887년)에 사불성[49]을 점거하고 지내며 자칭 장군이라 하였다. 그에게 네 아들이 있었는데 그들 모두가 세상에 이름을 떨쳤다. 그중에도 훤은 특히 걸출하여서 지략이 뛰어났다고 한다.

이제가 쓴 『이제가기(李磾家記)』를 보면,

진흥대왕의 왕비 사도(思刀)의 시호는 백승부인이라 하였다. 이 백승부인의 셋째아들이 구륜공(仇輪公)이고, 구륜공의

---

[49]. **사불성** 지금의 상주(尙州).

아들이 파진찬 선품(善品)인데, 이 선품은 각간 작진(酌珍)을 낳았다. 작진이 왕교파리(王咬巴里)를 아내로 맞아 각간 원선(元善)을 낳았다. 이 원선이 바로 아자개다. 아자개는 제1부인으로는 상원부인(上院夫人), 제2부인으로는 남원부인(南院夫人)을 두었는데 다섯 아들과 한 딸을 낳았다. 그 맏아들이 바로 상보[尙父] 훤이다. 둘째아들이 장군 능애(能哀), 셋째아들이 장군 용개(龍盖), 넷째아들이 보개(寶盖), 다섯째아들이 장군 소개(小盖), 그리고 딸은 대주도금(大主刀金)이라 한다 하였다.

『고기』에 기록되어 있는 이야기는 다음과 같다.

옛날 광주 북촌에 한 부호가 살고 있었다. 그에겐 딸이 하나 있었는데 얼굴이며 자태가 단아하였다. 어느 날 딸이 아버지에게 말하였다.

"밤마다 자줏빛 옷을 입은 한 사나이가 저의 침실로 들어와 정을 통하고 가곤 합니다."

그 아버지가 딸에게 이렇게 시켰다.

"긴 실을 바늘에 꿰어 그 사내의 옷에다 꽂아두거라."

그날 밤 자줏빛 옷을 입은 사나이가 전날처럼 나타나자 딸은 아버지가 시키는 대로 실 꿴 바늘을 사내의 옷에 꽂았다.

다음 날 날이 밝아 사람들이 그 실 줄을 따라가니 실은 그 집 북쪽 담장 밑에서 발견되었고 거기엔 바늘을 허리에 꽂은 커다란 지렁이 한 마리가 죽어 있었다.

그 딸이 잉태하여 달이 차니 사내아이를 하나 낳았다. 그 사내아이는 나이 열다섯에 스스로를 견훤이라 불렀다.

신라 진성여왕이 즉위한 지 6년(892년) 되던 해에 견훤은 자신을 왕이라 일컬으며 완산군[50]에 도읍을 잡았다.

치세하여 43년이 지난 후, 신라 경순왕 즉위 8년(934년)에 그의 세 아들 신검(神劍)·용검(龍劍)·양검(良劍)이 결탁하여 아비 훤에 반역하자 태조(왕건)에게로 투항하였다.

훤이 투항한 뒤 아들 금강[51]이 즉위하였다가 고려 태조 19년(936년)에 고려병과 일선군에서 싸워 후백제군은 완전히 패배하였고 그것으로 후백제는 멸망하였다.

견훤이 아직 강보에 싸여 있을 때 그 어미가 들에 밭갈이 나간 아버지에게 밥을 갖다 주느라 아기를 수풀 밑에 뉘여 놓고 갔더니 호랑이가 와서 견훤에게 젖을 먹여주고 갔다. 마을 사람들이 이 이야기를 듣고 신기한 일이라고 하였다.

견훤은 자라며 체격이며 용모가 웅장하고 특이했으며 기개가 호방하고 활달하여 범상치 않았다. 군사가 되어 도성에 들어갔다가, 서남해로 가서 해안수비의 임무를 맡고 있었는데, 창을 베고 누워 적군을 기다릴 정도로 기개가 항상 남달라 다른 군사를 앞질렀다. 그곳에서 세운 공으로 그는 비장(裨將) 벼슬에 올랐다.

---

50. **완산군** 지금의 전라북도 전주.
51. **금강** 금강은 '신검'의 잘못일 것. 금강은 신검에게 죽임을 당하였음.

신라 진성여왕 재위 6년(892년)에 여왕의 총애를 받는 몇몇이 왕의 옆에 앉아 국권을 농락해 기강이 흐려지고 정치는 어지러웠다. 더하여 기근이 들어 백성들은 갈곳 없이 떠돌고 도적 떼들이 들고일어났다.

그러자 견훤은 반역할 마음을 품고 무리를 불러모아, 도성 서남쪽의 고을들을 노략질하고 다녔다. 견훤이 이르는 곳마다 백성들이 가담하려 몰려들어 한 달 사이에 무리가 5천에 달하였다.

그는 무진주[52]를 치고 스스로 왕이 되었으나 감히 드러내어 왕이라 일컫지는 못하고 스스로를, '신라서남도통 행전주자사 겸어사중승 상주국 한남국개국공(新羅西南都統 行全州刺史 兼御史中承 上株國 漢南國開國公)'이라 하였다.

이때가 신라 진성여왕 즉위 3년(889년)이었다. 그러나 일설에는 진성여왕 6년(892년)이라고도 한다.

이때 북원(北原)의 도둑 양길(良吉)의 세력이 강성하여 궁예가 자진해서 양길에게 투항하여 그 휘하가 되었다. 견훤이 이 소식을 듣고 멀리서 양길에게 비장의 직책을 주었다.

견훤이 서쪽으로 순행하며 완산주에 이르자 그 고을 백성들이 견훤을 환영하고 위로하였다. 견훤은 민심을 얻은 것을 즐거워하며 부하들을 보고 말하였다.

"당 고종이 신라의 청을 받아들여 장군 소정방에게 선병 13만을 주고 바

---

52. **무진주** 지금의 전라남도 광주.

다를 건너게 하였다. 신라의 김유신이 또한 군사를 끌고 황산을 거쳐 당 군사와 연합하여 백제를 쳐 멸망시켰다. 이것이 백제가 나라를 열어서 600여 년이 되었을 때의 일이다. 내 어찌 이제 도읍을 세워 이 오랜 울분을 씻지 않을까 보냐."

견훤은 후백제 왕이라 칭하며 관청을 설치하고 직책을 분배하였다. 이 것은 신라 효공왕(孝恭王) 즉위 4년(900년)의 일이다.

후량(後梁)의 말제(末帝) 4년, 즉 신라 경명왕 즉위 2년(918년)에 궁예가 도읍으로 삼고 있던 철원경(鐵原京)[53]의 신하들과 백성들의 마음이 갑자기 변하여 우리 태조를 추대하여 즉위케 하였다. 견훤이 이 소식을 듣고 사자 를 보내어 축하하고 공작부채와 지리산에서 만든 대나무화살 등을 보내왔 다. 견훤과 우리 태조는 겉으로는 친한 체하나 속으로는 서로 견주고 있었 는데 견훤은 준마를 태조에게 바치기도 하였다.

후당 장종(莊宗) 3년, 즉 태조 6년(928년) 10월에 견훤이 군사 3천을 거 느리고 조물성[54]에 들이닥치자 태조가 정병을 거느리고 나가 서로 대치하 였으나 견훤의 군사가 날쌔서 미처 승부를 가릴 수가 없었다.

태조는 임시변통으로 견훤과 화친함으로써 그 군사들의 기세를 눌러보 려고 견훤에게 화친을 구하는 편지를 띄우고 태조의 종형제인 왕신(王信) 을 볼모로 보냈다. 견훤 역시 그의 사위 진호(眞虎)를 보내어 볼모를 교환 하였다.

---

[53] **철원경(鐵原京)** 지금의 강원도 철원군 월정리 풍찬원.
[54] **조물성** 지금의 안동, 상주 부근.

12월에 견훤은 신라의 거서[55] 등 성 20여 곳을 공략하였다. 그리고 후당에 사자를 보내어 변두리의 미천한 신하국이라, 번신이라 일컬으니, 후당에서는 그를 인정하여 그에게 '검교태위 겸시중판 백제군사(檢校太尉 兼侍中判 百濟軍事)'란 작위를 내려 주고, 종전대로 '도독 행전주자사 해동사면도통 지휘병마 판치등사 백제왕(都督 行全州刺史 海東四面都統 指揮兵馬 判置等事 百濟王)'을 지니게 하고 식읍을 2,500호로 하였다.

태조 9년(926년)에 볼모로 와 있던 견훤의 사위 진호가 갑자기 죽었다. 견훤은 고려에서 일부러 죽였다고 생각하여 곧 왕신을 가두고 사람을 시켜 태조에게 예전에 보냈던 준마를 돌려달라고 요구하였다. 태조는 웃으면서 말을 돌려주었다.

이듬해 견훤이 신라의 근품성[56]을 쳐서 불태우자 신라왕이 태조에게 구원병을 청하였다. 태조의 군대가 출병할 준비를 하는 중에 견훤은 고울부를 치고 시림으로 진격하여, 마침내 신라 왕도에 진입하고 말았다. 그때 경순왕은 왕비 등과 더불어 포석정에서 잔치를 벌이며 놀고 있었던 터라 크게 패배하였다.

견훤은 왕비를 끌어다 욕보이고, 왕의 족제(族弟)인 김부(金傅)를 왕으로 세웠다. 그리고 왕의 아우 효렴과 재상 영경(英景)을 사로잡고, 창고 안에 있던 진귀한 보물과 병기들을 털고, 왕의 자녀들과 온갖 장인 중에도 뛰어난 실력을 지닌 자들을 잡아 돌아갔다.

---

[55]. **거서** 지금 어느 곳인지 알 수 없음.
[56]. **근품성** 지금의 문경군 산양면 일대.

태조가 정예기병 5천을 거느리고 대구 팔공산 아래에서 기다리다 돌아가던 견훤을 습격하여 큰 전투를 벌였다. 태조의 장군 김낙(金樂)과 신숭겸(申崇謙)이 전사하고, 병정들은 셀 수도 없이 전사하여 대패하였다. 이 싸움에서 태조는 겨우 위기를 벗어나 간신히 몸만 빠져 나왔다. 이렇게 되어 더 이상 견훤과 대적할 생각을 하지 못하고 포악한 짓을 한껏 저지르도록 내버려 두었다.

견훤은 승세를 몰아 대목성[57], 경산부[58], 강주[59] 등지를 다니며 노략질하고, 부곡성(缶谷城)을 쳤다. 의성부(義城府) 태수 홍술(洪述)이 저항하다 죽자 태조는 이 소식을 듣고,

"내 오른팔을 잃었구나!"라며 슬퍼하였다.

견훤이 신라에 반기를 들고 일어나 42년(930년)이 지난 때에 고창군[60]을 공격하기 위해 군대를 크게 일으켜 석산에 진지를 구축하였다. 태조도 견훤의 진지와 100보 떨어져 있는 그 고을의 북쪽에 있는 병산에 진지를 구축하였다. 여러 차례 싸워서 견훤군이 패배하고, 그의 시랑인 김악(金渥)이 사로잡혔다. 다음날 견훤이 군사를 거두어 순주성[61]을 급습하여 정복하자 순주성의 성주 원봉(元逢)이 이를 막아내지 못하여 성을 버리고 밤에 도망가 버렸다. 이 소식을 들은 태조는 크게 진노하여 원봉이 원래 순주성

사람이라 하여 순주성을 하지현으로 격하시켰다.

신라의 백관들은 나라가 쇠락의 길로 들어서서 다시는 흥하기가 어렵다고 생각하고 태조에게 화친을 맺기를 청하고 그 도움을 얻을 뜻을 품었다. 견훤은 신라와 고려의 화친소식을 듣고 신라의 왕도에 들어가 또 다시 횡포를 부릴 작정을 하였다가 태조가 먼저 들어갈까 두려워하여 태조에게 편지[62]를 보냈다. 편지에 이런 내용의 글이 적혀 있었다.

〈일전에 신라 재상 김웅렴(金雄廉) 등이 장차 족하를 서울로 불러들이려 한다고 하니, 마치 작은 자라가 큰 자라의 소리에 호응하는 것과 같은 일이며, 작은 메추라기가 무서운 새매에게 그 날개를 펴게 하는 것과 같소이다. 그 청을 받아들여 족하가 신라의 도성에 들어간다면 반드시 생령이 도탄에 빠지고 종묘사직이 폐허가 될 것이오. 이러므로 내가 먼저 조생(祖生)의 채찍을 잡고[63], 홀로 한금호(韓擒虎)의 도끼를 휘둘러[64] 백관들에게 해와 달처럼 분명히 맹세시키고 의리 있는 기풍으로 육부[65]를 설득하였소. 그런데 뜻밖에도 간신들이 도망하고 방군[66]이 세상을 뜨니 드디어 경명왕의 외종제, 헌강왕의 외손을 받들어 권좌에 오

---

[62]. **편지** 이 편지는 『삼국사기』에 의하면 신라의 문인 최승우(崔承祐)가 지은 것이라 함.

[63]. **먼저 조생(祖生)의 채찍을 잡고** 진나라의 맹장 조적의 친구 유곤이 항상 조적이 자기보다 먼저 중용되어 채찍을 치지나 않을까 두려워하였다는 고사에서 나온 것. 곧 선수를 잡았다는 뜻.

[64]. **홀로 한금호(韓擒虎)의 도끼를 휘둘러** 한금호는 진나라 후주를 친 수나라의 장군. 곧 불인자(不仁者)에게 벌책을 가한다는 의미.

[65]. **육부** 신라.

르게 했소. 이것은 위태로운 나라를 거듭 다시 세우고, 잃은 임금을 다시 있게 한 것이오. 그런데 족하는 이 고충을 자세히 살피지도 않고 한낱 떠도는 소문만을 듣고서 온갖 계책으로 왕좌를 넘겨보고 여러 방면으로 침략하고 있소. 하나 족하는 아직 나의 말머리도 보지 못했고, 나의 쇠털 하나도 아직 뽑지 못했소. 초겨울에 성산 싸움에서 족하의 도두(都頭)인 색상(索湘)이 손을 묶였고, 이달 들어 미리사[67]에서 족하의 좌장인 김낙(金樂)이 그 해골에 햇빛을 쬐었소. 우리 군사가 죽여 잡은 자도 많고 쫓아가 사로잡은 자도 적지 않았소. 서로의 강약이 이와 같이 분명하니 우리의 승패도 능히 알 수 있을 것이오.

내가 목적하는 것은 평양성의 문루에 활을 걸고, 패강[68]의 물을 말에게 먹이는 것이오. 그런데 지난 달 7일에 오월국의 사신 반상서(班尙書)가 와서 그 국왕의 조서를 전하였소. 그 조서 내용은 이러하오.

'경이 고려와 더불어 오랫동안 우호관계를 갖고 함께 이웃의 동맹을 맺은 것으로 알고 있는데, 근래에 각자 볼모의 죽음을 쌍방의 책임으로 돌리어 마침내 화친했던 옛 우호를 잊고 서로 영토를 침범하여 전쟁을 그치지 않고 있소. 이제 오직 그 일을 위해 사신을 택하여 경의 본도(本道)로 보내고, 또 고려에도 글을 띄웠으니 마땅히 서로 친목하여 길이 아름다운 관계를 이루도록 하시오.'

---

66. **방군** 경애왕.
67. **미리사** 대구 팔공산 아래에 있었음.
68. **패강** 대동강.

나는 존왕의 의를 돈독히 하고 사대(事大)의 정의를 깊이 해왔으므로
이제 이 조유를 듣고서 즉시 삼가 받들어 행하려고 하오. 다만 족하가
싸움을 그만두려고 하면서도 그만두지 못하고, 싸움에 지쳤으나 오히
려 더 싸우려고 하는 것이 우려되오. 그래서 조서를 전사(轉寫)하여 보
내드리는 것이니 유의하여 상세히 살펴두시오. 서로 쫓고 쫓기던 토끼
와 사냥개가 둘 다 지치면 결국 세상사람들의 놀림을 받을 것이오. 먹
고 먹히려는 조개와 황새가 서로 버티다보면 또한 웃음거리가 될 것이
오. 명석치 못한 어리석은 짓을 되풀이하여 후회를 자초하지 마시오.〉

후당 명종 3년, 즉 태조 11년(928년) 정월에 태조는 견훤에게 답서[69]를
보냈다.

〈오월국의 통화사[70] 반상서가 전하는 조서 한 통을 받고, 아울러 족
하가 준 저간 일들을 적은 긴 글월도 받았소. 족하가 보낸 귀한 사신이
조서와 편지를 가져와 좋은 소식과 더하여 족하의 가르침을 입었소. 처
음 오월의 사신이 가져온 존왕의 조서를 받들면서 감격하였소, 그러나
족하의 편지글을 읽으면서는 그 의심을 떨치기 어려웠소. 이제 돌아가
는 사자에게 나의 생각을 피력하겠소.
내가 위로 하늘의 뜻하심을 받들고, 아래로 사람들의 추대를 받아,

---

69. **답서** 최치원이 지은 것.
70. **통화사** 강화를 주선하는 사신.

외람되이 장수의 직권을 가지고 경륜의 모임에 참여하여 왔소. 전날 삼한이 화란을 만나 신라의 9주가 피폐하게 되어 백성들 대부분이 도적의 무리로 전락하고 논밭이 헐벗어 벌거숭이가 되지 않은 곳이 없었소. 이 세상의 혼란스러움을 그치게 하고 이웃의 재난을 구하려는 좋은 뜻으로 화친을 맺어 전쟁을 피하였으니, 과연 수천 리의 농민은 편안히 생업에 종사하고 군졸도 7,8년 간은 한가히 잠을 잘 수 있게 되었소.

그러나 지난 을유년 10월에 이르러 갑자기 사태가 발발하여 마침내 서로 군사를 일으켜 교전하기에 이르렀소. 족하가 처음에는 상대를 가벼이 여기고 곧장 달려드니, 그 모양새가 마치 버마재비가 수레바퀴를 버티어 이기려는 것 같았소.

물론 마지막엔 어려움을 알고 과감히 물러서긴 했소만, 역시 모기가 산을 짊어진 것 같았소. 그리하여 족하는 공손히 두 손 모아 사과하며 하늘을 두고 맹세했소.

오늘 이후로는 영원토록 화친하고 만일 맹세를 어길 시에는 신이 곧 벌하리라.'고. 나도 또한 전쟁을 그치게 하는 무(武)의 본의를 숭상하고, 사람을 죽이지 않는 인(仁)을 이루고자 마침내 겹친 포위를 풀어 거친 군사들을 쉬게 하고, 볼모로 종형제 왕신을 보내는 일도 서슴지 않았으니, 이는 오직 백성들을 편안케 하려는 노력이었소. 이것은 내가 그곳 남쪽 사람들[71]에게 큰 덕을 베푼 것이오.

---

71. **남쪽 사람들** 후백제인.

그런데 맹세의 피가 아직 채 마르기도 전에 흉포한 군사를 다시 일으켜 맹세의 도를 짓밟을 줄 내 어찌 예견할 수 있었겠소. 벌과 전갈의 독이 민생을 해치고, 이리와 호랑이의 광폭한 짓이 경기[72] 땅을 가로질러 금성[73]을 곤궁에 몰아넣고 왕궁을 놀라게 할 줄을 내 어찌 생각했겠소?

모시는 왕실이 힘없고 미약했으나 왕실에 대한 의리를 되새겨 주나라를 받든 저 환공(桓公)이나 문공(文公)의 위대한 업적에 맞설 수 있는 사람이 과연 그 누구이겠소? 기회를 틈타 왕실을 뒤엎고 자신의 하찮은 이익을 위해 한나라를 도모한 반역자 왕망이나 동탁같은 간악한 자만 보일 뿐이오. 지존인 왕으로 하여금 그대에게 스스로를 굽히어 '아들'(子)이라 일컫게 하였으니, 존비(尊卑)의 경중이 차례를 잃으니 위아래 사람들이 다같이 근심하여 이르기를 '여초가 거느렸던 충장 원보(元輔) 같은 이의 충성(忠誠)이 아니면 어찌 이 사직을 다시 안정시킬 수 있으리오' 하였소.

내게는 마음속에 숨긴 흉악한 뜻이 없고 단지 왕실을 높일 뜻만 있는 것을 신라왕은 알고 있소. 나는 단지 조정을 구원하고 이웃인 신라를 위태로움에서 붙들어 일으키려 할뿐이오.

그러나 족하는 여우의 터럭만큼한 이익을 보고자 천지처럼 두터운 은혜를 저버리고, 왕을 죽이고 궁궐을 불사르며 대신들을 참살하고 선비와 백성들을 약탈하여 미녀들이면 고하를 막론하고 취하여 수레에

---

[72] **경기** 신라의 경기. 경주 일대.
[73] **금성** 신라의 서울.

태우고 진기한 보물을 강탈하여 서로의 짐에 실어갔으니 그 흉악함은
걸나라와 주나라의 폭군보다 지나치고 그 의롭지 못함은 효경[74]보다 심
하오.

　나의 원한은 임금의 붕어함에서 극에 달했고, 해를 돌이킨 정성[75]으
로 매가 참새를 쫓듯이 부지런히 달려, 견마(犬馬)의 충성심으로 다시
군사를 일으킨 지 두 해가 되었소. 육지에서 싸울 때는 우레처럼 내닫
고 번개같이 빨랐으며 바다에서 싸울 때는 범같이 치고 용같이 뛰어올
라, 움직이면 반드시 성공했고, 일단 일어서면 또한 헛되이 끝난 적이
없었소.

　바닷가에서 족하의 장군 윤경을 쫓을 땐 노획한 병기며 갑옷이 산더
미같이 쌓였고, 성 언저리에서 장군 추조를 사로잡았을 때는 죽어 넘어
진 시체가 들판을 덮었소.

　연산군(燕山郡) 변두리에선 장군 길환을 군사들이 보고 선 자리에서
베었고, 마리성[76] 변에서는 장군 수오를 깃발 밑에서 죽였소. 임존성[77]
을 쳤던 날에는 형적 장군 등 수백 사람이 목숨을 잃었고, 청천현[78]을
깨뜨리던 때엔 직심 등 서너댓의 무리가 머리를 잃었소. 동수[79]에서는

---

[74] **효경** '효'는 그 어미를 잡아먹는다는 새, '경'도 그 어미를 잡아먹는다는 짐승.
[75] **해를 돌이킨 정성** 노양공이 전쟁할 때에 창을 휘둘러 해를 뒤로 돌렸다는 고사.
[76] **마리성** 이산군(領山郡)인 듯.
[77] **임존성** 지금의 대흥군.
[78] **청천현** 경상북도 상주 영내(領內)의 현(縣).
[79] **동수** 지금의 동화사(桐華寺).

깃발만 바라보고도 무너졌고, 경산 장군은 구슬을 물고[80] 항복해 왔으며, 강주 땅은 남쪽에서 귀속해 오고, 나부[81]는 서쪽에서 복속해 왔소. 나의 공략이 이와 같으니 수복의 날이 그 어찌 멀겠소? 기필코 저수[82]의 진중에서 장이[83]의 천 가지 한을 씻고 오강의 언덕[84]에서 한(漢)왕이 이룬 일대승첩(一大勝捷)을 나 역시 이룩하여 풍파를 마침내 멈추게 하고 강산이 길이 맑도록 하고야 말겠소. 하늘이 도우시니 그 명이 어디로 가겠소.

오월왕이 덕이 깊어 먼 지방까지 보살핌을 베풀고 백성을 살피기를 마다하지 않으시며 궁내에서 조칙을 내어 청구[85]의 분쟁을 그치라 권하시니 어찌 가르침을 받지 않을 수 있겠소. 만일 족하가 오월왕의 뜻을 받들어 흉악한 병기들을 모두 놓으면 그것은 상국의 어진 은혜에 부응되는 일이오, 이 동방의 끊어진 대도를 이을 수도 있을 것이오. 그러나 족하가 허물을 알고도 고치지 않는다면 그때는 실로 후회하지 않을 수 없을 것이오.〉

태조 15년(932년), 용맹스럽고 지략 깊은 견훤의 신하 공직(龔直)이 태조에게 투항해 왔다. 견훤은 공직의 두 아들과 딸을 잡아 단근질로 그들의

---

[80]. **경산 장군은 구슬을 물고** 고대 항복의식. 적에게 항복할 때는 스스로 그 손을 묶고 입으로 구슬을 물고 예물로 삼아 바쳤음. 항복하였다는 의미로 사용한 수식어.

[81]. **나부** 지금의 전라남도 나주.

[82]. **저수** 중국 하북성 원씨현 서군산에서 궤하로 들어가는 강.

다리 힘줄을 끊어버렸다.

그해 가을 9월에 견훤은 일길(一吉)을 시켜 수군으로 고려의 예성강에 들어 사흘을 머물면서 염주(鹽州), 백주(白州), 진주(眞州), 세 주의 배 100척을 빼앗아 불지르고 갔다.

태조 17년(934년)에 견훤이 태조가 운주[86]에 주둔하고 있다는 말을 듣고 우수한 군졸들만 골라 뽑아 새벽에 급히 운주로 떠나게 하였다.

그러나 그들은 미처 태조의 진영에 당도하지도 못하여 장군 유금필(庾黔弼)의 날랜 기병의 공격으로 3천여 명의 목이 베였다. 웅진 이북의 30여 성은 이 소문만 듣고도 자진하여 항복해 왔다.

그리고 견훤의 술사 종훈(宗訓)과 의사 지겸(之謙)과 용장 상봉(尙逢), 최필(崔弼) 등이 태조에게 투항하였다.

병신년 정월, 견훤이 아들들에게 말하였다.

"늙은 아비가 신라의 말년에 후백제의 이름을 세운 지 벌써 여러 해가 지났다. 군사수가 북군보다 갑절이나 더 많음에도 불구하고 오히려 불리하기만 하니 아마 하늘이 그 뜻을 고려에 두었나 보다. 북쪽 왕에게 귀순하여 목숨을 보전함이 옳지 않겠느냐."

[83.] **장이** 한나라 사람. 진여(陳餘)와 절친하게 지내다가 신(秦)나라 말년에 조나라 재상이 되었고, 나중에 진여와의 사이가 나빠져 한나라에 투항하여 한신(韓信)과 함께 조나라를 멸하고 진여의 목을 베었음.
[84.] **오강의 언덕** 유방이 항우를 격파, 최후의 승리를 했던 곳.
[85.] **청구** 우리 나라에 대한 별칭의 하나.
[86.] **운주** 운주는 아마 오늘날의 홍성 부근이 아닌가 추측되어짐.

하나 그의 아들 신검(神劍)[87], 용검(龍劍), 양검(良劍) 등 셋이 모두 불응
하고 나섰다.

『이제가기』에는 이런 기록이 있다.

견훤에게는 자식이 아홉 있었는데 그 맏아들이 신검, 둘째아들이 태
사인 겸뇌(謙腦), 셋째아들이 좌승인 용술(龍述), 넷째아들이 태사인 총
지(聰智), 다섯째아들이 대아간(大阿干) 종우(宗祐), 여섯째아들은 그
이름이 전해지지 않고, 일곱째아들이 좌승인 위흥(位興), 여덟째아들이
태사인 청구(靑丘), 그리고 딸 하나는 국내부인이다. 모두 상원부인의
소생이다.

견훤에겐 처첩이 많아서 십여 명의 아들이 있었다. 아들들 중 넷째아들
금강은 체구가 건장하고 지략이 많았다. 견훤은 특히 그를 사랑하여 그에
게 자기 자리를 물려주려 하였다. 이에 금강의 형인 신검, 양검, 용검 등이
견훤의 이 뜻을 알아채고 마음이 편치 못하였다. 이때 양검은 강주도독으
로, 용검은 무주도독으로 가 있었고, 신검만이 견훤의 곁에 있었다. 이찬
능환(能奐)이 강주와 무주로 사람을 보내어 양검들과 공모하였다. 태조 18
년(935년) 봄 3월에 영순(英順) 등과 함께 신검에게 권하여 견훤을 금산사
에 유폐시키고 사람을 시켜 금강을 죽였다. 신검은 대왕이라 스스로 칭하

---

[87]· **신검(神劍)** 혹은 진성(甄成).

고 경내의 죄수들을 대사면하였다.

그 일이 있기 전, 견훤이 아직 궁 안의 잠자리에 있을 때, 멀리 궁정에서 나는 함성을 듣고 이것이 무슨 소리냐고 물었다.

신검이 그 아비에게 말하기를,

"왕께서 연로하시어 군국(軍國)의 정사에 어두우므로 장자 신검이 부왕의 자리를 대신하기로 하니 모든 장군들이 기뻐하여 축하하는 소리입니다."하였다.

그런 후 조금 지나 신검이 그 아비를 금산사의 절간으로 옮겨 파달(巴達) 등 장사 30명으로 하여금 지키게 하였는데 그때 이런 동요가 떠돌았다.

가련한 완산아이는
아비 잃고 눈물 흘리네.

견훤이 후궁과 나이 어린 남녀 두 명과 시비 고비녀(古比女)와 나인 능예남(能乂男) 등과 함께 갇혀 지내다가 4월에 술을 빚어 먹고 마시며 지키는 군졸 30명에게도 먹여 취하게 하고…… (원전에서 빠진 부분인 듯)…… 소원보 향예(小元甫 香乂), 오담(吳琰) · 충질(忠質) 등을 보내어 바닷길로 가 맞이하게 하였다.

견훤이 도착하자 태조는 그의 나이가 10년이나 위라고 하여 상보에 봉하고 남궁에다 모시고는 양주(楊州)의 식읍과 전장(田莊), 노비 40인, 말 9 필을 주었다. 그리고 후백제 사람으로 먼저 투항해 온 신강(信康)을 견훤이 거처하는 남궁의 아전으로 삼았다.

이때 신검의 밑에 있던 견훤의 사위인 장군 영규(英規)가 그의 아내에게 남몰래 말하였다.

"대왕이 40여 년을 한결같이 애써 공업을 거의 다 이룬 듯하더니 하루 아침에 집안 사람이 일으킨 난으로 인하여 땅을 잃고 고려에 종사하고 있지 않소? 무릇 정조를 지키는 여인은 두 지아비를 모시지 않고, 충신은 두 임금을 섬기지 않는 법, 만약 임금을 버리고 역자(逆子)를 섬긴다면 무슨 면목으로 천하의 의사(義士)들을 대하겠소? 더구나 내가 듣기로 고려의 왕공은 그 사람됨이 인자하고 후덕하며 근검하여 민심을 얻었다 하니, 이것은 하늘이 길을 열어주심이라. 반드시 삼한 땅의 주인이 될 것이오. 그러니 어찌 글월을 보내어 우리 임금을 위안하고, 아울러 왕공에게 은근한 정을 보여주어 장차 올 복록을 꾀하지 않겠소?"

영규의 아내가 말하였다.

"당신의 말씀이 곧 저의 뜻입니다."

태조 19년(936년) 2월에 영규가 사람을 은밀히 보내어 태조에게 자신의 속마음을 전하여 왔다.

"그대가 의로운 깃발을 들면 안에서 호응하여 그대의 군대를 맞아들이겠소."

영규의 글을 받고 태조가 기뻐하여 사자를 후히 대접하고 영규에게 예물을 주어 보내며 말하였다.

"만약 장군의 은혜를 입어 나라가 하나로 합쳐지고 길이 가로막히지 않게 된다면 먼저 장군을 찾아 뵙고, 그런 다음 마루에 올라 부인께 절을 올리겠습니다. 형님으로 섬기고 누이로 받들어 반드시 끝까지 후히 보답하리다. 천지 신명이 모두 나의 말을 듣고 있을 것입니다."

그해 6월에 견훤이 태조에게 고하였다.

"노신이 전하에게 몸을 던져온 까닭은 전하의 그 위엄에 의지하여 반역한 자의 목을 베고자함이었소. 바라건대 대왕이 그 신병(神兵)을 부려 반역한 아들과 난신들을 섬멸해 주시면 신은 비록 죽어도 여한이 없겠소이다."

태조는 말하였다.

"토벌하지 않으려는 것이 아니라 그때를 기다리고 있는 것이오."

태조는 태자 무(武)와 장군 술희(述希)에게 명하여 보병과 기병 10만을 거느리고 천안부로 먼저 진격하게 하였다. 가을 9월에는 태조가 직접 3군을 거느리고 천안에 이르러 먼저 간 군사와 합하여 일선(一善) 땅에 진군하며 머물렀다. 그러자 신검이 군사를 이끌고 막아 왔다. 갑오일에 일리천을 사이에 두고 서로 맞섰는데 태조의 군대는 동북방을 등지고 서남방을 향해 진을 쳤다.

태조가 견훤과 함께 진영을 둘러보고 있을 때 홀연 창과 칼의 모양을 한 흰 구름이 우리 진영에서 일어나 적의 진영을 향해 나아갔다. 이에 곧 북을 울리며 진격하였더니 후백제의 장군 효봉(孝奉), 덕술(德述), 애술(哀述), 명길(明吉) 등이 이쪽 군세가 크고도 질서정연한 것을 보고 갑옷을 벗고 병기를 버리고 진 앞에 와 항복하였다.

태조는 그들을 위로하고 장수의 소재를 물었더니 그들이 원수 신검이 중군에 있다고 답하였다. 태조는 장군 공훤(公萱) 등에게 명령하여 3군이 동시에 나아가 양쪽에서 협공하도록 지시하였다.

백제군은 흩어져 달아나다가 황산, 탄현에 이르러 신검이 두 아우와 장군 부달(富達), 능환 등 40여 인과 함께 항복하였다. 태조는 이들의 항복을 받아들였다. 사람들을 모두 위로하고 처자와 함께 도성으로 올라가도록 허락하였으나 능환에게만은 그 죄를 물었다.

"애초에 양검 등과 몰래 모의하여 대왕을 가두고 그 아들을 세운 것이 모두 너의 계략이렷다! 신하된 자의 의리가 어찌 이와 같단 말인가?"

능환이 머리를 숙이고 아무 말도 못하자 태조는 마침내 명하여 그의 목을 베었다.

신검이 그 아비의 자리를 외람되이 범한 것은 남에게 위협을 당한 탓이지 그 본심은 그렇지 않았으니, 또 그가 목숨을 걸고 죄를 빌므로 태조는 그의 목숨만은 살려 주었다. 아들 신검의 죽음을 보지 못한 견훤은 울화가 치밀어 등창이 났다. 그런 지 며칠 만에 황산의 절간에서 세상을 떠나니 향년 70세였다. 때는 태조 19년 9월 8일의 일이었다.

태조의 군령이 엄정하고도 공명하여 아랫 군사들이 조금도 범하는 일이 없었으니 모든 고을들이 안도하고, 늙은이고 젊은이고 할 것 없이 모두 만세를 불렀다.

태조는 견훤의 사위인 영규에게 말하였다.

"전왕이 나라를 빼앗긴 뒤에 신하들 가운데 위로하는 자가 한 사람도 없었는데 오직 경의 부처만이 천리 먼길에 끊이지 않고 편지를 보내어 성의를 다하는 한편 과인에게도 미덕을 베풀어 주었으니 그 의리는 잊을 수가 없소."

그리고 영규에게 좌승 벼슬을 내리고 밭 1000경을 주었다. 또 역마 34필을 빌려주어 그의 가족들을 맞아오게 하였다. 그리고 그의 두 아들에게도 벼슬을 주었다.

견훤은 신라 진덕여왕 6년(892년)에 반기를 들고 일어나 태조 19년(936년)에 이를 때까지 성하였으니 후백제를 45년 간 유지하였고 병신년에 멸망하였다.

사관은 그 시대를 이렇게 논하였다.

신라는 나라의 운수가 다하고 도가 땅에 떨어져 하늘이 더 이상 돕지 않고 백성들은 의지할 곳을 잃으니 이에 도적들이 혼란을 틈타 마치 고슴도치의 털과도 같이 일어났다. 그들 중에 큰 세력을 지닌 자들이 궁예와 견훤 두 사람이었다.

궁예는 본래 신라의 왕자였으나 도리어 제 나라에 원한을 품어 선조의 화상(畵像)에 칼질하기까지 하였으니 그의 어질지 못함이 극심하였다. 견훤은 신라 백성으로 신라의 관직에 나가 나라의 녹을 먹으면서도 난을 일으켜 반란을 꾀하려는 마음을 품고, 나라가 위태로운 것을 좋은 기회로 여겨 서울을 침공하여 왕과 신하를 마치 짐승 죽이듯 하였으니 실로 천하의 원흉이다.

이로 인하여 궁예는 제 부하들에게 버림받았고, 견훤은 제 아들에게 화를 당하였다. 모두 스스로 자초한 결과인데 이제 누구를 탓할 소냐?

비록 항우와 이밀[88] 같은 뛰어난 영웅들조차도 한나라와 당나라가 일어나는 것을 막지 못하였는데 하물며 궁예와 견훤처럼 흉악한 자들로서야 어찌 우리 태조에게 대항할 수가 있었겠는가.

---

[88] **이밀** 항우는 한 고조, 유방과의 대결에서 패배했고 이밀은 당나라 초기에 반기를 들고 일어섰으나 역시 죽임을 당하였음.

가락국기[89]

가야의 아버지, 수로왕

천지가 개벽한 뒤에 이곳에는 아직 나라의 이름이 없었고, 또한 왕과 신하를 칭하는 말도 없었다. 그저 아도간(我刀干)·여도간(汝刀干)·피도간(彼刀干)·오도간(五刀干)·유수간(留水干)·유천간(留天干)·신천간(神天干)·오천간(五天干)·신귀간(神鬼干) 등의 9간이 있었을 뿐이다.

이들은 추장으로서 당시의 백성들을 다스렸다. 백성들은 모두 100호, 75,000인이었으며 산이나 들에 제각기 모여 살며 그저 우물을 파서 물 마시고 밭 갈아 밥 먹을 정도의 생활을 하고 있었다.

신라 유리왕 즉위 19년(42년) 3월 계욕일[90]에 그들이 모여 사는 곳의 북쪽 구지[91]에서 뭔가 부르는 수상한 소리가 들렸

---

[89]. **가락국기** 고려 제11대 '문종' 시대에 금관가야의 수도 김해 지방의 장관, 문인이 적은 것.

[90]. **계욕일** 음력 3월 초사흘에 액운을 없애려고 물가에 모여 목욕하고 술을 마시는 풍습.

[91]. **구지** 거북이가 엎드린 형상을 닮은 산봉우리 이름.

다. 이삼백 명의 무리가 구지봉에 모여들었다. 사람의 말소리 같은 것이 들렸으나 그 모습은 보이지 않고 소리만 나고 있을 뿐이었다.

"여기에 사람이 있는가 없는가?"

9간들이 답하였다.

"우리들이 있습니다."

소리는 또 물었다.

"내가 있는 이곳이 어디인가?"

그들이 응답하였다.

"구지봉입니다."

소리가 또 말하였다.

"하늘님께서 나에게 명하기를 이곳에 임하여 나라를 새롭게 열고 임금이 되라고 하셨다. 그래서 이곳에 내려왔다. 너희들은 모름지기 봉우리 위의 흙을 파면서 이렇게 노래하라.

거북아 거북아
머리를 내밀어라
내밀지 않으면
구워서 먹을래.

이 노래[92]를 부르며 춤을 추어라. 그러면 너희는 곧 대왕을 맞아 기뻐 뛰게 될 것이다."

9간들이 그 말대로 모두 기쁘게 노래부르고 춤추었다. 노래하고 춤춘 지

얼마 되지 않아 그들이 머리를 들어 우러러 하늘을 보자 붉은 줄이 하늘로 부터 드리워져 땅에 닿고 있었다. 줄 끝을 찾아보았더니 붉은 보자기에 싸인 금합이 매달려 있었다.

금합을 내려 열어 보았더니 해같이 둥근 황금 알 여섯 개가 들어 있었다. 사람들은 모두 놀라고 기뻐하며 알들을 향해 수없이 절을 하였다. 조금 있다가 알들을 다시 보자기에 싸서 아도간의 집으로 가져갔다. 그 집안의 탑 위에 알을 산 보자기를 두고 사람들은 각기 집으로 흩어졌다.

하루 지나 이튿날 아침에 무리들이 다시 모여 금합을 열어 보았더니 여섯 개의 황금알은 모두 남자아이들로 변해 있었다. 여섯 모두 빼어난 용모로 범상치 않음을 알 수 있었다. 모두들 기뻐하며 그들을 윗자리에 앉히고 절을 드려 치하하며 정성을 다해 모셨다.

아이들은 하루가 다르게 커 갔다. 10여 일이 지나자 키가 9척으로 은나라의 성탕(成湯)과 같았고, 얼굴이 용 같아서 한나라의 고조와 같았으며, 눈썹이 여덟 가지 빛깔이니 이것은 당의 요제(堯帝)와 같았다. 그리고 또한 눈동자가 두개씩 있는데 이것은 우(虞)의 순제(舜帝)와 같았다.

그 달 보름날에 처음으로 모습을 드러낸 분이 왕위에 즉위하였다. 처음으로 나타났다 하여 이름을 수로(首露)라 하였는데 혹은 수릉[93]이라고도 한다.

나라를 대가락(大駕洛), 또는 가야국(伽耶國)이라고 불렀다. 곧 6가야의

[92] **노래** 〈구지가〉.
[93] **수릉** 김수로왕이 붕어(崩御)한 뒤의 시호(諡號).

181

하나다. 나머지 다섯 사람도 각각 돌아가 다섯 가야의 왕이 되었다.

가야의 영토는 우리 나라 남쪽 끝에 위치하여 동쪽은 황산강, 서남쪽은 창해, 서북쪽은 지리산, 동북쪽은 가야산을 경계로 하였다. 왕은 임시 왕궁(假宮)을 짓게 하고 들어가 살았는데 질박하고 검소하여 풀로 이은 지붕의 끝을 곱게 자르지도 않고 흙으로 만든 계단도 석자를 넘지 못하였다. 왕위에 오른 지 2년(43년)째 되던 해 봄, 정월에 수로왕은 '서울을 정해야겠다' 고 가궁의 남쪽에 묵은 밭을 새로 경작한 곳으로 나갔다. 사방으로 난 산악을 한참 둘러보다가 왕이 신하들을 돌아보며 말하였다.

"이곳은 협소하여 마치 여뀌잎사귀 같구나. 그러나 지세가 빼어나서 가히 16나한[94]이 머무를 만한 땅이로다. 더구나 하나에서 셋을 이루고 셋에서 일곱을 이루었던 칠성[95]이 살았던 곳이 마땅히 이와 같으리라. 토지를 개척하여 터전을 열어놓고 보면 마침내 훌륭하게 되리라."

그러고는 둘레 1,500보의 밖을 두른 나성(羅城)과, 그리고 궁궐과 여러 관청의 청사와 무기고 및 창고를 세울 터를 정한 뒤 궁으로 돌아왔다.

널리 국내의 장성과 인부·장인들을 징용하여 12년 정월 20일에 금양(金陽)에 성을 쌓기 시작하여 3월 10일에 이르러 역사를 마쳤다. 궁궐과 관청의 청사는 농사가 한가한 틈을 이용하여 공사를 진행시켰는데, 그해 10월에 시작하여 그 이듬해, 즉 왕 즉위 3년(44년) 2월에 이르러 낙성을 보았다. 길일을 택하여 새로 지은 궁에 들어가 모든 정사를 다스리며 여러

---

[94] **16나한** 석가의 16제자. 부처의 가르침을 받고 이 세상에 영주하며 중생을 제도(濟度)한다고 함.
[95] **칠성** 일곱 가지 정지(正智)로서 진리를 수행한 성자.

가지 일을 부지런히 보살폈다.

수로왕, 술법으로 탈해를 물리치니

완하국(玩夏國) 함달왕(含達王)의 왕비가 수태하여 달이 차자 알을 낳았
는데, 그 알에서 깨어난 사람이 바로 탈해였다. 탈해가 문득 바닷가를 따
라 가락까지 왔다. 그의 신장은 석 자요, 머리 둘레는 한 자나 되었다. 탈해
는 흔연히 수로왕의 궁궐로 들어가 왕에게 말하였다.

"내가 왕의 그 자리를 빼앗으려고 왔소."

수로왕이 답하였다.

"하늘이 짐에게 명하여 왕위에 오르게 하고 나라 안을 태평케 하고 안민
들을 안락하게 하도록 하였다. 그런데 어찌 감히 하늘의 명령을 어기고 왕
위를 내주겠느냐? 또 어찌 감히 우리 나라와 백성들을 함부로 네게 맡기겠
느냐? 당치 않은 일이다."

탈해가 제의하였다.

"그렇다면 서로의 술법을 겨뤄 승부를 결정하자."

왕이 좋다고 응낙하였다.

잠깐 사이에 탈해가 한 마리의 매로 변하자 수로왕은 독수리가 되었다.
탈해가 또 참새로 변하자 왕은 한 마리 새매가 되었다. 그 변신을 하는 시
간이 아주 잠깐도 걸리지 않았다.

탈해가 곧 본래 모습으로 되돌아오자 수로왕 역시 본신으로 돌아왔다. 탈해가 마침내 굴복하고 엎드려 말하였다.

"제가 술법을 다루는 마당에 매가 되니 독수리가 되셨고, 참새가 되니 새매가 되셨습니다. 그런데도 제가 목숨을 보전할 수 있었던 것은 성인께서 살생을 싫어하시는 인덕의 소치입니다. 제가 왕을 상대로 하여 왕위를 다투는 것은 참으로 어렵겠습니다."

그러고는 곧 인사를 드리고 나갔다. 탈해는 그 근처 교외의 나루터로 나가 중국에서 온 배들을 대는 해로를 향하여 가려고 하였다. 왕이 탈해가 그곳에 머물고 있다가 난을 일으키지나 않을까 걱정하시어 수군 500척을 급히 보내어 탈해를 내쫓았다. 탈해가 달아나 신라의 국경 안으로 들어가 버리자 수군이 모두 되돌아왔다.

여기 이 기록은 신라의 기록과 많이 다르다.

수로왕이 인도 공주를 아내로 삼으니

수로왕이 즉위한 지 7년(48년) 되는 7월 27일이다.

9간들이 조회에 참여하여 왕에게 진언하였다.

"대왕께서 강림하신 이래로 아직 좋은 배필을 만나지 못하였습니다. 신들의 집에 있는 처녀들 가운데 가장 아름다운 이를 뽑아 궁중에 들이셔서 배필로 삼도록 하십시오."

왕이 답하였다.

"짐이 이 땅에 내려온 것은 하늘의 뜻이오. 그러하니 나를 도와 왕후가 될 사람도 역시 하늘이 마련하였을 것이오. 그대들은 염려 마시오."

곧 유천간에게 명하여 가벼운 배 한 편과 날랜 말을 끌고 망산도[96]에 가서 기다리게 하고 다시 신귀간에게 명하여 승점[97]에 나아가 있으라 하였다.

그들이 바닷가로 나가자 과연 가락국 앞 서남쪽 바다에서 붉은 빛깔의 돛을 걸고 붉은 빛깔의 깃발을 휘날리며 북쪽을 향해오는 배가 있었다. 먼저 섬에서 기다리던 유간천 등이 배를 보고 섬에 횃불을 올려 밝히자 배는 쏜살같이 달려와 그에 탄 사람들이 앞을 다투어 땅에 내리려 하였다. 승점에 있던 신귀간이 이 광경을 보고 대궐로 달려가 왕에게 아뢰었다. 왕이 듣고 매우 기뻐하였다. 9간들을 보내어 좋은 배를 내어주고 영접하여 오게 하였다. 9간들이 곧장 대궐로 모셔들이려 하자, 왕후는 입을 열었다.

"내 그대들을 생전 처음 보는 터에 어찌 경솔히 따라가겠소."

유천간 등이 돌아가 왕후의 말을 전달하였다. 왕은 왕후의 말을 옳게 여겨 유사(有司)들을 데리고 대궐에서 서남쪽으로 60보쯤 되는 곳으로 가서 산기슭에 왕이 거할 임시 천막을 치고 기다렸다.

왕후는 산 밖에 있는 별포(別浦) 나루에 배를 매어두고 육지에 올라, 높은 산 언덕에서 쉬고 있었다.

---

96. **망산도** 가락국 서울 남방의 섬.
97. **승점** 승점은 서울 가까이 있는 속국 연하국.

왕후는 그곳에서 입고 있던 비단 치마를 벗어 산신령에게 예물로 드렸다. 왕후를 그곳까지 모셔온 신하가 둘이 있었는데 이름을 신보(申輔)와 조광(趙匡)이라 하였다. 그들에게는 아내가 있었는데 각각 모정(慕貞)과 모량(慕良)라 하였다. 또 노예들까지 있어 다 함께 아우르면 20여 명이었다. 왕후가 가져온 비단, 능라(綾羅), 화려한 수를 놓은 의상, 금은, 주옥, 노리개, 갖은 패물들이 이루 헤아릴 수 없을 만큼 많았다.

왕후가 왕이 임시로 머문 거처로 차차 다가오자 왕이 나아가 맞아들여 함께 장막 안으로 들어왔다. 왕후를 모셔온 신보, 조광 이하 모든 신하들이 뜰 아래에 내려가 뵙고는 곧 물러갔다.

왕이 왕후를 여태까지 모셔온 두 신하내외를 인도하여 오게 하여 접견한 후 유사에게 명하였다.

"한 사람에 하나씩 다른 방을 내주어 들게 하고 이하 노예들은 한 방에 대여섯 명씩 들게 하라. 난초로 만든 음료와 해초로 만든 술을 내고 무늬 놓은 채색 침구에서 자게 하라. 그리고 가져온 의복과 천, 보화 들은 많은 군졸들을 둘러 세워 지키게 하라."

그리고 나서 비로소 왕과 왕후는 더불어 침소에 들었다. 왕후가 조용히 왕에게 말하였다.

"저는 아유타국[98]의 공주입니다. 성은 허(許), 이름은 황옥(黃玉)이라 합니다. 그리고 나이는 열여섯입니다. 제가 본국에 있을 때의 일입니다. 올

----

[98] **아유타국** 인도의 한 나라.

해 5월의 어느 날 저의 부왕과 왕후께서 저를 보고 이런 말씀을 하셨습니다.

'네 아비와 어미가 어젯밤 꿈에 함께 옥황상제를 뵈었다. 상제 말씀이 가락국의 임금 수로는 하늘이 내려 왕위에 오르게 한 사람이니 그야말로 신성한 이다. 게다가 새로 나라에 임하여 아직 배필을 정하지 못하였으니 그대들은 모름지기 공주를 보내어 그의 배필로 삼도록 하라, 하시고는 도로 하늘로 올라가셨단다. 꿈에서 깨어난 뒤에도 상제의 말씀이 사뭇 귀에 쟁쟁하니, 너는 이 자리에서 곧바로 부모를 하직하고 그곳으로 가거라.'

저는 곧 바다 위에 떠서 멀리 증조를 찾고 하늘로 가서 아득히 반도를 좇아[99] 이렇게 외람되지만 왕을 모시고 용안을 가까이 하게 되었나이다."

왕은 응대하였다.

"나는 나면서부터 자못 신성하여 공주가 멀리에서 올 것을 미리 알고 있었소. 그래서 신하들이 왕비를 들이자고 청하였으나 함부로 따르지 않았소. 이제 아름답고 현숙한 그대가 스스로 왔으니 이 몸은 행복하오."

왕과 왕후는 한 방에 들어 밤을 두 차례 보내고 밝은 낮을 한 차례 보냈다. 그런 뒤 왕후가 타고 온 배를 아유타국으로 돌려보내기로 하였다. 배에 타고 간 사람은 모두 15명이었는데 각각 쌀 10석과 베 30필을 주어 본국으로 돌아가게 하였다.

8월 1일에 본궁으로 수레를 돌렸다. 왕은 왕후와 함께 타고, 왕후의 신

[99]. 바다 위에 떠서 멀리 증조를 찾고 하늘로 가서 아득히 반도를 좇아 증조는 곧 찐 대추로서 선인들의 약의 일종, 반도는 선인들이 먹는 복숭아. 선계로 신선을 찾아왔다는 의미로 곧 왕을 찾아왔다는 말.

하들의 수레도 나란히 하여 출발하였다. 그리고 가져온 이국의 패물들을 모두 수레에 따로 싣고 서서히 대궐로 들어왔다. 이때가 동으로 만든 물시계가 막 정오에 가까워 올 무렵이었다.

왕후는 중궁(中宮)을 거처로 정하고 모시는 신하들 부처와 남녀 사속들에게는 널찍한 집 두 채를 주어 나누어 들게 하고, 나머지 종자들은 20여 칸 짜리 빈관(賓館) 한 채에다 사람 수를 배정하여 구별지어 머물게 하고는 날마다 음식을 넉넉하게 주었다. 싣고 온 진기한 보물들은 내고(內庫)에 간수하여 왕후가 필요할 때마다 사시사철 꺼내 쓰도록 하였다.

어느 날 왕이 신하들에게 말하였다.

"9간들은 다 여러 관리들의 어른이나 그 직위며 명칭이 모두 일반 백성이나 촌 농부의 칭호와 같아서 벼슬자리에 오른 귀인의 칭호라곤 할 수 없소. 어쩌다 문명이 앞선 외국에서 전해 들으면 반드시 웃음거리가 되는 욕을 당할 것이오."

드디어 아도를 아궁(我躬)으로, 여도는 여해(汝諧)로, 피도는 피장(彼藏)으로, 오도는 오상(五常)으로 고치고, 유수와 유천의 이름은 윗글자는 그냥 두고 아랫글자만 고쳐 각각 유공(留功)과 유덕(留德)으로 하였다. 신천은 신도(神道)로 고치고 오천은 오능(五能)으로 고치고, 신귀(臣貴)는 음은 본래대로 두고 그 훈만 고쳐서 신귀라고 하였다.

그리고 신라의 직제를 취하여 각간(角干), 앗간[阿叱干], 급간(級干)의 품계를 두고, 그 아래 관료는 주나라의 규례와 한나라의 제도에 의거하여 배정하였다. 이것이 곧 낡은 것을 버리고 새것을 취하며 관서를 설치하고 직책을 배정하는 방도일 것이다.

이리하여 나라를 다스리고 집안을 가지런히 하여 백성들 사랑하기를 자식과 같이 하였으므로 그 가르침이 엄하지 않아도 저절로 위엄이 서고 정사는 엄격을 내세우지 않아도 저절로 다스려졌다.

더욱이 왕이 왕후와 함께 있음을 비유하면 마치 하늘과 땅이, 해와 달이, 양(陽)과 음(陰)이 함께 있는 것과 같으니, 그리하여 그 공로는 도산의 딸[100]이 하우(夏禹)를 도운 것과 같았고, 당요의 딸[101]들이 우순(虞舜)을 일으킴과 같았다.

몇 년을 잇따라 곰을 얻는 꿈의 조짐이 있더니 왕후는 태자 거등공(居登公)을 낳았다.

후한 영제 22년(189년) 3월 1일에 왕후는 붕어하였다. 향년이 157세, 나라 사람들의 비탄은 대단하였다. 구지봉 동북쪽에 있는 언덕에 장사지냈다. 그리고 왕후 생전에 백성들을 사랑하신 그 은혜를 잊지 않기 위해 왕후가 처음 배를 대었던 그 나루터 마을을 주포촌(主浦村)이라 부르기로 하고, 왕후가 비단치마를 벗어 산령에게 예물로 바쳤던 그 언덕은 능현(綾峴), 붉은 빛깔의 깃발이 들어오던 그 바닷가는 기출변(旗出邊)이라 부르기로 하였다.

왕후를 따라왔던 신하 천부경(泉府卿) 신보와 종정감(宗正監) 조광은 가

---

[100] **도산의 딸** 한나라의 우왕이 도산에서 제후를 만나 맹세하고 도산녀에게 장가들었다고 함.
[101] **당요의 딸** 순의 아내가 된 요제의 두 딸 아황(娥皇)과 여영(女英).

락국에 온 지 30년만에 각각 딸 둘씩을 낳았는데 1,2년을 더 지나 그들 부부는 모두 세상을 떠났다. 그 나머지 노예들은 온 지 7,8년이 지나도록 자녀들을 낳지 못하였고, 오직 고향을 그리는 슬픔을 안고 지내다 고향 땅으로 머리를 향한 채 모두 죽어갔다. 마침내 그들이 살던 빈관은 텅 비고 아무도 없게 되었다.

수로왕은 왕후가 세상을 떠난 뒤 늘 외로운 베개에 누워 비탄을 금치 못하더니 왕후 간 지 10년이 지난, 후한 헌제(獻帝) 10년(199년) 23일 붕어하였다. 향년 158세였다. 온 나라 사람들이 어버이를 여읜 듯 비통해하였는데 그 정도가 왕후 때보다 더 하였다.

대궐의 동북방 평지에 높이가 한 길, 둘레가 300보 되는 빈궁을 축조하여 장사지내고 수릉왕묘(首陵王廟)라 하였다. 그리고 아들 거등왕에서 시작하여 9대 손인 구형왕에 이르기까지 이 왕묘에 향을 피우고 제사를 드렸다. 이 제사는 해마다 정월 3일과 7일, 5월 5일, 8월 5일과 15일에 풍성하고 청결한 제물을 바쳐서 지냈는데 그 제전이 대를 이어 끊기지 않았다.

신라 제30대 문무왕 때, 문무왕 즉위년(631년) 3월에 다음과 같은 조서를 내렸다.

〈짐은 가야국 시조왕의 9대손 구형왕이 본국에 항복해 올 때 데리고 온 아들 세종(世宗)의 아들인 솔우공(率友公)의 아들 잡간 서운의 따님이신 문명왕후(文明王后)[102]가 낳았다. 그러므로 가야국의 시조왕은 이 사람에게 15대 시조가 되는 것이다. 그분이 다스리던 나라는 이미 없어

졌지만 그분을 장사지낸 사당은 아직도 남아 있으니 종조(宗祖)에 합하여 그 제사를 계속케 할 것이다.〉

그리하여 가야국의 옛 성터에 사자를 보내어 수릉왕묘 가까이에 있는 상상전(上上田) 30경을 주어 제사지낼 비용으로 삼게 하고, 이를 왕위전(王位田)이라 이름짓고 왕위전은 신라의 영토로 복속하도록 하였다. 수로왕의 17대손 급간 갱세(賡世)가 조정의 지시를 삼가 받들어 왕위전을 관장하여 매년 세시(歲時)에 술과 단술을 빚고, 떡·밥·차·과일 등속의 제물을 차려 제사를 드렸는데 한 해도 거르지 않았다.

그 제일(祭日)은 거등왕이 정한 연중 5일로, 즉 정월 3일과 7일, 5월 5일, 8월 5일과 15일을 어김없이 다 지켰다. 이제 아름다운 정성을 바치는 이 향사는 지금의 나[103]의 소관 안에 있게 된 것이다. 거등왕이 즉위했던 해(199년)에 변방[104]을 설치한 이래로 마지막 임금 구형왕 말년까지 330년 동안은 왕묘에 지내는 이 제사가 그 간곡하고 지대한 예의절차를 어긴 적이 없었지만, 구형왕이 왕위를 잃고 나라를 빼앗긴 뒤로 문무왕[105] 즉위년, 문무왕이 왕위전을 두어 제사를 다시 받들도록 하기까지 60년 동안은 제향의식이 혹은 걸러지기도 하였던 것이다. 아름답구나! 문무왕이여, 선

---

102. **분녕왕후(文明王后)** 김유신의 누이동생. 김유신의 아버지 이름이 서현(舒玄), 또는 초연(逍衍)이라 했는데 여기 '서운' 도 역시 동음이사인 듯함.

103. **지금의 나** 여기서 '나'는 이 『가락국기(駕洛國記)』를 쓴 금관지주사 자신.

104. **변방** 평상시에 거처하는 곳으로 정전(正殿)과 구별됨.

105. **문무왕** 법민왕(法敏王)의 시호(諡號).

조를 받들어 효성을 다하고 끊어진 제향을 다시 이어 행하나니…….

수로왕릉에서 일어난 기이한 일들

신라 말기에 잡간 충지(忠支)라는 자가 있었는데 금관고성을 공략하여 성주장군(城主將軍)이 되었다. 그때 아간 영규가 성주장군의 위세를 빌어 수로왕묘의 사당에 제사지내는 것을 빼앗아 자기 분수로 지내서는 안 될 제사를 지냈다.

단오날이 되어 영규가 사당에 고하는데 까닭 없이 대들보가 부러져 내려앉았다. 그래서 영규는 눌려 죽고 말았다.

그러자 성주장군 충지는 스스로에게 말하였다.

"전세의 인연으로 외람되게도 성왕이 계시던 이 도성의 제전을 받들게 되었으니 마땅히 그 영정을 그려 모시고 향과 등을 바쳐 신령스런 은혜에 보답하리라."

성주장군은 마침내 진귀한 비단 석 자에 수로왕의 모습을 그린 영정을 벽 위에 봉안하고 아침저녁으로 기름불을 켜두고 경건하게 우러러보며 공손히 절하였다.

그렇게 모신 지 3일 만에 영정의 두 눈에서 피눈물이 흘러내려 땅바닥에 괴었는데 거의 한 말 가량이나 되었다. 장군은 크게 겁이나 영정을 받들고 왕묘에 나가 불살라버렸다. 그리고는 즉시 수로왕의 친자손 규림(奎林)을 불러 말하였다.

"어제 상서롭지 못한 일이 있었소. 어찌 이런 일이 거듭되는 것인가? 이건 필시 왕의 위령이 자손이 아닌 내가 화상을 그려 공양한 것을 불손하게 여겨 노하신 것일 것이오. 영규가 죽었을 때 무척 두려워하였는데, 내가 영정을 불태웠으니 반드시 신령의 노여움을 받게 될 것이오. 그대는 수로왕의 진손이니 그대가 예전처럼 제사를 받들도록 하오."

그리하여 규림이 대를 이어 제사를 받들었다. 규림이 88세에 죽고 그 아들 간원경(間元卿)이 이어 받들게 되었다. 그런데 단옷날 알묘제[106]에 영규의 아들 준필(俊必)이 발광을 하여 묘에 와서는 간원이 차린 제물을 걷어 치우고 자기가 가져온 제물을 차려놓고 제사를 지내기 시작하였다.

그런데 초헌(初獻), 아헌(亞獻), 종헌(終獻), 이 세 차례의 술을 드리는 절차가 끝나기도 전에 별안간 병을 얻더니 집으로 돌아가 죽고 말았다. 옛 사람의 말에 '함부로 지내는 제사는 복을 받지 못하고, 도리어 화를 받는다.'고 했는데 앞서의 영규와 뒤의 준필, 이 부자를 두고 한 말인가 보다.

수로왕 묘 안에 많은 보물이 있다는 소문을 듣고 이것을 훔치러 온 도적 떼들이 있었다. 첫날 도적 떼들이 묘에 침입하였더니 갑옷을 갖추어 입고 투구를 쓴 용사 한 사람이 묘 안에서 나타나 활시위에 화살을 당기고 사방으로 화살을 비오듯이 쏘아댔다. 용사가 일고여덟 명을 맞추어 죽이자 나머지 도적들은 놀라 달아났다. 달아난 도적들이 며칠이 지나 다시 침입하

---

[106] **알묘제** 묘에 참배하는 제전.

였을 때 이번엔 길이가 30여 자나 되는 큰 구렁이가 안광을 번개처럼 번득이며 묘 옆에서 나타나더니 도적 팔구 명을 물어 죽였다.

겨우 죽음을 면한 자들은 모두 엎어지고 자빠지며 흩어져 달아났다. 이런 일들로 보아 수로왕 능원의 안팎엔 필시 신물(神物)이 있어 보호하고 있음을 알 수 있다.

수로왕이 승하하여 후한 헌제 10년(199년)에 처음 축조된 때로부터 지금의 왕, 문종께서 치세하신 지 31년(199년)째인 오늘에 이르도록 사뭇 8백 78년이 지났지만 수로왕의 능원은 묘에 쌓아올린 흙이 헐어지지도 무너지지도 않고 있으며, 그때 심은 아름다운 나무들은 말라죽지도 썩지도 않고 있다. 더구나 진열된 갖가지 부장품들도 망가진 것이 하나도 없다. 당나라 사람 신체부가,

"옛부터 지금에 이르도록 망하지 않는 나라가 어찌 있으며, 허물어지지 않는 무덤이 어찌 있겠는가."

라고 말하였는데 가락국과 수로왕릉을 보자면 가락국은 옛날에 망하였으니 그의 말이 맞지만 수로왕릉이 허물어지지 않은 것으로는 보면 그의 말이 믿을 것이 못되는 것 같다.

수로왕을 사모해서 하는 놀이가 있다. 매년 7월 29일이면 이곳 백성들과 관리, 아전들은 승점에 올라가 장막을 치고, 술과 음식을 먹고 마시며 환호한다. 그들이 이쪽저쪽으로 눈짓을 하면 건장한 청장년들이 두 편으로 갈라져 한패는 망산도에서부터 세차게 말을 몰아 뭍으로 달리고 다른 한패는 물위에 배를 띄워 미끄러지듯 밀고 나와 북쪽으로 고포를 목표로

다투어 내닫는다. 이것은 옛날옛적에 유천간, 신귀간 등이 왕후의 도착을 기다리다 급히 임금에게 알렸던 그 일을 재현하는 것이다.

가락국이 망한 뒤 대대로 이곳을 부르는 이름이 한결같지 않았다. 신라 제31대 신문왕이 즉위한, 당 고종 32년(681년)에는 이름을 금관경이라 하고 태수를 두었고 259년이 지나 우리 태조께서 통합한 뒤로는 대대로 임해현이라 칭하고 48년 간 배안사(排岸使)를 두어 지내왔다.

다음은 임해군이라고 했다가, 또는 김해부라고도 했는데 도호부를 둔 것이 27년 간이고 또 방어사를 둔 것이 64년 간이다.

성종 10년(991년), 김해부의 양전사[107]였던 중대부(中大夫) 조문선(趙文善)의 조사 보고에 의하면 수로왕묘에 속한 전답의 결수가 너무 많으니 15결로 하여 옛 관례에 따르도록 하고 그 나머지는 김해부의 역정(役丁)들에게 나누어주는 것이 좋겠다고 하였다. 그 일을 관할하고 있는 관서에서 장계를 보내 그 보고를 올렸더니 당시 조정에서 다음과 같이 왕의 뜻을 밝혔다.

"하늘이 내린 알이 화하여 성군이 되고 재위하시어 향수(享壽)가 158년이었다. 저 3황[108] 이래로 능히 이에 어깨를 견주실 자 드물 것이다. 붕어하신 후 선대로부터 전답을 왕묘에 귀속시켜왔는데 이제 와서 줄인다는 것은 실로 송구스러운 일이다."

---

[107]. **양전사** 전답 측량의 사명을 띤 관리.
[108]. **3황** 중국 상고의 천황(天皇), 지황(地皇), 인황(人皇).

이런 교지로 허락하지 않았다.

하나 양전사 조문선이 앞서의 건의를 다시 해왔다. 그러자 조정에서도 결국 받아들이고 전답의 반은 왕묘에 종전대로 귀속케 하고 그 나머지 반은 그 지방 역정들에게 나누어주라고 지시하였다. 양전사 조문선이 조정의 지시를 받아 전답의 반은 수로왕의 능묘에 그대로 귀속시켜 두고, 절반은 떼어서 그 김해부에서 부역하는 호정(戶丁)들에게 지급하였다.

그 일이 거의 끝나갈 무렵에 양전사 조문선이 몹시 지쳐 잠이 들었는데 어느 밤 문득 꿈에 칠, 팔의 귀신이 밧줄과 칼을 들고 나타나 이렇게 크게 꾸짖었다.

"네가 큰 죄를 지었으니 널 죽이러 왔노라!"

양전사는 귀신들의 형벌을 받으며 아프다고 비명을 지르다가 놀라서 꿈에서 깨어났는데 이내 너무 두려워 도망하였다. 그리고 곧 병이 들었는데 관문을 지나 달아나다가 병이 깊어져 죽고 말았다. 그러므로 양전사 조문선이 처리한 양전도장에는 그의 도장이 찍혀지지 않았다.

그를 뒤이어 양전사를 임명받아 온 사람이 그 전토를 검사했더니 겨우 11결 12부[109] 9속[110]뿐이고 3결 87부 1속이 부족하였다.

이에 전토가 횡령된 곳을 찾아내 중앙 관서 및 지방 관서에 보고하고 칙명을 받아 다시 넉넉히 지급하였다.

또 한 가지 고금을 두고 탄식할 일이 있었다.

[109] **12부** 1결(結)의 100분의 1.
[110] **9속** 1부(負)의 100분의 1.

수로왕의 8대손 김질(金銍)왕은 정사를 부지런히 돌보는 한편 불도를 받들기에도 지성스러웠다. 시조모(始祖母)인 허왕후의 명복을 빌기 위해, 왕 즉위 2년(452년)에 수로왕과 황후가 합혼했던 곳에 절을 세우고 이름을 왕후사라 하였다. 그리고 사자를 보내 그 근처의 평전(平田) 10결을 측량하여 삼보[111]를 위한 공양의 경비에 보태도록 하였다.

이 절이 세워진 지 5백 년 뒤 옆에 장유사를 세웠는데 장유사에 바쳐진 전답과 임야가 모두 합해서 3백 결이나 되었다.

그러자 이 장유사의 삼강[112]이 '왕후사는 우리 절 임야의 동남쪽 푯말 안에 있다'고 하며 그 절을 없애고 농장으로 만들어 곡식을 추수하고 저장하는 장소로 쓰고 또 마소를 기르는 외양간으로도 썼다. 참으로 슬픈 일이 아닐 수 없다.

> 혼돈이 처음 열리고
> 해와 달이 비로소 밝게 빛나고
> 인륜이 비록 생겨났으나
> 임금의 자리는 이루어지지 않았네.
> 중국의 왕조는 벌써 여러 대를 지냈는데
> 동국(東國)에는 아직 서울이 갈려 있어
> 신라는 먼저 정해지고
> 가락이 뒤에 이루어졌네.
> 세상을 다스릴 이가 없으니

---

[111]. **삼보** 불(佛), 법(法), 승(僧)으로 불교의 총체적인 대상.

[112]. **삼강** 절에서 대중을 통솔하여 규칙을 유지하는 세 직책, 상좌(上座), 사주(寺主), 도유나(都維那).

누가 인민을 보살피랴
드디어 천제께서
저 창생을 돌보셨네.
이에 부명(符命)을 내리시어
정령(精靈)을 아래로 내려 보내셨네.
알은 산 속으로 내려와
안개 속에 그 모습을 감추었네.
안은 오히려 아득하고,
밖은 또한 캄캄하였네.
바라보면 모습이 없는 듯했으나
들으니 곧 소리가 있었네.
백성들은 노래 불러 아뢰고,
무리들은 춤추어 보이네.
이레를 지난 후에야
비로소 안정이 찾아왔네.
바람이 불어 구름이 걷히자
열린 하늘이 푸르기만 한데
여섯 개의 둥근 알이 내려왔네.
한 가닥 자줏빛 끈에 매어서.
구경꾼이 담장처럼 늘어서고
쳐다보는 이는 우글거리고
낯선 곳 이상한 곳에
가옥이 연달아 지어졌네.
다섯은 각 고을로 나누어 돌아가고
하나만이 성에 남았네
같은 때 같이 행한 자취가
마치 아우와 형과 같았네.
실로 하늘이 덕 있는 이를 낳아서

세상을 위해 따를 길을 지으셨네.
왕위에 처음 오르자
온 천지가 곧 맑아졌네.
궁전 모습은 옛 가르침을 따르고
흙 계단은 오히려 평평 하였네.
정사를 세우기에 힘쓰고
백성의 살림을 보살폈네.
기울거나 치우침이 없으니,
오직 한결 같이 정수(精粹)할 뿐이었네.
길 가던 나그네는 길을 서로 양보하고
농사꾼은 농토를 서로 사양하였네.
사방은 모두 안정 하고
만민은 태평성대를 노래 했네.
갑자기 풀잎의 이슬처럼
대춘[113] 같은 수명을 보전 하지 못하셨네.
천지가 기운이 떨어지고
조야가 모두 슬퍼하였네.
그 발자취, 금과 같고
그 명성, 옥소리처럼 울렸네.
후손이 끊어지지 않으니
영묘(靈廟)의 제전이 향기로와
세월은 비록 흘렀으나
그 규범만은 조금도 허물어지지 않았네.

[113] **대춘** 만육천 년을 산다는 나무.

제 3 권

흥법(興法) 제 三

　　　　　　　　형리가 그의 목을 베었다. 순간 염촉
의 목에서 붉은 피가 아닌 흰 젖이 한 길이나 솟아올랐다. 갑자기 하늘
이 컴컴해지고 저녁 햇살은 빛을 잃고 어두워졌다. 땅이 요동치고 거센
빗방울이 뚝뚝 떨어져 내리기 시작하였다.

고구려와 백제의 불교 전파

순도, 마라난타, 아도

순도가 고구려에 와 불법을 전하다

『고구려본기』에 있는 기록이다.

소수림왕 즉위 2년(327년)에 전진(前秦)의 부견(符堅)이 사자와 중 순도(順道)를 시켜 불상과 경을 적은 글을 보내왔다.

즉위 47년 되던 해(374년)에는 아도(阿道)가 진(晉)나라에서 들어왔다. 그 이듬해인 올해(375년) 2월에는 초문사를 세워 순도를 주지로 삼았고, 또 아란불사를 세워 아도를 두었으니 이것은 바로 고구려 불법의 시작이다.

이에 순도를 찬양하노라.

압록강에 봄이 깊어 풀빛이 더욱 고운데
흰 모래 밭 갈매기는 한가롭게 조네
멀리서 노 젓는 소리에 갑자기 놀라니
안개 속 고기잡이 배, 어디서 오는 손님이신가

마라난타가 백제에 오다

『백제본기』에 적히기를, '제15대 침류왕이 즉위하던 해(384년)에 진나라에서 호승(胡僧) 마라난타가 들어오자, 그를 맞이해 궁중에 두고 예의로 대접하였다. 이듬해에 새 도읍인 한산주에 절을 세우고 중 열 사람이 수도하도록 하였으니 이것이 백제의 불법의 시작이다'

아신왕이 즉위하던 해(392년) 2월에 불법을 숭상하고 믿어 복을 구하라는 교서를 내렸다. 마라난타를 번역하면 그 뜻은 동학(童學)이다.

이에 그를 찬 하노라.

> 하늘이 접지해 어두운 세상에 내려 오니
> 대도에서 기량을 발휘 하기 참으로 어렵 구나
> 늙은이들 나서서 노래와 춤을 바치니
> 이웃사람 이끌어 그 눈으로 보게 하네.

아도(阿道)가 신라에 불교를 전하다

『신라본기』 제4에 이런 기록이 있다.

제19대 눌지왕 때 중 묵호자(墨胡子)가 고구려에서 일선군에 왔는데 그 고을 사람 모례(毛禮)가 집안에 토굴로 방을 만들어 그를 모셨다. 그때 중국의 양나라에서 사자를 보내어 옷과 향을 보내왔는데 임금이고 신하고 아무도 그 이름과 사용하는 법을 몰랐다. 그래서 향을 싸 온 나라를 돌아다니며 묻게 하였더니 묵호자가 이를 보고 말하였다.

"이것은 향입니다. 불을 붙여 태우면 향기가 맑아 정성이 신성한 곳까지 닿는다고 합니다. 그 신성한 것에는 삼보(三寶)보다 더한 것은 없으니, 이 향을 피워 소원을 빌면 반드시 영험이 있을 것입니다."

왕녀가 병이 깊어 묵호자를 불러 향을 피우고 발원하게 하였더니 병이 나았다. 왕이 크게 기뻐하며 크게 사례하였는데, 나중에 보니 사라지고 어디로 갔는지 알 수가 없었다.

제21대 비처왕 때 아도화상이 종자 셋과 함께 모례의 집에 찾아왔는데 그 모습이 묵호자와 비슷하였다. 몇 년을 머물다 병도 들지 않은 채로 그대로 죽자, 종자 셋은 계속 머물며 불법을 강독하였더니 믿는 자들이 이따금 생겼다.

아도에 대한 기록을 살피면 이렇다.

고구려 사람으로 어머니는 고도녕(高道寧)인데 조위(曹魏) 사람 아굴마가 고구려에 사신으로 왔다가 그와 정을 통하여 수태하여 아도가 태어났다.

태어난 지 5년째에 어머니가 출가시켰다. 16세에 위나라에 들어가 굴마를 찾아뵙고 현창화상 밑에서 업을 닦았다. 19세에 다시 어머니 곁으로 돌아와 어머니의 말을 듣고 신라에 이르렀다.

"이 나라가 불법을 모르지만 3천 달이 지나면 신라에 성왕이 태어나 불법을 크게 세울 것이다. 신라 서울 안에 가람의 옛 터가 일곱 군데 있는데 법수(法水)가 오래도록 흐르는 땅이니, 네가 그곳으로 가서 불교를 전파하면 반드시 그 땅에 불교행사를 받들게 될 것이다."

아도가 신라의 왕성 서쪽 동네에 머무니 이곳이 지금의 엄장사이다. 미추왕 즉위 2년(263년)이었다.

그가 대궐에 나가 불법을 전하고자 청하자 세상사람들은 보지 못하던 것이라 이를 꺼려하였고 심지어 죽이려고 하였다. 아도는 모례의 집으로 달아나 숨어 지냈다. 3년 되던 해 왕녀가 병들자 무당의 굿도 의원의 의술도 소용이 없었으므로 사방에 방을 붙이고 병 고칠 이를 찾으니 아도가 급히 대궐에 들어가 병을 고쳤다. 왕이 크게 기뻐하여 그가 원하는 것을 물었다. 법사가 구하기를,

"빈도는 아무것도 원하는 것이 없사옵니다. 다만 천경림에 절을 세워 불법을 일으키고 나라의 복을 빌고자 할 따름입니다."

왕이 허락하여 명을 내리니 공사가 시작되었다. 당시의 풍속은 소탈하고 검소하여서 풀을 말린 띠를 엮어 절을 세웠다. 법사가 머물며 강연하자 천화(天花)가 가끔 하늘에서 떨어졌다. 절 이름을 흥륜사(興輪寺)라 하였다.

얼마 뒤 미추왕이 세상을 떠나자 나라 사람들이 아도를 없애려 하였다. 그는 모례의 집에 무덤을 만들고 들어가 문을 닫고는 자기 스스로 목숨을

끊었다.

그가 사라지자 불교도 더 이상 이어지지 않았다.

제23대 법흥왕이 즉위하여 불교를 일으켰으니 미추왕으로부터 252년이 되어 아도의 어머니가 3천 달이라고 한 말이 맞았던 것이다.

이차돈의 순교

법흥대왕이 불법을 일으키다

이차돈의 목을 치니

『신라본기』에 의하면, 법흥대왕 14년(527년)에 신하 이차돈(異次頓)이 불법을 위해 자기 몸을 바쳤다는 기록이 있으니, 이는 바로 양나라 무제 26년으로 달마대사가 서천축에서 금릉[1]으로 온 해의 일이다.

그해에 낭지법사(朗智法師) 역시 영취산[2]에 머물며 처음으로 도량을 연 것으로 보면 불교의 흥망성쇠가 반드시 멀고 가까운 곳에서 동시대에 서로 감응해서 이루어진다는 것을 알 수 있다.

당나라 헌종 연간(806~820년)에 남간사[3]의 중 일념(一念)이 『촉향분례불결사문(髑香墳禮佛結社文)』을 찬술했는데, 이차

돈의 순교에 관한 일을 아주 자세히 실었다. 이에 그 이야기의 대강을 옮겨 쓰면 다음과 같다.

옛날 법흥대왕이 궁내에서 정사를 보살피시다가 신하들을 둘러보며 이렇게 말씀하셨다.

"옛적 한나라 명제가 꿈에 감응되어 불교가 동쪽으로 흘러 들어왔다. 과인도 즉위하면서부터 창생을 위하여 복을 닦고 죄를 없앨 처소를 지으려고 염원하였다."

그러나 조정의 신하들은 왕의 그 깊으신 뜻은 헤아리지 못하고 단지 치국의 대의만을 지키려 하여 절을 지으려는 신령스런 생각을 좇지 않았다.

법흥대왕은 탄식하였다.

"아아, 과인이 부덕한 몸으로 대업을 이어받아 위로는 음양의 조화가 부족하고 아래로는 백성들에게 즐거움을 주지 못하므로 정사를 본 후의 여가에 마음을 불도에 두었으나 그 누구와 더불어 함께 이룰 수 있을까?"

그 즈음 안으로 수양에 힘쓰는 이가 있어 성을 박(朴), 이름을 염촉[4]이라 하였다. 그 아버지는 누군지 알 수 없고, 할아버지는 아진(阿珍) 벼슬에 있던 종(宗)이란 자로, 바로 갈문왕 습보의 아들[5]이다. 염촉의 드러난 자질은 대쪽같이 곧았고 그가 품은 뜻은 거울처럼 맑았다. 덕을 많이 쌓은 이의

[4] **염촉** 혹은 '이처(伊處)', '이차돈'과 동의어.
[5] **갈문왕 습보의 아들** 신라인은 추봉한 왕을 모두 '갈문왕'이라 일컬었음. 김용행이 찬한 '아도비'를 보면 순교 당시의 나이는 26세로 아버지는 길승, 할아버지는 공한, 증조부는 걸해대왕이라 하였음.

증손으로서 조정의 중신으로 촉망되었고, 어진 임금의 충신으로 태평성대의 시신(侍臣)이 되길 바랐다.

그때 염촉의 나이 22세, 사인[6]의 직책에 있으면서 용안을 가까이 하여 우러러보다 왕의 뜻을 눈치채고, 그가 아뢰었다.

"신이 들으니 옛 사람은 한낱 나무꾼이나 소를 모는 목동에게서도 지혜를 구하였다 하옵니다. 하오니 폐하께 미천한 소신이 폐하의 품으신 귀한 뜻을 묻는 중죄를 범하고자 하옵니다."

왕은 말하였다.

"네가 알 바 아니다."

사인 염촉은 또 아뢰었다.

"나라를 위하여 몸을 버리는 것은 신하의 큰 절개요, 임금을 위하여 목숨을 바치는 것은 백성의 도리입니다. 폐하께서 소신이 폐하의 뜻하는 바를 그릇 전파하였다는 죄명으로 소신의 목을 베십시오. 그러면 만민이 다 굴복하여 폐하의 명을 감히 어기지 못할 것입니다."

왕은 응대하였다.

"장차 살을 베어내어 저울에 달아서라도 한 마리의 새를 살려주려 하고, 피를 뿌리고 목숨을 끊어서라도 일곱 짐승을 불쌍히 여긴다 하였다. 내 뜻이 사람을 이롭게 하는 것에 있는데 어찌 무고한 사람을 죽일 수 있겠느냐. 네가 비록 공덕을 쌓고자 하나 죄를 피하는 것만 못하리라."

---

[6] **사인** 궁중에서 일하던 관리.

염촉이 또 말하였다.

"세상 모든 것 중에 버리기 힘든 것으로 목숨보다 더한 것이 없다는 것을 아옵니다. 그러나 소신이 저녁에 죽음으로써 아침에 불교가 행해져 불일(佛日)이 다시 중천에 올라 성주(聖主)께서 길이 편안하시게 된다면 그 이상 더 바랄 것이 없습니다."

왕은 감탄하며 말하였다.

"난새와 봉황의 새끼는 날 때부터 하늘 높이 솟구칠 마음을 지니고 있고, 기러기와 고니의 새끼는 태어나면서부터 파도를 끊을 기세를 품는다더니 네가 그와 같구나. 가히 큰 선비의 행실이라 할 만하다."

이에 대왕은 짐짓 위의를 정제하고 사방에 두루 형구(刑具)를 벌여놓고 신하들을 불러들였다. 그러고는 문책을 하였다.

"경들이 과인이 절을 지으려 한다고 거짓 소문을 내었는가?"

그러고는 짐짓 못마땅한 태도를 지었다.[7] 그러자 여러 신하들이 전전긍긍하여, 황망히 그런 일이 없노라고 맹세하며 손으로 동서를 가리켰다.

왕은 사인 염촉을 불러 힐책하였다. 염촉은 자못 실색하여, 아무런 대꾸를 하지 않았다. 대왕은 분노하여 염촉의 목을 베도록 명하였다. 일을 맡은 관원이 염촉을 관아로 묶어왔다.

염촉은 죽음에 임하여 초연히 맹세를 하였다.

---

7. **못마땅한 태도를 지었다** 『향전』에는 이차돈이 왕명이라고 하며 절을 창건하라는 뜻을 신하들에게 전달하였음. 이 사실을 군신들이 왕에게 아뢰매 왕이 대노하여 왕명을 거짓으로 꾸며 전달하였다는 이유로 이차돈을 형벌한 것이라 하였음.

"대성법왕께서 불교를 일으키고자 하오니, 소신이 목숨을 버려 얽힌 인연을 끊어 뜻을 이루고자 합니다. 하늘은 이에 징표를 내려 두루 백성들에게 보이소서."

형리가 그의 목을 베었다. 순간 염촉의 목에서 붉은 피가 아닌 흰 젖이 한 길이나 솟아올랐다. 갑자기 하늘이 컴컴해지고 저녁 햇살은 빛을 잃고 어두워졌다. 땅이 요동치고 거센 빗방울이 뚝뚝 떨어져 내리기 시작하였다. 왕은 슬퍼하며 용포자락을 눈물로 적시고, 재상은 두려워하여 관복에 땀이 배었다. 샘물은 말라서 고기며 자라들이 다투어 뛰어오르고 나무는 부러져 원숭이가 떼지어 울었다.

춘궁(春宮)에서 말고삐를 나란히 했던 친구들은 눈물 흘리며 서로 돌아보고, 월정(月庭)에서 소매를 맞잡던 벗들은 창자가 끊어질 듯 이별을 아쉬워하였고, 관을 쳐다보며 우는 소리가 마치 부모를 여읜 듯하였다.

모두들 말하기를,

"개자추[8]가 다릿살을 베어낸 것도 염촉의 희생적 충절에 견줄 수가 없고, 홍연[9]이 배를 가른 일도 염촉의 장렬함에 어찌 견줄 수 있겠는가."라고 하였다.

---

[8]. **개자추** 춘추시대 진나라 문공(文公)이 망명할 때 함께 따라가 문공이 몹시 굶주리자 제 다릿살을 베어 문공에게 먹였는데, 뒤에 귀국하여 문공의 괄시를 받자 면산에 숨어 나오지 않았음. 문공이 잘못을 뉘우치고 산에 불을 질러 개자추가 나오길 기다렸는데 끝내 나오지 않고 그대로 타죽었다고 함. 한식(寒食)은 자추가 타죽은 날을 기린 날로 이 날은 일체 불을 때지 않고 찬밥을 먹었음.
[9]. **홍연** 춘추시대 위나라 패공이 오랑캐에게 죽임을 당하여 간만 남은 것을 사신 갔다가 돌아와 보고 그 앞에서 자기 배를 가르고 패공의 간을 넣고 죽었음.

이것은 곧 임금님의 신력을 붙들어 세우고 아도의 본 뜻을 성취시킨 것이니 참으로 성자이다. 그를 모셔 북산[10]의 서쪽고개에 장사지냈다. 염촉의 아내가 그를 애도하여 좋은 터를 잡아 난야[11]를 지어 자추사라 이름하였다.

이로부터 집집마다 불공을 드려 대대로 영화를 얻고, 사람마다 도를 행하여 불법의 이로움을 깨닫게 되었다.

진흥대왕 즉위 5년(544년) 갑자년에 대흥사를 지었고 양나라 무제 46년(547년)엔 양나라의 사자 심호(沈湖)가 사리를 가져왔으며, 진나라 문제 6년(565년)엔 진나라 사자 유사(劉思)가 승려 명관(明觀)과 함께 불경을 받들어 왔다. 이리하여 절들은 별처럼 벌어 있고 탑들은 기러기의 행렬처럼 늘어서게 되었다. 법당을 세우고 범종을 매다니, 훌륭한 스님들은 세상의 복전(福田)이 되고, 대승과 소승의 교법은 나라의 자비로운 마음이 되었다. 타방(他方)의 보살이 세상에 출현하고, 서역의 명승이 이 강토에 강림하였다. 이리하여 삼한을 아울러 한 나라로 삼았고, 사해(四海)를 합하여 한 집안을 삼았다. 그리하여 덕이 있는 이름은 천구의 나무에 씌었으며, 신기한 자취는 은하수에 비추었다.

이 어찌 3성[12]의 위덕으로 이룬 것이 아니겠는가.

뒤에 국통 혜릉(惠隆)과 법주 효원(孝圓) 및 김상랑(金相郎)과 대통 녹풍

---

10. **북산** 곧 금강산. 「향전」에는 머리가 날아가 떨어진 곳에다 장사지냈다는데 이 글에서는 그런 말이 없으니 무슨 까닭인가. 경상북도 경주 북산.

11. **난야(蘭若)** '아란야' 의 약칭으로 비구의 수행에 알맞은 곳, 곧 절을 말함.

12. **3성** 아도(我道), 법흥(法興), 염촉(厭觸).

(鹿風)과 대서성 진노(眞怒)와 파진찬 김억(金疑) 등이 염촉의 무덤을 고쳐 세우고 큰 비석을 세웠다.

당 헌종 12년 정유 8월 5일의 일이었다.

당 헌종 12년은 41대 헌덕왕 9년(817년)이다. 흥륜사의 영수선사가 그 무덤에 예불하던 향도들을 모아 뜻을 합하고 매월 5일에 그 영혼의 묘원(妙願)을 위해 단을 모으고 범회(梵會)를 베풀었다.

또 『향전』에는 '시골 노인들이 그의 기일을 당할 때마다 아침이면 흥륜사에서 모임을 갖는다' 했으니, 이 달(8월) 초닷샛날이 바로 염촉이 목숨을 버려 순교하던 날이다. 감개무량하구나! 그 임금이 아니었던들 그 신하가 없었고, 그 신하가 아니었던들 그 공덕은 없었을 것이다! 유비가 제갈량을 만난 듯 고기가 물을 만난 것과 같은 관계이니 구름과 용이 서로 감응하여 만난 것처럼 아름다운 일이라고 할 수 있지 않을까.

법흥왕은 한때 폐하였던 터를 일으켜 절을 세웠다. 절이 완성되자 면류관을 벗고 비구가 입는 가사인 방포를 입고 궁중에 있는 친척을 절의 종으로 삼았다. 그리고 그 절의 주지가 되어 몸소 대중을 널리 교화하는 일에 임하였다.

진흥왕은 큰아버지인 법흥왕의 덕을 이어받은 성인으로서 왕위에 올라 백관들을 잘 다스려 왕명이 어김없이 이루어지니 법흥왕이 세운 그 절에 대왕흥륜사란 이름을 내렸다.

전왕 법흥의 성은 김씨, 출가한 뒤의 이름은 법운(法雲), 자는 법공이라 하였다. 『책부원귀(册府元龜)』에는 성은 모(募), 이름은 진(泰)이라 하였다. 왕이 처음 절을 세우는 역사를 일으킨 해(535년)에 왕비도 역시 영흥사를 창건하였는데, 모록의 누이동생 사씨의 유풍을 흠모하여 왕과 함께 머리를 깎고 중이 되었다. 법명을 묘법(妙法)이라 하고 영흥사에 머물다 몇 해 뒤에 붕어하였다.

『국사』에 의하면 진평왕 즉위 36년(614년)에 영흥사의 소상(塑像)이 저절로 무너지며 진흥왕비 비구니가 돌아가셨다고 하였다. 그런데 진흥왕은 법흥왕의 조카이고, 그 왕비 사도부인(思刀夫人) 박씨는 모량리 각간 영실(英失)의 따님으로 역시 출가하여 중이 되긴 했으나 영흥사를 세운 주인은 아니다.

그러므로 『국사』의 '진흥왕비 비구니' 란 구절에서 진(眞)자는 마땅히 법(法)자로 고쳐 '법흥왕비 비구니' 로 썼어야 한다고 생각된다. 즉 『국사』의 그 기록은 법흥왕비 파조부인(巴刀夫人)이 중이 되었다가 돌아가신 사실을 말한 듯하다. 이 분이 바로 그 영흥사를 짓고 소상을 세운 주인이기 때문이다.

법흥왕과 진흥왕이 왕위를 버리고 승려가 된 사실을 사록에 기록하지 않았던 것은 세상을 다스리는 훈계가 아니기 때문이다.

또 법흥왕 즉위 14년(527년)에 양나라 임금(무제)을 위하여 웅천주에 절을 세우고 이름을 대통사라 하였다.

원종(법흥왕)

거룩한 지혜는 옛부터 만세를 꾀하나니
구구한 세상의 의논 따윈 조금도 따질 것 없네.
법륜(法輪)이 풀려 금륜(金輪)을 좇아 구르고
요순세월 태평성대 바야흐로 부처님 가르침으로 높아졌네.

염촉(이차돈)

의를 이루려 삶을 초개로 여긴 것도 놀라운데,
천화와 젖빛 피는 더욱 깊이 애달퍼라.
문득 한 칼에 목숨이 없어진 뒤
절마다 쇠북 소리 서울을 울렸어라.

제
3
권

탑상（塔像）제
四

　　　　　　　　즐거운 시절은 잠시뿐 / 마음이 금세
시들더니 / 근심이 어느덧 몰래 / 늙은 얼굴에 고이누나. / 한 끼 조밥이
익기를 / 다시 기다릴 사이도 없이 / 괴로운 일생이 한바탕 / 꿈인 것을
이제야 깨닫네.

신 라 의
탑 을 세 운
백 제 의   아 버 지

신라 제27대 선덕여왕 즉위 5년(636년)에 자장법사
는 불법을 공부하러 당나라로 건너갔다.

법사는 오대산에서 문수보살에게 감응하여 불법을 받았다.
문수보살이 자장에게 이렇게 말하였다.

"그대의 나라 임금은 천축의 찰제리종왕으로서 미리 다
음 세상에선 성불하리라는 교설을 받았다. 그러하니 불법
과 남다른 인연이 있어 다른 야만스런 동방 오랑캐 족들과
는 다르다. 그러나 산천이 험준한 까닭에 사람들의 성품이
거칠고 사나워 그릇된 도를 많이 믿으므로 천신이 가끔 재
앙을 내렸던 것이다. 그러나 이제 불법을 많이 닦은 비구들
이 나라 안에 가득 하니 때문에 임금과 신하가 편안하고 만
백성들이 화평할 것이다."

문수보살이 말을 마치고 사라지자 비로소 자장은 그것이
대성의 현신인 것을 깨닫고 울면서 물러났다.

어느 날 자장이 중국의 태화지(太和池)가를 지나고 있는데

홀연히 한 신인이 나타나 물어왔다.

"어찌 이곳에 왔느냐?"

자장이 대답하였다.

"보리[1]를 구하기 위해서입니다."

신인이 자장에게 합장하고 물었다.

"그대 나라에 어떤 어려움이 있느냐?"

자장의 답변은 이러하였다.

"우리 나라는 북쪽으로는 말갈과 닿아 있고, 남쪽으로는 왜와 접한 데다 고구려, 백제 두 나라가 번갈아 가며 국경을 침범하니, 이웃 도적들의 침입으로 백성들이 하루도 편할 날이 없습니다."

신인이 말하였다.

"그대의 나라는 지금 여자를 왕을 모시고 있어 덕은 있으나 위엄이 없다. 그렇기 때문에 이웃 나라들이 넘보는 것이다. 그대는 속히 본국으로 돌아가도록 하라."

"돌아가 어떤 일을 하면 장차 나라에 도움이 되겠습니까?"

신인은 이렇게 일렀다.

"황룡사의 호법룡(護法龍)은 나의 맏아들로 범왕(梵王)의 명령을 받아 그 절을 보호하고 있다. 본국에 돌아가 그 절에 9층탑을 세우면 이웃 나라가 항복하고 9한[2]이 조공을 바칠 것이며 사직이 길이 편안하게 될 것이다.

---

[1] **보리** 불교 최고의 이상인 불타 정각의 지혜와 그 정각의 지혜를 얻기 위하여 닦는 도.
[2] **9한** 구이(九夷)의 의미.

또 탑을 세운 뒤 팔관회³를 열고 죄수들을 사면하면 외적이 해치지 못할 것이다. 그리고 나를 위하여 그대 나라 경기지방의 남쪽 언덕에 절을 짓고 나의 복을 빌면, 나 또한 그 은덕을 갚으리라."

말을 마치자 신인은 옥을 받들어 올리더니 이내 사라져 모습을 감추어 버렸다.

선덕왕 즉위 12년(643년) 16일에 자장은 당나라 황제가 준 불경, 불상, 가사와 폐백 등을 가지고 본국으로 돌아왔다. 그는 돌아와서 왕에게 9층탑 세울 일을 아뢰었다.

선덕왕이 군신들에게 묻고 의논하였더니 군신들이 탑 세울 장인(匠人)을 백제에서 청해 와야만 된다고 하였다.

이리하여 보화를 주고 백제에 장인을 청해 왔는데 왕의 명을 받고 온 장인의 이름은 아비지(阿非知)였다. 그는 곧 나무와 돌들을 재고 나르기 시작하였다. 한편 이간(伊干) 용춘(龍春)은 보조 장인 200명을 데리고 일을 주관하였다.

처음 찰주, 즉 탑의 꼭대기에 깃발을 세우려던 날, 아비지의 꿈에 자기의 고국인 백제가 멸망하는 모습이 보였다. 아비지는 마음속에 알 수 없는 의심이 생겨 일손을 멈추었다.

그러자 문득 땅이 흔들리고 날이 어두워지더니 노승 하나와 장사 하나가 황룡사 금당의 문에서 나와 찰주를 세웠다. 그리고 중과 장사는 어디론

---

³ **팔관회** 고려시대에 행해졌던 국가 제전의식이 아니라 불교에서의 '팔관재계(八關齋戒)'를 말함.

가 사라져 버렸다. 이런 일이 있자 아비지는 마음을 고쳐먹고 탑을 완성하였다.

『찰주기(刹柱記)』에 적힌 바에 의하면 탑의 철반(鐵盤) 위의 높이는 42자, 철반 아래는 183자라고 하였다.

자장은 오대산에서 받아온 사리 100개를 나누어 9층탑의 기둥 속과 통도사의 계단(戒壇) 및 태화사[4]의 탑에 나누어 모셨다. 태화지 용의 소청에 따른 것이다.

탑을 세운 뒤에 천하가 태평하고 3한이 하나로 통일되었으니 이것이 탑의 영험이 아니고 무엇이겠는가.

탑을 세운 뒤에 있었던 일로서 고구려왕이 신라를 공벌하려다 이렇게 말하였다.

"신라에는 세 가지 보배가 있어서 침범할 수가 없다."

그 세 가지 보물은 황룡사의 장륙존상과 황룡사 9층탑, 그리고 진평왕이 하늘로부터 받은 옥대를 말하는 것이다. 그래서 신라 침범할 계획을 취소하였다. 옛날 주나라에 아홉 솥[5]이 있으므로 인하여 초나라가 감히 주나라를 넘보지 못했던 것과 같다.

이에 찬한다.

---

[4] **태화사** 자장이 창건한 절. 지금의 경상남도 울산에 위치함.
[5] **솥** 하우가 주조한 상고에 나라를 세움을 상징하던 솥.

신령이 탑을 받들어, 서울에 우뚝 서니

날렵한 용마루에 찬란한 빛

휘황하게 어른거리네.

올라보니 어찌 9한만

항복할 뿐이랴

천지가 유달리 태평함을

이제야 깨달았네.

해동의 명현인 안홍(安弘)이 찬술한 『동도성립기(東都成立記)』에는 이런 대목이 있다.

신라 제27대는 여자가 왕에 등극하였기로 도는 있으나 위엄이 없어 9한이 침노해 왔다. 만일 용궁 남쪽 황룡사에 9층탑을 세운다면 이웃 나라들의 침입하는 재앙을 막을 수 있다고 하였다. 9층의 제1층은 일본(日本), 제2층은 중화(中華), 제3층은 오월(吳越), 제4층은 탁라(托羅), 제5층은 응유(鷹遊), 제6층은 말갈(靺鞨), 제7층은 단국(丹國), 제8층은 여적(女狄), 제9층은 예맥(穢貊)을 가리켰다.

다음 『국사』와 황룡사 내의 옛 기록을 상고하여 보면 이런 기록이 있다.

진흥왕 즉위 14년, 절을 창건한 뒤에 선덕왕대(645년)에 9층탑이 비로소 건립되었다. 32대 효소왕 즉위 7년(698년) 6월에 벼락이 떨어져 33대 성덕왕 즉위 19년(720년)에 탑을 고쳐 세웠다. 다음 48대 경문왕 즉위 8년(868년) 6월에 탑에 두 번째의 벼락이 떨어져 같은 왕 때에 세

번째로 다시 고쳐 세웠다. 본조(本朝), 고려에 이르러 광종 즉위 5년
(953년) 10월에 세 번째로 벼락이 떨어졌고, 현종 13년(1021년)에 네
번째로 중수하였다. 다음은 정종 2년(1035년)에 네 번째로 벼락이 떨어
졌으며, 문종 18년(1064년)에 다섯 번째로 중수하였다.

그 다음은 헌종 말년(1095년)에 다섯 번째로 벼락이 떨어져 숙종 원
년(1096년)에 여섯 번째로 중수하였다.

고종 25년(1238년) 겨울, 몽고의 침입으로 탑과 장륙존상과 불전들
이 모두 불타버렸다.

분황사의 천수관음

눈먼 아이가 눈을 뜨다

경덕왕 때 일이다.

한기리에 사는 여인 희명(希明)에게 아이가 하나 있었는데 아이는 태어난 지 5년 되던 해에 갑자기 눈이 멀어버렸다.

어느 날 어머니 희명이 아이를 안고 분황사의 좌전(左殿) 북쪽 벽에 그려진 천수대비[6] 앞에 나아가, 아이를 시켜 노래를 지어 기도하게 했더니 마침내 아이의 눈이 밝아졌다.

아이가 부른 노래는 이렇다.

> 무릎을 낮추고
> 두 손 고이 모아,
> 천수관음전에
> 간절히 구하는 말을 드립니다.
> 천 개의 손에 천 개의 눈을

---

[6] **천수대비** 모든 중생을 제도하기 위해 천개의 팔과 천개의 눈을 가졌다는 관음보살.

하나를 덜어, 하나를 놓아
둘 다 없는 제게
하나라도 주시옵소서.
아아, 내게 주시면
그 자비 얼마나 클까.

이를 찬한다.

주마(竹馬)라고 파 피리[7] 불며 거리에 놀더니
뜻밖에 두 눈에 빛을 잃었구나. 아이야,
천수대비 자비로운 눈 돌려 주지 않았던들
몇 해의 봄을, 버들꽃 못 보고 지냈을꼬.

7. **파 피리** 파로 만든 피리.

의상과 원효

보살을 만난 스님들

의상법사가 처음 당나라에서 돌아왔을 때의 일이다. 법사는 관음보살 진신(眞身)이 해변의 굴 안에 머물고 있다는 것을 들었다. 그래서 해안의 이름을 낙산[8]이라고 하였다.

백의대사(白衣大士)[9]의 진신이 머물러 있는 곳이 서역의 보타락가산[10]이니 바로 그 산의 이름을 따와서 이름을 지은 것이다. 또 보타락가산은 소백화(小白華)산이라 부르기도 하였다.

의상법사가 거기서 재계한 지 7일 만에 앉았던 자리를 새벽 물위에 띄우고 올라탔더니 용천팔부[11]들이 시중을 들며 굴 안으로 법사를 인도해 들어갔다. 법사가 굴 안의 허공을 향해 참례하자 허공에서 수정 염주 한 꿰미가 나와 의상법사에게

---

[8] **낙산** 지금 강원도 양양군에 있음.

[9] **백의대사(白衣大士)** 관음보살. 항상 흰 옷을 입고 흰 연꽃에 앉아 있는 관세음보살.

[10] **보타락가산** 이곳 말로는 소백화(小白華)라고 번역됨.

[11] **용천팔부** 팔부중[八部衆] 가운데 백중과 용중으로 불법을 수호하는 신령한 장군들.

227

주어졌다. 의상법사가 염주를 받아서 물러나오자, 동해의 용이 또한 여의보주(如意寶株)를 한 알 바쳤다.

의상법사가 그 염주와 여의주를 받들고 나와 다시 7일 간을 재계하였더니, 마침내 관음보살의 진신을 보았다. 관음보살의 진신은 의상법사에게 일렀다.

"바로 네가 앉은자리 위의 산꼭대기에 한 쌍의 대나무가 솟아날 것이다. 그곳에 불전을 세우는 것이 좋을 것이다."

의상법사가 관음 진신의 말을 듣고 굴을 나오니 과연 대나무가 땅에서 솟아나왔다.

그래서 진신이 이르는 대로 그곳에 금당을 짓고 불상을 만들어 모셨다. 불상의 둥그런 얼굴이며 아리따운 자태는 인간의 손으로 지은 것이 아니라 마치 하늘이 내린 것 같았다. 금당을 짓고 불상을 만들어 모시고 보니 대나무가 사라지고 없었다.

그제야 비로소 그곳이 바로 관음의 진신이 머무는 곳임을 알았다. 그리하여 이름을 낙산사라 하였다. 의상대사는 관음에게서 받은 염주와 동해 용에게서 받은 구슬을 모두 불전에 모시고 길을 떠났다.

의상대상가 떠난 후 원효대사가 관음에게 예를 올리고 경배하기 위하여 찾아왔다. 처음 남쪽 들녘에 이르자 논 가운데서 흰 옷을 입은 여인이 논에서 벼를 베고 있었다.

원효대사가 장난 삼아 벼를 좀 달라고 청하자 여인이 역시 장난 삼아 벼가 익지 않았노라고 대답을 하였다.

원효대사가 길을 따라가다가 다리 아래에 이르니 한 여인이 월수[12]가 묻은 빨래를 하고 있었다. 원효대사가 그 여인에게 마실 물을 청하자 여인이 그 더러운 물을 떠서 주었다. 원효대사는 그 물을 쏟아버리고 다시 냇물을 떠서 마셨다.

그때에 들에 서 있는 소나무 위에서 파랑새 한 마리가

"제호[13] 스님은 쉬십시오."라고 말하고는 홀연 간 곳 없이 사라지고 보이지 않았고 소나무 밑에는 다만 신발 한 짝만 남아 있었다.

원효대사가 절에 도착하여 법당에 드니 관음보살 자리 밑에 앞서 보았던 벗겨진 신발의 다른 한 짝이 놓여 있었다. 법사는 그제서야 먼저 오던 길에서 만났던 여인들이 바로 관음보살이었음을 알았다. 그 일이 있은 후 당시 사람들이 들판에 서 있던 그 소나무를 관음솔이라고 불렀다. 원효대사가 굴에 들어가 다시 관음의 참모습을 보려고 했으나 풍랑이 크게 일어 들어가지 못하고 그대로 떠났다.

그 후대에 굴산조사(崛山祖師) 범일(梵日)이 당 문종 연간(827~835년)에 당나라로 들어가 명주(明州)에 있는 개국사에 갔더니 왼쪽 귀가 떨어져 나간 중이 여러 승려들 가운데 끝자리를 차지하고 앉았다가 범일에게 말하였다.

"나도 신라 사람입니다. 명주계(溟州界) 익령현[14] 덕기방에 집이 있습니

---

12. **월수** 월경 때의 액체.

13. **제호** 불성(佛性)을 비유해서 이른 말.

14. **익령현** 강원도 양양의 옛 이름.

다. 스님이 후일 본국에 돌아가시거든 꼭 나를 위해 절을 지어주십시오."

그 뒤 범일은 중들이 많이 모이는 법석들을 두루 돌고 염관[15]에게서 법을 얻어 신라 문성왕 즉위 9년(847년)에 본국으로 돌아왔다. 그는 먼저 굴산사를 창건하여 불교를 전하였다. 헌안왕 즉위 2년(858) 2월 15일 밤, 법사의 꿈에 전날 당나라 개국사에서 만났던 그 중이 창 밑에 나타나서 말하였다.

"지난날 명주 개국사에서 법사는 저와 한 가지 약속한 바가 있었습니다. 법사가 이미 승낙까지 하였거늘 어찌 그리 늦으십니까?"

범일이 놀라 깨어, 종자 수십 인을 데리고 익령현으로 가서 그 중의 거처를 찾았다. 낙산 아랫마을에 한 여인이 살고 있어, 이름을 물었더니 바로 덕기라고 하였다. 그 여인에게는 이제 여덟 살이 된 아들이 하나 있었는데 아이는 늘 마을 남쪽에 있는 돌다리 곁에 나가 놀곤 하였다.

그 아이가 여인에게,

"어머니, 나와 같이 노는 동무 중에 금색동자가 있어요."라고 말하자,

여인이 그것을 범일에게 말하였다. 범일이 놀라고도 기뻐하며 아이를 데리고 아이가 항상 나가 논다는 돌다리 아래를 찾아가 보았다. 물 속에 돌부처 하나가 있었다. 꺼내보니 왼쪽 귀가 떨어져 나가고 없는 것이 지난날 명주 개국사에서 보았던 그 중과 같았다. 정취보살의 상이었다.

범일은 곧 점치는 대나무 쪽을 놀려 불전을 지을 자리를 점쳤더니, 낙산

---

15. **염관** 중국 항주에 있던 제안선사를 말함.

위가 길하다 하였다. 이에 그곳에 불전 세 칸을 지어 돌부처를 안치하였다.

그로부터 100여 년 뒤 들불이 크게 일어나 낙산까지 번져 모든 것들이 불에 타버린 일이 있었는데, 오직 관음보살상과 정취보살상이 안치되어 있는 두 불전만은 불길을 면하여 안전하였다.

몽고의 대군이 침입한 이후 계축과 갑인 연간에, 즉 고려 고종 40년, 41년(각 1253, 1254년)에 관음보살상과 정취보살상, 그리고 의상법사가 받아 봉안했던 두 가지 보주(寶珠)를 양주성[16]으로 옮겼다.

그러나 몽고군의 공격에 양주성도 매우 위급해졌다. 성이 금방이라도 곧 함락되려고 하자 주지 선사 아행[17]이 두 구슬을 은함에 넣어 가지고 도망치려고 하였다. 그러자 절에 있던 걸승(乞升)이 그것을 빼앗아 땅속 깊이 묻었다.

그러면서 그는 맹세하였다.

"만일 이 병란으로 내가 죽음을 면치 못하면 이 보주들은 영원히 인간 세상에 나타나지 못하고 아는 이가 하나 없을 것이다. 만일 내가 죽지 않고 살아남는다면 두 보주를 받들어 나라에 바치리라."

갑인년 10월 22일 안주성이 함락되었다. 아행은 죽었으나 걸승은 살아남았다. 군사들이 퇴각한 뒤에 두 보주를 파내 명주성 감창사(監倉使)에게 바쳤다. 당시 감창사는 낭중(郎中) 이녹수(李祿綏)였는데 그 보주들을 받아 감창고에 간수하였다. 그리고 감창사가 교대될 때마다 전하여 내려왔다.

고종 45년(1258년) 10월에 우리 불교계의 원로인 지림사 주지 대선사 각유(覺猷)가 아뢰었다.

"낙산사의 두 구슬은 국가의 신보(神寶)입니다. 양주성이 함락될 때 사노 걸승이 성안에 묻어두었다가 몽고군이 물러가자 도로 파내어 감창사에게 바쳐서 지금 명주 관아의 곳간에 보관되어 있습니다. 명주성이 그것을 보존해 나갈 수 없을 듯하오니 어부(御府)로 옮겨와 안치해야 합니다."

상감께서 윤허하셨다. 야별초군(夜別抄軍) 열 명이 걸승과 함께 명주성에 가서 보주를 가져와 궐내의 부고에 안치하였다. 그때 사자로 갔던 야별초군 열 명에겐 각각 은 한 냥과 쌀 다섯 섬씩을 상으로 주었다.

조신설화

꿈 속의
사 랑

옛날, 서라벌이 서울이었던 신라시대에 있었던 일
이다.

세규사[18]의 장원(莊園)이 명주 날리군에 위치해 있었다.

본사(本寺)에서는 중 조신(調信)을 보내어 장원을 맡아 관
리하게 하였다. 조신은 장원에 와 있는 동안 날리군 태수 김
흔(金昕)의 딸을 좋아하여 깊이 사모하게 되었다. 그리하여
여러 번 낙산사 관음보살 앞에 나아가 그녀의 사랑을 얻고자
빌었다. 여러 해를 정성을 들였건만 여인에게는 이미 결혼할
짝이 생겼다.

조신은 불당 앞으로 가 관음보살이 자기의 비원을 이루어
주지 않았음을 원망하며 해가 저물도록 슬피 울다가 몸과 마
음이 지쳐 그만 깜박 잠이 들고 말았다.

그런데 그 김씨 처녀가 반가운 얼굴로 법낭 문을 열고 들어

---

[18] **세규사** '규(逵)'자는 '達' 자의 잘못으로 사실은 세달사임.

서며 활짝 웃는 것이 아닌가!

함빡 웃으면서 그녀가 조신에게 말하였다.

"제가 어렴풋이 대사님의 모습을 뵙고 대사님을 알게 되고 나서 마음속 깊이 사모해 왔었지요, 잠시도 그 모습을 잊은 적이 없답니다. 부모님 말씀을 거스를 수 없어 마지못해 시집을 갔습니다만, 죽어서도 한 무덤에 묻힐 반려가 되고 싶어 지금 이렇게 대사님을 찾아왔습니다."

조신은 기뻐서 어쩔 줄을 몰랐다. 정답게 손을 맞잡고 둘이 함께 고향으로 돌아갔다.

함께 한 세월이 어느덧 40여 년, 어느덧 다섯 자식을 두었으나 집은 단지 벽 넷만 있을 뿐 든 것이 없었고, 나물죽으로도 끼니를 잇기 어려웠다. 드디어 실의에 찬 식구들은 서로를 잡고 끌고 하며 빌어먹기 위해 사방을 헤매 다녔다.

이렇게 초야를 두루 유랑하기를 10년, 너덜너덜해진 옷은 몸을 가리지도 못하였다. 주린 배를 움켜쥐고 명주 해현 고개를 넘다가 열다섯 살 난 큰아이가 그만 굶어죽고 말았다. 슬피 통곡을 하며 시체를 거두어 길가에 묻었다.

조신과 아내는 나머지 네 자녀들을 데리고 우곡현[19]으로 건너왔다. 한길 가에 띠풀로 집을 얽었다. 잠 한숨 편히 자기 힘든 옹색한 집이었다. 부부는 이미 늙고 병든 데다 굶주림에 지쳐 일어나지도 못하게 되었다. 둘째인

---

[19] **우곡현** 지금의 우현(羽縣).

열 살 난 딸아이가 돌아다니며 밥을 얻어오면 그것을 나누어 먹고 살았다.

그러던 어느날 밥을 구하러 다니던 딸아이가 뒤쫓는 마을 개에게 물리고 돌아와 아파서 울부짖으며 집 앞에 쓰러졌다. 부부는 한탄하며 두 줄기 눈물을 하염없이 흘렸다. 아내가 눈물을 훔치고 갑자기 단정하게 얘기를 꺼내었다.

"당신과 처음 뵈었을 때 저는 얼굴도 아름다웠고 나이도 젊었습니다. 그리고 옷도 깨끗하고 고왔지요. 맛있는 음식이 한 가지라도 있으면 당신과 나누어 먹었고, 옷감이 두어 자만 생겨도 당신과 함께 나누어 입었습니다. 50년을 함께 하는 동안 정은 더할 수 없이 쌓였고 사랑은 얽히고 얽혀 정말 두터운 연분이라 할 만했습니다. 그러나 몇 년 전부터 몸은 쇠약해지고 병은 나날이 깊어만 가며, 굶주림과 추위는 날로 더욱 심해졌습니다. 남의 집 방 한 칸 빌어 사는 것도, 간장 한 종지 얻어먹는 것도 힘들어졌고, 이 집 저 집 찾아다니며 겪은 부끄러움은 너무 무거워 큰 산만 같았습니다. 아이들이 추위와 굶주림에 떨고 지쳐도 그것을 덜어줄 여력조차 없습니다. 이러한데 어떻게 부부간의 애정을 즐길 수 있겠습니까? 꽃다운 얼굴, 예쁜 웃음은 풀잎 이슬이 되었고, 굳고도 향기롭던 부부의 약속도 한낱 바람에 날리는 버들가지 같습니다. 당신에겐 내가 있어 짐이 되고, 나는 당신 때문에 걱정할 일이 많아졌습니다. 지난날의 기쁨을 돌이켜보니 그것이 바로 근심의 시작이었습니다. 당신과 내가 어쩌다 이런 지경에 이르렀는지요? 여러 새가 함께 모여 있다 다같이 굶어죽기보다는 차라리 짝없는 난새가 거울을 보며 짝을 부르는 것이 낫지 않겠습니까. 좋은 시절에는 친하고 나쁜 시절에 버리는 것이 사람의 도리로는 차마 못할 짓이긴 합니다만, 그러나 가고 머무는 것이 사람의 뜻대로만 되는 것이 아니고, 헤어지고 만나는 것에는 운명이 있습니다. 부디 우리 여기서 서로 헤어지도록 하십시다."

조신이 아내의 말을 듣고 무척 반가워하며 네 아이들을 각각 둘씩 나누어 떠나려 할 때 아내가 말하였다.

"나는 고향으로 갈 터이니 당신은 남쪽으로 가십시오."

조신과 아내가 서로 잡았던 손을 놓고 돌아서서 마악 길을 나서려 할 때 조신은 꿈에서 깨어났다.

타다 남은 등잔은 희미한 불 그림자를 너울거리고 밤은 끝없이 깊어가고 있는 중이었다.

아침이 되고 보니 조신의 머리털과 수염이 모두 하얗게 세어 있었다. 조신은 멍하니 넋이 나간 듯, 세상에 살 뜻이라곤 전혀 없어 보였다.

이미 인간의 고된 삶에 대한 염증이 마치 실제로 100년 동안 살면서 인생의 고난을 모조리 겪기라도 한 듯 느껴졌다. 세상에 대한 욕심은 눈 녹듯 말끔히 사라져 남지 않았다.

조신은 관음보살의 성스러운 모습을 부끄러운 마음으로 우러르며 참회를 금치 못하였다. 조신이 해현으로 가서, 꿈에서 굶어죽은 큰 아이를 묻었던 그 자리를 파보았더니 돌미륵이 나왔다. 깨끗이 씻어 근처의 절에 받들어 모셨다.

조신은 서울로 돌아가 절 관리의 임무를 벗고 사재를 들여 정토사를 세우고 부지런히 선행을 쌓았다. 하나 나중의 종적은 알 수가 없었다.

이제 이 조신의 전기를 읽고 책을 덮으며 차분히 생각하노라면 어찌 조신의 꿈만 그러하겠는가. 모두들 속세가 즐겁다 하여 살기 위해 바둥거리며 애쓰지만 이것은 단지 제대로 깨닫지 못했을 뿐이다.

이에 사(詞)를 지어 그것을 경계한다.

> 즐거운 시절은 잠시 뿐
> 마음이 금새 시들더니
> 근심이 어느덧 몰래
> 늙은 얼굴에 고이 누나.
> 한 끼 조밥이 익기를[20]
> 다시 기다릴 사이도 없이
> 피로운 일생이 한바탕
> 꿈인 것을 이제야 깨닫네.
>
> 몸을 닦으려는 깊은 뜻은
> 참됨을 이루려는 것
> 홀아비는 미녀를 꿈꾸고
> 도적은 창고를 꿈꾸네.
> 어찌 하면

---

[20] **한 끼 조밥이 익기를** 당대의 소설 「황량몽(黃粱夢)」의 내용을 배경으로 한 말. 주인공 노생이 한단 땅의 객사에서 도사 여옹을 만나 그가 내준 베개를 베고 꿈을 꾸기 시작하는데, 그때 그 객사의 주인은 조를 찌고 있었다. 노생이 꿈속에서 미모의 최씨녀에게 장가들어 많은 자손들을 두고 높은 벼슬을 지내면서 인생의 부귀와 영화를 누리며 여든이 넘도록 살다가 꿈을 깨었더니 그것은 객사 주인이 찌던 조가 아직 익기도 전이더란 것임.

가을밤 맑은 꿈에서
때때로 눈을 감고
맑고도 깨끗한 그 경지에 이를까나.

오대산
월정사의
오류성중 [21]

월정사에 전해내려 오는 옛날 기록에 이러한 것이 있다.

자장법사가 처음 오대산에 도착하여 진신을 보려고 산기슭에 풀을 엮어 집을 짓고 살았는데 이레가 지나도록 나타나지 않자 묘범산으로 가 정암사를 세웠다.

이때 신효거사(信孝居士)라는 이가 있어 유동보살(幼童菩薩)의 화신이라 하기도 하였다. 집이 공주에 있었고 어머니를 정성을 다하여 봉양하였다. 그의 어머니는 고기가 아니면 먹지 아니 하였으므로 거사는 늘 고기를 구하러 산과 들을 돌아다니곤 하였다. 어느 날 길에서 다섯 마리의 학을 보고 활을 당겼는데 학은 다 날아가고 깃털 하나만 떨어졌다.

거사가 그 깃털을 주워 깃털로 눈을 가리고 사람들을 보았더니 모두 짐승으로 보였다. 거사는 살생을 할 수 없어 사냥

---

[21] **오류성중** 본불(本佛)을 따라다니는 다섯 성자.

을 멈추고 돌아왔다. 고기를 얻지 못하였으니 어머니께 드릴 고기를 마련하기 위해 칼을 들어 자기 허벅지 살을 베어 어머니께 구워 드렸다. 그 뒤 그가 출가하여 자기 집을 내어 절로 삼았는데 바로 지금 효가원(孝家院)이라고 부르는 곳이다.

거사가 경주 근처에서부터 하솔(河率)²²에 이르기까지 도중에 깃털로 눈을 가리고 사람들을 보았더니 하솔에는 사람으로 보이는 이가 제법 많았다. 그리하여 머물러 살 마음이 생겼다. 길가의 늙은 할미에게 어디 살 만한 곳이 있느냐고 물었더니, 그 할미가 말하기를,

"서쪽 고개를 넘어가면 북쪽을 향한 골짜기가 있소. 거기가 살 만할 거요."라고 하였고, 그 할미는 말을 마치자 사라져 버렸다.

거사는 이를 관음보살의 가르침이라 여겨 성오평을 지나 처음 자장법사가 풀을 엮어 살았던 곳에 들어가 거하였다. 어느 날 그가 거하는 곳에 다 떨어진 가사를 입은 다섯 중이 와서 말하기를,

"그대가 가져온 가사 조각은 지금 어디 있는 게냐?" 하고 물었다.

거사가 어리둥절하여 대답을 못하고 있자 중들이 말하기를,

"그대가 들고 다니며 사람을 대어 보던 그 깃털이 가사 조각이 맞다."하였다.

거사가 깃털을 얼른 내어 주자 다섯 중들이 가사의 떨어진 부분에 깃털을 꽂았다. 그것은 그 자리에 꼭 맞았다. 그것은 학의 깃털이 아니라 베였

<hr>

²². **하솔(河率)** 지금의 강릉.

던 것이다. 거사는 이들 다섯 중들이 돌아가고 나서야 비로소 그들이 보통 중들이 아니라 다섯 성중(聖衆)의 화신임을 깨달았다.

월정사는 자장법사가 처음으로 풀로 엮은 집으로 지은 것이고 그 뒤를 이어 신효거사가 와서 살았다. 그 다음은 범일의 제자 신의두타가 와서 암자를 지어 살았고 다시 뒤에 수다사의 장로 유연이 와서 살았다. 이렇게 세월이 흐르며 점점 큰 절이 되었다. 이 절의 오류성중과 9층석탑은 모두 성자들이 남긴 흔적이다.

풍수에 보면,

'이곳은 나라 안의 이름난 산 가운데 가장 뛰어난 곳이니, 불법이 끊이지 않을 곳이다'고 하였다.

제4권

의해(義解) 제五

          수정원광법사가 이튿날 이른 아침에 동쪽 하늘가를 바라보니 커다란 팔뚝이 구름을 뚫고 하늘가에 닿아 있었다. 그날 밤 신령이 또 와서 말하였다. "그대가 나의 팔을 보았는가?" "보았는데 무척 신기하였습니다."

신라 명승 원광

원광법사
중국에
유학가다

당에 남긴 이야기

당나라 『속고승전(續高僧傳)』 제13권에 있는 기록이다.

신라 황룡사[1]의 중 원광(圓光)은 속성이 박씨, 본거지는 삼한이다. 원광은 진한 사람으로 대대로 해동에 살아 가문의 유서가 깊고 길었으며 품성은 도량이 크며 글짓기를 좋아하였다. 도가와 유학을 두루 공부하였고, 제자백가와 사기를 연구하였다. 글짓기에 뛰어나 그의 이름을 모르는 사람이 삼한에 없었다.

그러나 지식의 풍부함을 다투자면 오히려 중국사람들에게 뒤진다 생각하여 내심 부끄러웠다. 그리하여 원광은 중국에 뜻을 두고 열심히 공부하였다.

그는 나이 스물다섯에 마침내 친척과 벗들을 뒤로 두고 작

---

[1] **황룡사** 황룡사(皇龍寺)의 잘못된 기록.

별하였다. 그는 배를 타고 금릉, 즉 중국의 난징으로 향하였다. 때는 바야흐로 진(陳)나라 시대라 문명이 높기로 유명하였고 문사들도 많았다. 원광은 많은 사람들을 만나고 삼한에서는 구하기 어려웠던 책을 구해 읽었다. 그는 예전부터 가슴속에 쌓아온 의문들을 지혜로운 사람들에게 묻고 답하며 마침내 도를 깨달아 이해할 수 있었다.

원광은 먼저 장엄사의 이름높은 중 민(旻)의 제자에게서 강론을 들었다. 그는 본래 세속의 경전에 익숙하여 이치를 파고들어 깨닫는 능력이 신통하다 일컬어졌으나, 불도를 듣고 보니 그 자신이 도리어 한갓 썩은 지푸라기처럼 여겨졌다.

그는 허울뿐인, 명분과 교화를 가르치는 유교를 공부하느라 일생을 헛되이 쓸 뻔한 것을 두려워하여 진나라 임금에게 글을 올려 불도에 귀의할 것을 청하였더니 허락이 내렸다. 비로소 그는 삭발을 하고, 곧장 구족계[2]를 받았다.

두루 강석(講席)을 찾아다니며 좋은 도리를 얻고 미묘한 말을 해득하기에 시간을 조금도 아끼지 않았다. 그리하여 그는 『성실론(成實論)』과 『열반경』을 해득하여 마음에 쌓아 간직해 넣었고, 경·율·논들의 석론(釋論)을 두루 헤쳐 탐구하였다.

---

2. **구족계** 구족계(具足戒)는 대계·비구계·비구니계라고도 하며, 비구·비구니가 받아 지키는 계법. 비구는 250계, 비구니는 348계. 이 계를 받을 수 있는 사람은 젊은 사람으로 일을 당할 만하고 몸이 튼튼하여 병이 없으며 죄과가 없이, 이미 사미계를 받은 사람.

끝으로 또한 오나라의 호구산에 들어가서 염정[3]을 끊지 않고 각관[4]을 잊지 않으매 세상사에 지쳐 마음의 안식을 찾는 무리들이 임천(林泉)으로 구름처럼 모여들었다. 아울러 그는 4함[5]을 두루 섭렵하고 8정[6]에 모든 힘을 기울여, 선을 밝히 아는 것을 쉽게 익히게 되었으며 매사에 간명하고 정직하였다.

그는 그곳이 자신이 지닌 본래의 마음과 잘 맞아서 드디어 그곳에서 생을 마칠 생각을 하였다. 그리하여 인간사를 아주 끊고 성인의 자취를 두루 유람하며, 생각을 세상 밖에 두고 속세를 멀리 사절하였다.

그때 어떤 신사(信士)가 그 호구산 아래에 살고 있었는데 원광에 대해 듣고 그에게 나와서 강론해 줄 것을 청하였다. 원광이 굳이 사양하고 허락하지 않았지만, 그 신사는 기어이 원광을 맞아가려 하였다. 결국 간청을 받아들여 처음에는 『성실론』을 강론하고, 그리고 나중에는 『반야경』을 강하였다. 어느 것에 대해서나 그 사유와 해석이 뛰어나고 명철하였으며, 좋은 질문들에는 거침없는 답을 주었다.

게다가 또 아름다운 말솜씨로 강의를 하니 듣는 이들 모두 마음에 흔쾌히 받아들이고 매우 기뻐하였다. 이때부터 그는 은거를 작정하기 전의 마

---

[3] **염정** 정념(正念)과 정정(正定). 정념이란 참된 지혜로 정도를 생각하여 사념이 없는 상태이며, 정정이란 참된 지혜로써 산란하게 흔들리는 생각을 버리고 몸과 마음을 고요하게 하여, 진공의 이치를 보며 가만히 있고 마음을 옮기지 않는 것임.

[4] **각관** 총체적으로 사고하는 것을 '각', 분석적으로 관찰하는 것을 '관' 이라 한다.

[5] **4함** 4아함경.

[6] **8정** 색계(色界)의 4선정(四禪定)과 무색계의 4공정(四空定).

음으로 돌아가 사람들을 개화시킬 것을 소임으로 삼아 교화를 펼쳤다. 그가 법륜을 한 번 움직일 때마다 마치 강이나 호수를 기울여 붓듯 막힘이 없었으니 비록 다른 나라 땅에서 도를 전하는 일이었으나 도에 흠뻑 젖어 꺼려하거나 서로 간에 틈을 두는 일이 전혀 없었다. 그러므로 그의 이름이 널리 퍼져 온 영남[7]에 까지 이르렀고, 풀숲을 헤치고 바랑을 지고 찾아오는 구도자들이 고기 비늘처럼 잇따랐다.

마침 수나라 황제가 천하를 통일하기에 이르러 그 위세가 남국[8]까지 뻗쳐, 진나라는 그 국운을 다하였다. 마침내 수군들이 진나라의 서울에 들어오게 되자 원광은 난병들에게 사로잡혀 죽임을 당하게 되었다.

그때 멀리서 수군의 대장이 절과 탑이 불타오르는 것을 보고 불을 끄려고 달려왔다. 그러나 불은 간 곳 없고 탑 앞에는 단지 원광이 있을 뿐이었다. 원광은 탑 앞에서 밧줄로 묶여 곧 죽임을 당할 처지였다. 대장이 그 이적(異蹟)을 신기하게 생각하여 즉시 원광을 풀어 방면해 주었다. 그가 위기에 닥치자 영험을 발휘한 것이다.

원광은 중국 남쪽 국가인 오월[9]에서 불교를 공부하여 통달하였으므로 문득 중국 북쪽인 주진[10]의 교화를 보고자 수나라 문제 9년(589년)에 수나라의 도읍지로 가서 유람하였다.

---

[7] **영남** 중국 5령(嶺) 이남 지방.
[8] **남국** 원광법사가 유학하고 있던 진나라.
[9] **오월** 지금의 남중국.
[10] **주진** 지금의 북중국.

마침 법회가 처음 열리고 섭론종[11]이 비로소 일어나기 시작하는 때였으므로 그는 경전을 받들어 경전의 미묘한 실마리들을 풀어냈는데, 그 총명함과 지혜로움으로 인해 이름을 장안에 널리 드높였다.

그는 애초에 세운 뜻을 이루었고 중국에서 도를 전하는 일이 어느 정도 완성됨에 따라 신라로 돌아가 불도를 전파할 것을 생각하였다. 본국에서도 멀리서 전해지는 소문을 듣고서 황제에게 글을 올려, 원광을 돌려보내 줄 것을 여러 번 청하였다. 수나라의 황제는 칙명을 내려 그를 지극히 위로하고 고국으로 돌려보냈다. 원광이 몇 년만에 돌아오자 늙은이 젊은이 할 것 없이 모두 반가이 맞이하였다. 신라왕 김씨[12]가 그를 불러 마주 대하고 존경을 표하며 성인처럼 우러렀다.

원광은 성품이 느긋하고 겸허하며 인정이 많아 사람들에게 두루 자비를 베풀었다. 언제나 웃으며 말하였고 얼굴에 노여운 기색을 나타내지 않았다. 또한 갖가지 국서(國書)들이 그의 머릿속에서 나왔으므로 온 나라가 그를 극진히 받들어, 모두들 그에게 나라 다스리는 방법을 맡기고 백성들 교화하는 일을 묻곤 하였다.

그리하여 실제로는 조정의 지체 높은 관리가 아니면서도 임금이 그에게 나라 일을 자문하였으므로 하는 일은 재상과 같았다. 그는 이것을 좋은 기회로 삼아 널리 가르침을 펼쳤으니 지금까지도 모범이 되고 있다.

---

[11]. **섭론종** 중국 13종의 하나로 인도의 무착이 지은 섭대승론을 근본으로 한 종파.
[12]. **신라왕 김씨** 진평왕.

그는 그때 나이가 이미 많아서 수레를 탄 채로 대궐에 들어갔는데 의복이나 약, 음식들을 다른 사람이 돕도록 하지 않고 왕이 손수 장만해 주었다. 이는 오로지 홀로 복을 받기 위함이었다. 그 지극하고 존경하는 마음이 이와 같았다.

건복 58년에 원광은 몸이 조금 불편하다 하더니, 그 후 7일이 지나자 맑고도 간절한 유계(遺誡)를 남기고 단정히 앉은 채 머물던 황룡사에서 입적하였다. 그때 나이 99세로, 바로 당 태종 4년이었다.

원광이 죽기 전, 왕이 친히 손을 잡고 위로하며 법을 남겨 백성을 구해줄 것을 청하였더니 그는 상서로운 징조를 들려주어 온 신라 구석구석에 미치도록 하였다.

그가 죽을 때 절 동북쪽 공중에서 음악 소리가 가득 울렸고, 이상한 향기가 절 안에 가득 하였다. 그리하여 그 신령스럽고 경이로운 감응을 보고 불도에 종사하는 사람이건 속세 사람이건 모두 슬퍼하면서도 경사스럽게 생각하였다. 교외에 장사지냈는데 나라에서 우의[13]와 장례도구를 내려 왕자의 장례와 같이 하였다.

그 뒤에 한 속인이 있어 태 중에서 죽은 아이를 낳았다. 그 나라(신라)의 속설에 '태 중에서 죽은 아이는 복 있는 사람의 무덤에 같이 묻어야 자손이 끊이지 않는다'는 말이 있었다. 그 속인이 한날 밤 죽은 아이를 원광의 무덤 곁에 살며시 묻었다. 그랬더니 묻은 그날로 죽은 아이에게 벼락이 쳐

---

13. **우의** 왕이 행차할 때 쓰는 깃발 등의 의장.

서 무덤 밖으로 내쳐졌다.

　이 일이 있고 나서 그 전에는 그를 존경하지 않던 사람들까지 그를 우러러보게 되었다.

제자 원안의 이야기

　원광의 제자로는 원안(圓安)이란 사람이 있는데 타고난 성품이 영민하고 지혜로웠다. 그는 또한 두루 유람하기를 좋아하였고 심오한 무엇인가를 찾아 연구하기를 원하였다.

　그는 북쪽으로는 구도[14]까지 갔고 동쪽으로는 불내[15]를 보았고, 그리고 서쪽으로는 중국 연위[16]의 땅을 찾았다. 그 뒤에 황제가 살던 서울로 갔다. 원안은 중국 각 지방의 풍물과 풍속에 밝았고, 경론을 여럿 탐구하여 중요한 줄거리를 널리 익히고 자세한 의미들도 밝혀 알게 되었다.

　그는 늦게 심학[17]으로 돌아와 원광의 뒤를 이었다. 처음에는 서울의 한 절에 머물렀는데 평소 도가 높다고 이름이 나서, 특진(特進) 소우가 올린 주청으로 인하여 남전(藍田)에 있는 진량사에 가서 머무르게 되었다. 나라

----

[14]. **구도** 고구려의 옛 도읍인 '환도'의 그릇된 표기인 듯.

[15]. **불내** 안변으로 동예의 옛터.

[16]. **연위** 북중국.

[17]. **심학** 불학(佛學).

에서는 6시[18]를 어김이 없이 4사[19]를 공급해 주었다.

　원안이 일찍이 원광에 대해 서술한 것을 살펴보면다음과 같이 기록되어
있다.

　본국 왕의 병이 깊어져 여러 의원들이 치료하였으나 차도가 없었다.
이에 원광을 궁중으로 초청하여 따로 잘 모시고 밤마다 두 차례씩 심오
한 법을 강설하게 하였다.

　그리고 왕은 계를 받아 참회하며 모든 일에 그를 크게 믿었다. 그러
던 어느 날 이른 저녁에 왕이 원광의 머리를 보았더니 금빛이 찬연하고
태양의 둘레 모양을 한 것이 원광의 몸을 따라다녔다.

　왕후와 궁녀들도 다같이 이것을 보았다. 왕이 이를 보고 좋은 마음이
거듭 일어났다. 이에 왕이 원광을 병실에 머물러 있게 하였더니 오래지
않아 병이 다 나았다.

　원광은 진한과 마한에 불법을 널리 폈고 해마다 두 번씩 강석(講席)
을 열어 후학들을 양성하였다.

　원광은 항상 시주 받은 재물을 모두 사찰을 운영하는 데 보태어 쓰게
했으므로 남은 것은 오직 가사와 바리때뿐이었다.

---

[18] **6시** 하루를 구분한 것. 아침[晨朝] · 낮[日中] · 해질녘[日沒] · 초저녁[初夜] · 밤중[中夜] · 새벽[後夜].
[19] **4사** 네 가지 공양거리. 의복 · 음식 · 와구 · 탕약, 또는 의복 · 음식 · 산화 · 소향을 말함.

수이전에 실린 원광의 이야기

동경(경주) 안일호장[20] 정효(貞孝)의 집에 고본 『수이전(殊異傳)』이 있는데, 아래와 같은 내용의 「원광법사전(圓光法師傳)」이 실려 있다.

원광법사의 속성은 설(薛)씨인데, 서울(경주) 사람이다. 원래 중이 되어 불법을 공부하다가 나이 서른이 되자 조용히 수도할 생각으로 홀로 삼기산[21]에 들어가 거처하였다.

그로부터 4년 뒤에 한 비구가 그 산에 들어와 원광법사의 거처로부터 멀지 않은 곳에 따로 난야를 짓고 2년을 살았다. 그는 사람됨이 거칠고 사나웠으며 주술 배우기를 좋아하였다.

어느 날 밤, 원광법사가 홀로 앉아 불경을 외고 있는데 갑자기 신령스런 소리가 있어 법사의 이름을 부르며 말하였다.

"잘한다! 잘한다! 그대는 제대로 도를 닦는구나! 무릇 도를 닦는 자들이 많기는 하다만 법대로 하는 자는 드물더구나. 이제 이웃에 있는 비구를 보매 주술을 급히 닦느라고 하기는 하지만 소득은 없고, 그 지껄여대는 소리가 오히려 다른 사람의 고요한 생각이나 방해할 뿐이다. 또 그가 사는 곳이 내가 다니는 길에 방해가 되니, 오갈 때마다 몇 번이나 미운 마음이 일어나는구나. 법사가 나를 위해 그가 다른 곳으로 옮겨가도록 말을 전해주게나. 만약 그곳에 그가 오래 머물러 있으면 내가 나도 모르게 죄업을 짓

---

[20] **안일호장** '안일'은 한가롭다는 뜻이니 전직 호장을 말함.
[21] **삼기산** 경상북도 안강에 있는 산.

게 될 것 같구나."

이튿날 원광법사가 비구에게 가서 말을 전하였다.

"내가 어젯밤 신령의 말을 들었는데 비구는 다른 곳으로 옮겨가 사는 것이 좋겠소. 그렇지 않으면 재앙이 있을 것이오."

비구가 대답하였다.

"수행이 지극한 자도 마귀에 홀리는군. 법사는 여우귀신의 말에 어찌 그리 걱정하시오?"

그날 밤에 신령이 또 와서 말하였다.

"전에 내가 말한 것에 대해 그 비구가 뭐라고 답하던가?"

원광법사는 신령의 노여움을 두려워하여 이렇게 대답하였다.

"내 아직 말하지 못하였으나 굳이 일부러 권한다면 어찌 감히 듣지 않겠소."

신령이 말하였다.

"내가 이미 다 들었는데, 법사는 어찌 그렇게 보태어 말하는가? 그대는 잠자코 내가 하는 것이나 보아라."

신령은 말을 마치자 돌아갔다. 그날 한밤중에 갑자기 벼락치는 소리가 들렸다. 이튿날 법사가 가보았더니 산이 무너져 비구가 거처하고 있던 난야를 묻어 버렸다.

신령이 또 와서 물었다.

"법사가 보니 어떻던가?"

원광법사가 대답하였다.

"보았더니 매우 놀랍고 두려웠소."

신령이 말하였다.

"나는 나이가 거의 삼천 살이 다 되었고 신술은 으뜸이지. 이까짓 일이야 아주 조그만 일인데 무어 놀랄 것이 있겠는가? 나는 앞으로 다가올 일도 모르는 게 없고, 온 천하의 일도 통달하지 않는 것이 없네. 내가 생각해보니 법사가 이곳에서 살면서 도를 구하면 비록 그대 한 몸은 이롭게 할 수 있을 터이나 남을 이롭게 하는 공은 없을 것이네. 현재에 이름을 높이 날려두지 않으면 미래에 좋은 과보를 거두지 못하는 법이라. 그대는 왜 중국으로 가서 불법을 가져와 이 나라의 혼미한 무리들을 인도하지 않는가?"

원광법사가 대답하였다.

"중국에 가서 도를 공부하는 것은 원래 저의 소원입니다. 하지만 바다가 육지를 아득히 가로막아서 자연히 통할 길이 없기 때문입니다."

신령은 중국으로 가는 데 필요한 계책들을 자세히 일러주었다.

원광법사는 그 신령의 계책대로 행하여 중국으로 갔다. 그곳에 11년 간을 머물면서 삼장(三藏)에 널리 통하고 아울러 유학까지 공부하여 진평왕 22년 경신(600년)에 고국으로 돌아올 것을 준비하다가 마침 중국에 왔던 조빙사(朝聘使)를 따라 환국하였다.

원광법사가 그 신령에게 감사를 드리려고 지난날 머물렀던 삼기산의 절로 갔다. 밤중에 역시 신령이 원광에게 나타나 그의 이름을 부르며 말하였다.

"바다와 육지의 먼길을 어떻게 다녀왔는가?"

법사는 말하였다.

"신령님의 크신 은혜를 입어 무사히 다녀왔습니다."

신령은,

"나도 또한 그대에게 계를 주노라."고 말하고 윤회하여 태어나는 모든 세상에서 서로를 구제하자는 약속을 하였다.

약속을 한 후 원광법사는,

"신령님의 참모습을 볼 수 있겠습니까?"라고 청하였다.

"그대가 내 모습을 보려거든 이른 아침에 동쪽 하늘가를 바라보게."

원광법사가 이튿날 이른 아침에 동쪽 하늘가를 바라보니 커다란 팔뚝이 구름을 뚫고 하늘가에 닿아 있었다. 그날 밤 신령이 또 와서 말하였다.

"그대가 나의 팔을 보았는가?"

"보았는데 무척 신기하였습니다."

이곳에서 신령의 긴 팔뚝을 보았다 하여 그 산을 속칭 비장산(臂長山)이라고 하였다.

신령은 또 말하였다.

"비록 이 몸이 있다 해도 무상의 해[22]를 면치는 못할 것이다. 내가 머지 않아 이 몸을 그 고개에 버릴 터이니 그대가 와서 나의 영영 가는 혼을 전송해 다오."

---

[22] **무상의 해** 죽음을 뜻함.

원광법사가 약속한 날짜를 기다려 고개에 가보았더니 옻칠한 듯 검은 늙은 여우 한 마리가 헐떡거리며 숨을 고르다가 곧 죽어갔다.

원광법사가 처음 중국에서 돌아오자 본국 조정의 군신들은 그를 존경하여 스승을 삼았고, 법사는 항상 대승경전(大乘經典)을 강론하였다.

그 즈음 고구려와 백제가 자주 신라의 변경을 침범해 오곤 하자 왕이 매우 걱정하여 수나라에 군사를 청하려고 원광법사에게 걸병표를 짓게 하였다.

수나라 황제는 원광법사가 지은 황제의 군사를 청하는 글을 보고 30만 군사를 이끌고 친히 고구려 정벌에 나섰다.

세인들은 이로 인해 그 후부터 그가 불학뿐만 아니라 한편으로는 유학에도 역시 능통함을 알게 되었다.

법사는 향년 84세로 입적, 명황성 서쪽에 장사를 지냈다.

세속오계

다음은 『삼국사기』 열전의 기록이다.

현명하고 어진 선비 귀산(貴山)은 모량부 사람으로 같은 마을의 추항과는 절친한 벗이었다. 두 사람은 곧 서로 이렇게 논의하였다.

"우리들이 사군자(土君子)들과 교유하려고 마음먹으면서 먼저 마음을 바르게 하고 몸을 닦지 않는다면 욕을 면치 못하리라. 그러니 어찌 현자에게 도를 묻지 않을 수 있겠는가.”

그때 원광법사가 수나라에서 돌아와 가슬갑[23]에 머물고 있다는 소식을 듣고 귀산과 추항 두 사람은 원광법사를 찾아갔다.

“속사(俗士)들은 우매하여 아는 것이 전혀 없습니다. 바라옵건대 한 말씀 주시어 일생의 계명을 삼게 하소서.”

원광법사가 그 두 사람에게 말하였다.

“불교에 보살계가 있어 그 조항이 열 가지가 있지만 그대들은 남의 신하가 된 몸이라 아마 감당해 내지 못할 것이다. 이제 세속에서 지켜야 할 다섯 가지 계가 있으니 그것을 주겠노라. 첫번째, 임금을 섬기되 충성으로써 하라. 두번째, 어버이를 섬기되 효도로써 하라. 세번째, 벗을 사귐에 믿음이 있으라. 네번째, 싸움에 임하면 물러서지 말라. 그리고 다섯번째, 살생을 하되 가려서 하라. 그대들은 이 세속오계를 실천함에 있어, 소홀히 하지 말라.”

귀산과 추항이 말하였다.

“다른 것들은 알았습니다. 다만 살생을 하되 가려서 하라는 것만은 분명히 깨닫지 못하겠나이다.”

원광법사가 그들에게 자세히 설명하였다.

---

[23] **가슬갑** 지금 운문사에서 동쪽으로 5천 보쯤에 가서현(혹은 가슬현)이 있고, 그 고개 북쪽 골짜기에 절터가 있는데 이것을 말함. 가슬갑은 지금 경상북도 청도 부근에 위치함.

"육재일[24]과 봄과 여름철에는 죽이지 말 것이니 이것은 그때를 가림이다. 가축을 죽이지 말라는 것은 말, 소, 닭, 개 등을 죽이지 말라는 것이오. 미세한 것들을 죽이지 말라는 것은 고기가 한 점도 채 못 되는 것들을 말하는 것이니 이것은 그 물(物)을 가림이다. 이것도 오직 그 소용에 닿는 것만을 죽여야 하며 결코 많이 죽여서는 안 된다. 이와 같은 것들이 바로 세속에서 지킬 수 있는 선계(善戒)이다."

귀산 등이 말하였다.

"이제부터 그것을 받들어 실천하여 감히 어김이 없도록 하겠나이다."

후일 귀산과 추항 두 사람은 종군하여 모두 국가에 훌륭한 공을 세웠다.

건복 30년, 신라 진평왕 즉위 35년(613년) 가을에 수나라 사신 왕세의(王世儀)가 신라에 오자, 황룡사에서 백좌도량(百座道場)을 개설하여 여러 고승들을 청하여 경을 강설하게 한 적이 있었는데, 그때 원광이 제일 윗자리에 앉았다.

법사에 대한 몇 가지 논의

원광법사를 두고 몇 가지를 논의해 본다.

---

[24] **육재일** 음력으로 매월 8·14·15·23·29·30의 6일. 이 6일은 사천왕이 천하를 순행하며 사람의 선악을 살피는 날. 또 악귀가 사람의 틈을 보는 날로, 이 날만은 사람마다 몸조심하고 마음을 깨끗이 하며 계를 지켜야 한다고 하였음.

원종[25]이 불법을 일으킨 이래 비로소 중생을 제도하는 부처님 설법으로의 진량(津梁)은 놓여졌으나 당오[26]에는 미처 이르지 못하였다. 그리하여 귀계멸참[27]의 법으로 우매한 무리들을 깨우쳐야 하였다.

그래서 원광법사는 그가 주지로 있던 가서사에 점찰보[28]를 설치하여 항규(恒規)로 삼았던 것이다. 그때 한 여자 시주가 점찰보에 밭을 헌납하였는데 지금 동평군의 전지 100결이 바로 그것이다. 이에 관한 옛 문서가 아직도 남아 있다.

원광은 천성이 허정(虛靜)함을 좋아하고 말할 땐 언제나 웃음을 머금었으며 얼굴에 노기를 띠는 일이 없었다. 나이가 많아서는 수레를 탄 채로 대궐에 들어가기도 했으니 당시 여러 현자들도 덕과 의를 넉넉히 갖추었으나 그를 능가할 사람이 없었다. 또 문장도 풍부하여 온 나라가 놀라고 감탄하였다. 그는 나이 80여세로 당 태종 연간(627~649년)에 죽었으니 그의 부도[29]가 삼기산 금곡사[30]에 있다.

앞의 당 『속고승전』에서 원광이 황륭사에서 입적하였다고 했는데, 그 황륭사란 곳은 어딘지 알 수가 없다. 아마 황룡사의 와전인 듯하니 그

---

25. **원종** 신라 법흥왕의 이름.
26. **당오** 도(道)의 심오한 경지.
27. **귀계멸참** 계법에 귀의하여 번뇌를 없애고, 참회하는 것.
28. **점찰보** 점찰경에 의한 법회를 여는데 필요한 경비를 충당하는 우리 나라 고유의 일종의 재단.
29. **부도** 고승의 사리나 유골을 봉안한 석종.
30. **금곡사** 지금 경상북도 경주군 안강(安康)의 서남쪽 골짜기이니 명활성(明活城)의 서쪽.

것은 마치 분황사(芬皇寺)를 왕분사(王芬寺)라고 쓴 경우와 같다고 할 수 있겠다.

위의 당 『속고승전』과 우리 나라 『향전』의 두 기록에 의거, 비교해 보면 원광의 속성이 전자에서는 박씨, 후자에서는 설씨로 적혀 있고, 원광이 당초 불문에 들어선 곳이 후자에서는 우리 나라, 전자에서는 중국으로 되어 있어 마치 별개의 두 사람인 것처럼 보인다. 어느 것이 옳은지 그 시비를 함부로 가릴 수가 없기 때문에 두 기록을 다 실어 둔다.

그러나 위의 전기들 어느 곳에도 작갑(鵲岬)이나 이목(璃目)과 운문(雲門)의 사실이 적혀 있는 것을 볼 수 없다. 그런데도 우리 나라 사람 김척명(金陟明)이 항간에 떠돌아다니는 얘기를 잘못 알고 끌어와서는 글을 함부로 윤색하여 『원광법사전』을 지으면서 운문선사의 창건자인 보양사(寶壤師)의 사적을 마구 뒤섞어 적어 하나의 전기로 만들었다. 뒤에 『해동고승전』의 저자가 또 김척명이 저지른 그 잘못을 그대로 답습하여 기록하였기로 사람들이 많이 잘못 알고 있는 것이다.

이러한 점을 여기서 확실히 전하고자 글자 한 자도 더하거나 빼지 않고 원광법사의 전기, 두 글을 그대로 실은 것이다.

진나라와 수나라 때는 해동 사람으로서 바다를 건너가 구도한 이가 드물었고, 설령 있었다 해도 그땐 아직 크게 이름을 떨치지 못하였다. 그러다가 원광 이후로는 뒤를 이어 중국으로 유학하는 이가 줄곧 끊이지 않았으니 원광이 바로 길을 열어준 것이다.

이에 찬한다.

바다 건너 처음으로 한지(漢地)의 구름을 뚫었으니
몇 사람이나 길을 오가며 맑은 덕을 쌓았던가.
옛날의 그 자취 청산에 남아 있으니
금곡사와 가서사의 일은 지금도 들을 수 있네.

양지대사

돌지팡이에게
탁발
시키다

  석양지(釋良志)**의 조상과** 고향은 알려져 있지 않다. 단지 선덕왕대에 그 자취를 세상에 나타냈을 따름이다.

  그가 석장(錫杖) 머리에 포대를 걸어두면 석장이 저절로 시주(施主)의 집으로 날아가 흔들리며 소리를 냈다. 그러면 그 집에서 이를 알아채고 재(齋)에 올리는 비용으로 곡식 등을 포대에 넣었다.

  양지의 석장은 그렇게 돌아다니다 포대가 가득 차면 저절로 날아 돌아오곤 하였다. 그래서 양지가 머물고 있는 절을 석장사라고 불렀다. 그에게는 참으로 헤아릴 수 없는 신비함이 있었는데 모두 이와 같은 것들이었다. 그는 한편 여러 가지 잡기에도 능통하여 신묘하기 이를 데 없었고 서화에는 더욱 능하였다. 영묘사의 장륙삼존상, 천왕상, 전탑들의 기와와 천왕사 탑 이래의 팔부신상(八部神將), 법림사[31]의 주불삼존

---

[31]. **법림사** 경상북도 경주에 있던 절.

상과 좌우의 금강신들이 모두 그가 만든 것들이다.

그는 또 영묘사와 법림사, 두 절의 현판을 썼다. 그는 또 일찍이 벽돌을 다듬어 작은 탑 하나를 만들고 아울러 3천 개의 불상도 만들어 그 탑에 봉안하고 절에 모시어 항상 경의를 올렸다.

그가 영묘사의 장륙삼존상을 만들 때 선정[32]에 들어가 삼매의 경지에서 오직 법심만으로 질료를 이기고 주물러 만들었다. 그가 불사를 일으킬 때는 온 장안의 남녀들이 다투어 진흙을 나르며 풍요[33]를 부르며 도왔는데 이런 내용이다.

> 온다, 온다, 온다.
> 온다! 서러워라
> 서러워라, 가엾은 우리들이여,
> 공덕을 닦으러 온다.

이 민요는 그 지방[34] 사람들이 방아를 찧거나 힘든 일을 할 때에 지금도 부르고 있는데 아마도 그때 사람들이 진흙을 나르며 불렀던 데서 비롯된 것일 것이다. 이 장륙존상을 완성하기까지 많은 비용이 들었는데 곡식으로 23,700석[35]이었다.

말하자면 양지사는 여러 방면의 대가로서 재주와 덕을 많이 갖춘 사람

---

[32] **선정** 마음을 한 경계에 두고 고요히 생각함.
[33] **풍요** 깨우쳐 경계하는 노래.
[34] **그 지방** 경주 지방.

이었지만 세상에 하찮은 재주만 내보이고 정작 큰 신통력은 끝내 감춘 사람이라 하겠다.

이를 찬한다.

재 끝난 불당 앞에 석장은 한가한데
조용히 몸단장 하고 향을 피우고
남은 불경 다 읽고 나니 할 일이 없어
불상을 만들어 모셔 합장하며 경배 하리 라.

[35] **23,700석** 불상에 금을 다시 올릴 때 들었던 것이라고도 함.

자장대사

자장은 문수보살을 문전박대 하고

대덕(大德) 자장(慈藏)은 속세의 성이 김씨로 신라 진골인 소판 무림(茂林)의 아들이다.

그의 아버지는 지위 높은 벼슬에 있었으나 뒤를 이을 자식이 없어 걱정하였다. 이에 그는 삼보[36]에 마음을 돌려 천부관음께 나아가 자식 하나 낳게 해달라고 빌었다.

"만약 아들을 낳는다면 시주하여 법해(法海)의 진량(津梁)이 되게 하겠나이다."

무림의 부인이 어느 날 문득 꿈을 꾸었는데 별이 떨어져 품 안으로 들어오는 것이었다. 그 꿈을 꾼 후 태기가 있었고 달이 차 아이를 낳았는데 바로 자장이었다. 자장이 태어난 날은 바로 석가모니의 탄신일이었다. 그의 이름을 선종(善宗)이라 하였다.

선종랑은 타고난 성품이 맑고 슬기로웠으며 자랄수록 글을

---

[36] **삼보** 불(佛), 법(法), 승(僧). 곧 불교(佛敎).

짓는 솜씨가 풍부해졌다. 하지만 결코 세속의 여러 일들에는 물들지 않았다. 그는 일찍이 양친을 여의고 나서 세속의 번거로움이 싫어 처자를 버리고 가진 모든 것을 희사하여 원녕사를 세웠다. 그는 홀로 깊고 험한 산골짜기를 찾아 들어가 수도하며 이리나 호랑이 같은 들짐승도 피하지 않고 고골관[37]을 닦았다. 때로는 조금 권태롭고 때로는 피로하여 정신이 흐트러질 때가 있었다. 그럴 때는 작은 오두막을 짓고 가시덤불로 바람벽을 만들어 둘러막아, 옷을 벗고 그 안에 들어앉아 조금이라도 움직이기만 하면 가시가 찌르도록 하였다. 또 머리는 들보에 매달아 정신이 혼미해지는 것을 막았다.

마침 나라의 재상 자리가 비게 되자 문벌[38]로 보아 자장이 그 후임자 물망에 올랐다. 여러 번 불러 올렸으나 그가 나아가지 않자 왕이 진노하여 칙명을 내렸다.

"그가 계속 취임하지 않으면 목을 베어라!"

자장이 칙명을 듣고 말하였다.

"내 차라리 계를 지키고 하루를 살지언정 파계하고 100년 살기를 원치 않는다."

이 일이 조정에 알려지자 왕은 결국 그의 출가를 허락하였다. 자장은 깊은 산 속 바위 사이에 숨어들어 살았으므로 양식 공양을 하는 이가 없어 제대로 먹지도 않고 지냈다. 다만 이따금 낯선 새 한 마리가 과일을 물고

---

[37] **고골관** '고골' 죽은 사람의 뼈. 즉 인생무상(人生無常), 죽음에 대해 관(觀)하는 것.
[38] **문벌** 신라의 관직은 그 출신 문벌에 의해 결정됨.

와서 공양하였다. 자장은 그것을 손으로 받아먹곤 하였다. 어느 날 깜박 잠이 들어 꿈을 꾸었는데 천인(天人)이 내려와 그에게 5계를 주었다. 그 일이 있고서야 비로소 그는 산골짜기에서 나와 속세로 향하였다. 그가 산에서 나오자 각처의 남녀들이 다투어 와서 계를 받았다.

자장은 변방에서 태어난 것을 스스로 탄식하여 서쪽으로 가 중국에서 교화받기를 원하였다. 그리하여 선덕여왕 즉위 5년에 칙명을 받들어 그의 문인 승실(僧實) 등 10여 명과 함께 당나라에 들어가 청량산으로 갔다. 그 산에는 문수보살의 소상이 있었는데 그곳 사람들 사이에 전해오는 말에 따르면 제석천(帝釋天)이 장인을 데리고 와 만든 것이라고 하였다.

자장은 문수상 앞에서 기도하고 명상에 잠겼다. 꿈에 문수상이 그의 머리를 어루만지며 범게[39]를 주었다. 자장은 꿈에서 깨어난 뒤에도 범게의 의미를 알 수가 없었다. 이튿날 아침이 되자 이상한 중이 와서 범게를 풀어주었다. 그리고 그는,

"비록 만 가지 가르침을 배운다 할지라도 이보다 나은 것은 없다."하고 말하더니 가사와 사리 등을 자장에게 주고는 사라져 버렸다.

자장은 자기가 이미 대성(大聖)으로부터의 법을 전수를 받았음을 깨닫고 북대를 내려와 태화지(太和池)에 당도하였다. 당나라 서울로 들어가니 당나라 태종이 칙사를 보내어 그를 위로하고 승광별원(勝光別院)에 있게 하였다. 그 은총이 자못 두터웠지만 자장은 그런 번거로움이 싫어 태종께

[39] **범게** 범어(梵語)로 된 게(偈).

글을 올려 아뢰고 종남산 운제사의 동쪽 벼랑으로 들어가 바위에 의지하여 집을 지었다. 거기서 3년을 지내는 동안 사람들은 물론이고 신령들도 그곳에서 계를 받고 갔으며 영묘한 감응이 나날이 늘어갔다. 말이 번잡해지므로 그 사실들을 다 적지는 않겠다. 그 뒤 자장은 다시 당의 도읍으로 들어가 당나라 황제에게서 위로와 명을 받았는데 황제는 비단 200필을 그에게 하사하여 옷감으로 쓰게 하였다.

선덕여왕 즉위 12년에 왕이 태종께 글을 올려 자장을 돌려보내 주기를 청하였다. 태종이 선덕여왕의 요청을 허락하고 자장을 궁중으로 불러들여 명주 1령(一領)과 잡채(雜綵) 100단을 하사하였다.

또한 황태자도 비단 200필을 선사하였고 그 밖에도 많은 예물들을 주었다. 자장은 본국의 불경과 불상들이 아직 갖추어지지 않아 부족함을 생각하고 대장경 1부와 번당(幡幢), 화개(華蓋) 등, 갖추면 복리(福利)가 될 만한 것이면 무엇이든 가져갈 수 있게 해 달라고 청하여 모두 실어 왔다.

그가 본국에 돌아오자 온 나라가 환영하였다. 왕은 그를 분황사에 머물게 하고 그에 대한 예우를 극진히 하였다.

어느 해 여름에는 궁중으로 초청되어 대승론(大乘論)을 강하기도 하였고, 또 황룡사에서 이레 낮, 이레 밤 동안 보살계본(菩薩戒本)을 강의하기도 하였다. 그때는 하늘에서 단비가 내리고 운무가 자욱하게 강당을 덮어서 모든 사부중[40]들이 탄복하였다.

---

[40].**사부중** 비구 · 비구니 · 우바새[淸信士] · 우바니[淸信女]. 또는 비구 · 비구니 · 사미 · 사미니.

당시 조정에서는 논쟁이 있었는데, '불교가 동방으로 전파되어 온 지 비록 오랜 세월이 지났으나, 불법을 보호유지하고 받들어 모심에 있어 일정한 법도가 없으니, 기강을 세워 통괄해 가지 않으면 교계를 엄정히 바로잡을 길이 없다'는 것이었다.

이 논의 후 신하들이 왕에게 간하자 왕이 칙명을 내려 자장을 대국통으로 삼고, 승니(僧尼)일체의 규범을 모두 승통에게 위임하여 관장하게 하였다. 자장은 이것을 좋은 기회로 여겨 불교를 널리 퍼뜨리는 데 힘썼다.

그리하여 그는 승니오부(僧尼五部)에 각기 구학(舊學)을 더하게 하고, 보름마다 계를 설법하였고, 매년 겨울과 봄에는 시험을 실시하여 계를 잘 지켰는가 범했는가를 알게 하고, 임원을 두어 이를 관리하고 유지해 나가게 하였다.

또 순검사를 파견하여 지방의 사찰들을 돌아보게 하여 승니의 과실을 징계하고, 불경과 불상 등을 장엄히 보존하게 하는 것으로써 항규(恒規)로 삼았다.

한 시대에 있어서의 불법을 수호하는 것이 자장의 활약으로 크게 전성기를 이루었으니, 그것은 마치 공자가 위나라에서 노나라로 돌아가 음악을 바로잡아 아(雅)와 송(頌)이 각기 그 제자리를 찾음과 마찬가지이다. 그즈음 신라 사람들 중에는 계를 받고 부처를 받드는 이가 열 집 중에 여덟, 아홉 집은 되었으며 머리를 깎고 승문에 들어오기를 청하는 자가 세월이 갈수록 늘어났다.

이에 자장은 통도사를 창건하여 계단(戒壇)을 쌓고 각지에서 모여든 승려 지망자들을 받아들였다. 그리고 그가 태어났던 집에 세웠던 원녕사를 개축하고 낙성회를 열어 잡화만게[41]를 강하였다. 그때 52녀[42]가 감응되어 현신하여 그의 강설을 들었다. 자장이 제자들을 시켜 그 숫자대로 나무를 심게하여 그 이상한 행적을 기념하고, 그 나무들을 지식수(知識樹)라 불렀다.

일찍이 자장이 나라의 관리의 의복제도가 중국과 같지 않음을 보고 중국의 것과 같게 하기를 건의하였더니 좋다는 허락이 떨어졌다. 그리하여 진덕여왕 즉위 3년(650년)에 비로소 관리들은 중국 조정의 의관을 착용하게 되었다. 그 이듬해에는 또 정삭[43]을 받들고 처음으로 당나라의 연호 영휘(永徽)를 썼다.

이때부터는 사신을 보낼 때마다 그 서열이 번국(蕃國)들 가운데 윗자리에 있게 되었으니 이는 자장의 공이라 하겠다.

그는 만년에 서울을 떠나 강릉군[44]에 수다사를 세우고, 거기에 거처하였다. 어느 날 이상한 중이 꿈에 나타나 말하였는데 그는 당나라 청량산에서 지낼 때 북대에서 만났던 그 중의 모습을 하고 있었다.

"내일 대송정[45]에서 그대를 보리라."

자장이 놀라 일어나 서둘러 대송정으로 갔더니 과연 문수보살이 감응하

---

[41]. **잡화만게** '잡화'는 화엄(華嚴)을 말함.

[42]. **52녀** 열반회상 52종류의 중생.

[43]. **정삭** 정월 1일. 옛날 중국에서 왕조(王朝)가 바뀌면 정삭을 개정하였음.

[44]. **강릉군** 지금의 명주(溟州). 강원도 강릉시 명주군.

[45]. **대송정** 송정에는 지금까지 가시나무가 나지 않고 또 매 종류의 새들은 들지 않는다고 한다.

여 와 있었다. 자장이 보살에게 법요를 묻자,

"태백산의 칡덩굴이 서리어 있는 곳[葛蟠地]에서 다시 만나리라."라고 말하고는 갑자기 사라져 버렸다.

자장이 태백산으로 가서 그 칡덩굴이 서려 있는 곳을 찾았는데 한 나무 아래에 커다란 구렁이가 똬리를 틀고 있는 것을 발견하고 시종에게 말하였다.

"이곳이 이른바 그 칡덩굴이 서려 있는 곳이다."

그 자리에 석남원[46]을 세우고 문수보살이 내려오기를 기다렸다.

그러던 어느 날 남루한 가사를 걸친 늙은 거사가 그곳을 찾아왔다. 그 거사는 죽은 강아지를 칡으로 만든 삼태기에 담아 어깨에 메고 있었다.

"자장을 보러 왔다."

시종이 대꾸하였다.

"내가 스승님을 모신 이래로 우리 스승님의 이름을 함부로 불러대는 자를 아직 만나 본 적이 없소. 당신은 대체 어떤 사람이길래 그렇게 미친 사람처럼 말을 하는가."

그 거사가 다시 말하였다.

"다만 네 스승에게 고하기나 해라."

결국 시종이 들어가 자장에게 고하였더니 자장은 미처 알지 못하고 시종에게 말하였다.

---

[46] **석남원** 지금의 정암사. 현재 강원도 정선군 고한읍에 있음.

"아마 미친 사람인가 보구나."

시종이 그 길로 밖으로 나가 그 거사를 꾸짖으며 내쫓았다. 그 거사가 말하였다.

"돌아가리라! 돌아가리라! 아상[47]을 지닌 자가 어찌 나를 볼 수 있겠는가."

그러고는 그 삼태기를 거꾸로 들고 털어내자 죽은 강아지가 튀어나와 곧 사자보좌(獅子寶座)로 변하였다. 거사는 사자보좌에 올라 광명을 내비치며 가버렸다.

자장이 이를 듣고서 그제야 위의를 갖추고 광명을 좇아 남쪽 산마루로 급히 달려 올라갔다. 그러나 이미 아득히 멀리 사라져 가고 있어 따를 수가 없었다.

자장은 마침내 그 자리에서 쓰러져 죽었다.

그를 화장하여 유골을 굴속에다 안치하였다.

자장이 세운 절과 탑은 모두 십여 군데인데, 절이며 탑을 하나씩 세울 때마다 꼭 상서로운 이적이 일어나곤 하였다. 그래서 시주하는 사람들이 문전성시를 이룰 지경이라 공사를 시작한 지 며칠 안 되어 절이며 탑들이 금방 낙성되곤 하였다.

자장율사(慈藏律師)가 쓰던 도구와 가사, 장삼들은 당나라 태화지의 용이 바친 오리 모양의 목침[木鴨枕]과 석가세존께서 입었던 가사와 함께 통

---

[47] **아상** 네 가지 상(相)의 한 가지. 자기의 형상과 소유에 집착하여 남을 업신여기는 소견.

도사에 보존되어 있다.

헌양현[48]에 압유사라는 절이 있었는데, 목침오리가 일찍이 그 곳에서 놀며 이상한 일을 나타내었던 것에서 유래된 이름이다.

또 원승(圓勝)이란 중이 있었는데 자장율사보다 앞서 당나라로 유학하였다가 함께 고국으로 돌아와 자장을 도와 율부(律部)를 넓히는 데 힘을 도왔다고 한다.

이를 찬한다.

일찍이 청량산에서 꿈이 깨어 돌아오니
칠편 삼취[49]가 일시에 열렸네.
승가와 속세의 복색을 모양 있게 하려고 동국[50]의 의관,
중국을 본떠 만들었네.

---

48. **헌양현** 경상남도 울주군 언양면.
49. **칠편삼취** 칠편은 부처의 제자를 일곱으로 나눈 것, 삼취는 대승보살의 계범.
50. **동국** 신라.

원효대사

요석을
얻어
설총을
낳다

성사(聖師) 원효(元曉)는 설(薛)씨이며 조부는 잉피공(仍皮公)인데, 혹자는 적대공(赤大公)이라고도 한다. 지금 적대연(赤大淵) 옆에 양피공의 사당이 있다. 아버지는 내말(乃末)직을 지낸 다음날이다.

원효대사는 압량군[51] 남쪽의 불지촌 북쪽에 있는 율곡의 사라수(娑羅樹) 아래에서 태어났다. 불지촌이라는 마을 이름은 발지촌[52]이라고 쓰기도 한다. 사라수에 대해서는 세속에 이런 이야기가 전한다.

원효대사의 집은 본래 율곡의 서남쪽에 있었는데 그의 어머니가 원효대사를 잉태하여 만삭이 되었을 때 마침 그 골짜기 밤나무 아래를 지나다가 갑자기 진통을 느끼게 되었다. 너무나 다급하여 집으로 돌아갈 수가 없게 되자 남편의 옷을 나무에 걸어 두르고 그 안에 누워 해산을 하게 되었다.

---

[51] **압량군** 경상북도 경산.
[52] **발지촌** 속언(俗言)에는 불등을촌(弗等乙村)이라 함.

그래서 그 밤나무를 사라수라고 부르게 된 것이다.

그 나무의 열매 또한 보통 나무와 달리 특이하여 지금도 그것을 사라율이라 부르고 있는데 옛날부터 전하는 이야기가 하나있다. 옛날 어떤 절의 주지가 사노(寺奴)들에게 하룻저녁의 끼니로 한 사람 앞에 밤 두 알씩을 나눠주겠다고 하였다.

그러자 사노들이 불만을 품고 관가에 고소를 하였다. 관리가 아무래도 이상하여 밤을 가져 오라 하여 조사해 보았더니 밤 한 개가 바리 하나에 가득 찼다. 그러자 그 관리는 도리어 사노 한 사람에게 한 알씩만 주라고 판결을 내렸다. 그래서 그 밤나무가 있는 골짜기의 이름을 율곡이라고 하게 된 것이다.

원효대사는 출가하고 나서 자신의 집을 희사하여 절을 세웠는데 이름을 초개사라고 하였다. 그리고 태어났던 밤나무의 옆에도 절을 지어 사라사라고 이름하였다.

원효대사의 전기에는 성사(聖師)가 서울 사람이라고 했는데, 이것은 그 조부가 살던 곳을 따른 것이다.

당 『승전』에 원효대사는 본시 하상주(下湘州) 사람이라고 하였다. 상고해보면 당 고종 16년, 문무왕 즉위 5년(665년)에 문무왕이 상주와 하주의 땅 일부를 떼어서 삽량주를 설치했으니, 하주는 바로 오늘날의 창녕군에 해당하고, 압량군은 본래 하주에 소속된 고을이다.

또 상주는 지금의 상주(尙州)인데 때로 상주(湘州)라고도 한다. 원효사가 태어난 불지촌은 지금은 자인현에 속해 있으니 곧 압량군에서 나뉜 구역이다.

원효사의 아명은 서당(誓幢)이며 제명은 신당(新幢)[53]이었다.

원효의 어머니는 별똥별이 품속으로 들어오는 꿈을 꾸고 원효대사를 잉태하였는데 해산하려고 할 때는 오색 구름이 땅을 뒤덮었다.

원효대사는 진평왕 즉위 39년, 수나라 양제 대업(大業) 13년(617년)에 태어났다. 그는 나면서부터 총명하기가 남달라 스승을 모시지 않고 혼자 힘으로 학업을 익혔다. 그가 수도를 위해 사방으로 구름 가듯이 유람한 행적의 시말(始末)과 불교의 홍통(弘通)에 남긴 성대한 업적은 당나라 『승전』과 전기에 모두 실려 있으므로 여기에 일일이 다 싣지 않겠다. 다만 『향전』에 실린 특이한 일 한두 가지만을 기록하겠다.

어느 날, 원효대사는 춘의(春意)가 발동하여 거리를 돌아다니며 다음과 같은 시가를 지어 불렀다.

누가 자루 없는 도끼[54]를 주려나,
하늘을 받칠 기둥[55]을 찍어내련다.

여느 사람들은 모두 이 시가가 무엇을 뜻하는지 알지 못하였지만 오직 태종무열왕만은 알아듣고서 말하였다.

---

[53] **신당(新幢)** 당(幢)은 세속에선 털[毛]이라 함.
[54] **자루 없는 도끼** 과부를 빗대어 말함.
[55] **하늘을 받칠 기둥** 나라를 지킬 인재를 말함

"대사가 귀부인을 얻어 훌륭한 아들을 낳고 싶어하는 것인가 보다. 나라에 훌륭한 인물이 태어나면 그 보다 더 큰 이로움이 있을 수가 없지!"

그때 요석궁에는 홀로 된 공주가 한 분 있었다. 왕이 궁내의 관리에게 일러 원효대사를 찾게 하고 요석궁으로 인도하여 들이라 하였다. 궁리가 왕명을 받들어 원효대사를 찾아다니다가 이미 남산에서 내려와 문천교를 지나가는 원효대사를 만났다.

관리를 본 대사는 일부러 문천교에 빠져 옷을 흠뻑 적시고는 도와달라고 소리쳤다. 관리가 원효대사를 구하여 요석궁으로 데리고 가 옷을 벗기고 말리도록 하였는데 그날부터 대사는 요석궁에 머물며 지내게 되었다.

요석공주는 과연 수태를 하더니 설총(薛聰)을 낳았다. 설총은 타고난 성정이 영민하여 경서와 사기에 널리 통달했으니 신라 10현 가운데의 한 사람이 되었다. 그리고 그는 방음[56]으로 중국과 우리 나라 각 지방의 풍속과 사물의 이름에 통달하고, 육경(六經)과 문학을 훈해하였다. 이 땅에서 경서를 업으로 삼아 공부하는 자들이 이를 전수하여 지금에 이르도록 끊이지 않고 있다.

원효대사는 파계하여 설총을 낳은 뒤, 세상 사람들이 입는 옷으로 바꾸어 입고 스스로를 소성거사[57]라 일컬었다. 그가 우연히 광대들이 춤추며 희롱할 때 쓰는 큰 박을 얻었는데 그 생긴 모습이 진기하였다. 원효대사는 그 모양을 본 떠 도구를 만들고는 화엄경의 '일체무애인 일도출생사(一切

---

[56] **방음** 우리 나라 말. 이두. 향찰식 언어 체제를 말함.
[57] **소성거사** 『삼국사기』에는 '小性居士'.

無碍人 一道出生死)'라는 구절을 따다가 그 도구의 이름을 무애(無碍)[58]라 명명하고 그에 맞는 노래 '무애가'를 지어 세상에 퍼뜨리고 다녔다. 그는 일찍부터 무애를 가지고 수많은 촌락을 돌아다니며 노래하고 춤추며 널리 교화를 펼쳤다. 그리하여 저잣거리 오두막의 더벅머리 아이들까지도 모두 부처의 이름을 알게 되고 나무아미타불[南無阿彌陀佛]을 부르게 되었으니 그의 교화가 참으로 컸다.

그가 태어난 마을의 이름은 불지촌이고, 그가 자신의 집을 희사하여 세운 절의 이름은 초개사라고 하였고, 그리고 또 스스로를 칭하여 원효(元曉)라고 하였는데 이것들은 모두 '불일(佛日)'을 처음으로 빛나게 하였다'는 뜻이다. '원효'도 역시 우리 나라 말에서 따온 것인데 당시 사람들은 모두 우리 나라 말로 '새벽[始旦]'이라고 불렀다.

그는 일찍이 분황사에 머물러 있으면서 『화엄경소(華嚴經疏)』를 저술하였는데, 제4권 십회향품(十廻向品)에 이르러 그만 그치고 절필하였다.

또 언젠가는 공적인 일로 인해서 몸을 소나무 100그루로 나눈 적이 있는데 모두들 그를 위계(位階)의 초지[59]라고 일렀다.

원효대사는 또한 바다용의 권유에 의해 길 위에서 조서를 받고 『금강삼매경소(金剛三昧經疏)』를 저술하였다. 그 글을 저술할 때 붓과 벼루를 모두 소의 두 뿔 위에 놓아두고 지었다고 해서 그것을 각승(角乘)이라고 불

---

[58].**무애(無碍)** 무애인은 부처님의 덕호.
[59].**초지** 보살의 수행하는 계단인 52위 중 10지위의 첫 단계 '환희지'를 말함.

렀다. 그렇지만 각승이란 또한 본각(本覺)과 시각[60]이라는 오묘한 뜻도 숨어 있는 것이다. 이때 대안(大安)법사가 와서 종이를 붙였는데 이 역시 그 의미를 알고 화답한 것이다.

원효대사가 입적하자 아들 총은 그 유해를 가루 내어 진용을 만들어 분황사에 안치하고 돌아가신 아버지에 대한 존경과 흠모의 정을 표하였다. 총이 때때로 원효대사의 소상(塑像) 곁에 서서 절하면 소상이 문득 돌아보곤 하였다. 지금도 원효대사의 소상은 여전히 돌아보려고 고개를 돌린 채로 있다. 원효대사가 일찍이 거처하였던 혈사(穴寺) 옆에 설총의 집터가 남아 있다고 한다.

이에 찬한다.

> 각승을 지어 삼매경의 큰 뜻을 처음 열어 보이고
> 표주박 들고 춤추며 거리 마다 교화를 베풀었네.
> 달 밝은 요석 궁에 봄 잠이 깊더니,
> 문 닫힌 분황사엔 돌아보는 모습[61]만 남았네.

[60] **본각과 시각** '본각(本覺)'은 근본 각체(覺體). 온갖 유정 · 무정한 것들에 통한 자성의 본체로서 갖춰 있는 우주 법계의 근본 본체의 이체(理體)를 말함. 시각(始覺)은 이 본각, 즉 그 자성 본체. 수행의 공력에 의하여 각증한 각.

[61] **돌아보는 모습** 설총을 돌아다보는 원효대사의 진용(眞容), 소상을 말함.

의상대사

화엄경을
고국에
심다

　　법사(法師) 의상(義湘)은 김한신(金韓信)의 아들
로 태어났다. 그의 29세에 서울 황복사에서 머리를 깎고 중
이 되었다. 그가 중이 되고 얼마 되지 않아서 중국으로 유학
할 뜻을 품고 원효와 함께 길을 떠나 요동까지 갔다가 거기
서 중국과의 국경을 지키던 고구려의 군졸들에게 잡혀 첩자
의 혐의를 받고 수십 일 간을 갇혀 고초를 겪다가 겨우 방면
되어 돌아왔다고 최지원이 지은 『본전』과 『원효대사 행장』에
실려 있다.

　　당 고종 초년, 진덕왕 때에 마침 본국으로 돌아가는 당나라
사신의 배가 있어 그 편에 실려 중국으로 들어갔다. 처음엔
양주에 머물렀는데 주장(州將) 유지인(劉志仁)이 그를 청해
관아에 머물게 하고 대접을 융숭히 하였다. 그곳에 얼마간 있
다가 종남산[62]의 지상사로 가서 지엄(智儼)을 뵈었다.

---

[62] **종남산** 당나라 서울인 장안(長安)의 남산(南山).

의상이 찾아오기 전날 밤 지엄은 꿈을 꾸었다. 커다란 나무 한 그루가 해동에서 생겨나더니 가지와 잎이 왕성히 자라 펴져 나와 온 중국을 덮었다. 그리고 그 나무 위에는 봉새의 보금자리가 있었다. 올라가 보니 마니보주[63] 한 개가 빛을 내고 있었는데 그 빛이 아주 멀리까지 이르렀다. 지엄은 꿈에서 깨어나 놀랍고도 이상한 생각에 일부러 절을 말끔히 청소하고 무슨 일이 일어나기를 기다리고 있었다. 그러자 의상이 그를 찾아왔다. 지엄은 특별한 예로 의상을 맞으며 조용히 말하였다.

"내가 어젯밤 꾼 꿈이 그대가 내게 찾아 올 징조였구나!"

그리고 의상이 방에 들어오는 것을 허락하였으니 이로써 지엄의 제자가 된 것이다. 지엄은 화엄경의 오묘한 뜻을 깊고도 정밀하게 분석하였으니 학문을 서로 논할 만한 상대를 만나 새로운 이치를 밝혀내게 되었다. 의상도 역시 깊은 이치를 깨닫고 숨어 있는 이치를 찾아내었으니 마침내 제자가 스승을 뛰어넘는 경지에까지 이르게 되었다.

그 뒤 신라와 당나라 사이에 사단이 생겨 본국의 승상 김흠순과 양도(良圖) 등이 당나라에 와 갇히게 되었고, 당 고종은 대군을 일으켜 신라를 정벌하려고 하였다. 그러자 흠순 등이 의상에게 몰래 권하며 당나라의 군사보다 앞질러 본국으로 돌아가기를 청하였다.

의상은 당 고종 12년, 문무왕 즉위 10년(670년)에 고국으로 돌아와 당나라의 출병 사실을 조정에 알렸다. 조정에서 신인대덕(神印大德) 명랑(明

---

[63] **마니보주** 여의주. 용의 뇌 속에서 나온다는 것으로 악을 제거하고 재난을 막는 공덕이 있다고 함.

朗)에게 명하여 황급히 밀단법(密壇法)을 베풀어 기도 드리게 하였더니 마침내 전쟁의 화를 면하였다.

당 고종 27년, 문무왕 즉위 16년(676년)에 의상은 조정의 뜻을 받들어 태백산으로 가서 부석사를 창건하고, 대승교(大乘敎)를 널리 펼치매 영험함이 무수히 일어났다.

종남산 지엄 문하에서 지낼 때의 동문 현수(賢首)가 「수현소」[64]를 저술하여 그 부본(副本)을 의상에게 보내오면서 아울러 간곡한 사연의 편지까지 덧붙여 왔다.

〈서경 승복사의 중 법장(法藏)이 해동신라의 화엄법사(華嚴法師)님에게 글월을 드립니다. 한 번 헤어진 지가 어언 20여 년이 되었지만, 우러러 공경하는 정성이 어찌 마음에서 떠나겠습니까? 연기와 구름이 만 리인데다가 바다와 육지가 또 천 겹이오니 이 몸이 다시 만나 뵙지 못하는 것을 한스럽게 여길 따름이옵니다. 이 연연한 회포를 어찌 다 말하겠습니까?

전생에서는 인연을 같이 하고 현생에서는 학업을 같이 닦았으니 그 과보를 얻어 함께 대경(大經)에 멱감으며 선사(先師)에게 은혜를 입어 이 오전[65]의 가르침을 받은 것입니다.

우러러 듣건대 스님께서는 귀향하신 뒤로 화엄을 펼치어 법계(法界)

---

[64] 「**수현소**」「화엄경 탐현기」.
[65] **오전** 「화엄경전」 말함.

의 무애한 연기(緣起)를 선양하여, 제망[66]을 겹겹이 하여 불국(佛國)을 새롭게 하고 중생에게 이로움을 널리 펼치신다 하오니 기쁨이 더욱 깊어집니다. 이로써 여래(如來)가 가신 뒤에 불일(佛日)을 찬연히 빛내고 설법을 널리 펴서 불법을 오래 머물게 할 분은 오직 법사뿐임을 알겠습니다.

이 법장은 학문에 진전이 없어 이루어진 게 없고 하는 일이 그리 활발하지 못하니 우러러 이 경전[67]을 생각하니 오직 선사께 부끄러울 따름입니다. 분수대로 받아 지니고 감히 버릴 수 없는 일이라 여기고 이 업[68]에 의지하여 내세의 인연을 맺어보려 합니다. 다만 스님의 장소(章疏)가 뜻은 풍부한데 글이 너무 간략하여 뒷사람들이 듣고 이해하기에 어려움이 많으므로 스님이 남기신 미묘한 말, 오묘한 뜻을 기록하여 무리하게나마 의기(義記)를 이루었습니다. 근간 승전(勝詮)법사가 베껴 가지고 고향에 돌아가 그 땅에 전할 것이오니, 스님께서는 그 잘되고 못됨을 상세히 검토하여 가르침을 주시면 다행이겠습니다.

바라옵건대 다음 올 내세에 다시 태어나게 되면 스님과 노사나[69]와 함께 하여, 이와 같이 무진한 묘법을 들어 받들고, 이같이 무량한 보현행원[70]을 닦고 싶습니다. 그러나 혹 아직 악업(惡業)이 남아 있어 하루

---

66. **제망** 제석천궁의 보망. 불법의 무진연기(無盡緣起)를 말함.
67. **경전** 「화엄경전」.
68. **업** 화엄경의 수업.
69. **노사나** 노사나불. 석가모니불과 함께 삼신불의 하나. 햇빛이 온 세계를 비추듯이 광명으로 이름을 얻은 부처. 광명불, 보신불이라고도 함.

아침에 미계[71]에 떨어지더라도 바라건대 스님께서는 옛날의 인연을 잊지 마시고 미물로 다시 태어난 제게 그 정도(正道)를 가르쳐 주십시오. 인편과 서신이 있을 때마다 안부를 전해주시기를 바랍니다. 이만 갖추어 올립니다.〉

의상은 이에 열 군데 사찰에 영을 내려 교(敎)를 전하였다. 태백산의 부석사, 원주의 비마라사, 가야의 해인사, 비슬[72]의 옥천사, 금정[73]의 범어사, 남악[74]의 화엄사 등이 그것이다.

의상은 「법계도서인(法界圖書印)」과 「약소(略疏)」를 지었는데, 그것은 부처가 되는 유일한 교법에 대한 중요한 가르침을 모두 포괄한 것이다. 이글들은 오랜 세월을 두고 중들에게 귀감이 되어왔으며 모두들 다투어 진중하게 여겼다. 이외에는 달리 저술한 것은 없었지만 한 솥의 국맛을 보는데는 고기 한 점이면 충분한 법이다. '법계도(法界圖)'는 당 고종 19년, 문무왕 즉위 8년(668년)에 이루어졌다. 이 해에 의상의 스승 지엄이 또한 입적했으니 마치 공자가 『춘추』를 편찬하다가 '기린을 잡았다' 라는 구절에

---

[70]. **보현행원** 보현보살이 발한 열가지 행원. 여러 부처님께 예경, 여래를 칭찬, 공양을 널리 닦음, 업장을 참회와 공덕을 기꺼이 따름, 교법 강하기를 청함, 부처님께서 항상 세상에 더 머물러 계시기를 청함, 부처님 따라 배우기, 항상 중생을 따를 것, 모두 다 회향할 것.

[71]. **미계** 번뇌에 얽매여 3계에 유전하는 중생계.

[72]. **비슬** 지금의 경상남도 창녕(昌寧).

[73]. **금정** 지금의 경상남도 동래(東來).

[74]. **남악** 지리산.

서 붓을 놓은 것과도 같다고 하겠다.

세상에서 전해오기로는 의상은 곧 금산보개[75]의 현신이라고 한다. 의상의 제자 중에는 오진(悟眞)·지통(智通)·표훈(表訓)·진정(眞定)·진장(眞藏)·도융(道融)·양원(良圓)·상원(相源)·능인(能仁)·의적(義寂) 등 열 명의 고승들이 우두머리가 되었으니 모두 아성[76]들이다. 이들에게는 각기 전기가 있다.

오진은 일찍이 하가산의 골암사에 거처했는데 거기 있으면서 매일 저녁 거기서 팔을 뻗쳐 부석사의 석등에 등불을 켰다.

지통은 『추동기(錐洞記)』를 저술하였다. 그것은 의상사의 가르침을 직접 받았으므로 오묘한 경지에 나아간 말들이 많다.

표훈은 일찍이 불국사에 머물렀는데, 항상 천궁(天宮)을 왕래하였다.

의상대사가 황복사에 머물고 있을 때 제자들과 함께 탑돌이를 하게 되면 늘 허공을 딛고 올라다녔고 층계로 오르지 않았다. 그래서 그 탑에는 사다리를 만들지 않았다. 제자들도 또한 계단에서 석 자나 떠서 허공을 밟고 돌았는데 의상대사는 제자들을 돌아보며 말하였다.

"세상 사람들이 이것을 보면 반드시 괴이하게 여길 테니 세상 사람들에게는 가르치지 말거라."

의상대사에 대한 그 밖의 것들은 최치원 공이 지은 『의상 본전』과 같다.

---

[75] **금산보개** '금산보개'는 곧 부처님 상좌 위에 덮인 보개.
[76] **아성** 성인 다음 가는 현인.

수풀 헤치고 연기와 먼지를 무릅쓰고 바다를 건너니
지상사(至相寺) 문이 열려 귀한 손님 맞아들였네.
화엄경, 그 무성한 잡화를 고국에 옮겨 심으니
종남산과 태백산이 똑같이 봄을 맞이하였네.

제
5
권

신주(神呪) 제 六

이튿날 새벽 동산에 가보니 진날 버린 수달 뼈가 어디론가 사라지고 없었다. 혜통이 주변에 흐른 핏자국을 따라가 보았더니 수달 뼈는 제가 살던 구멍으로 돌아가 다섯 마리의 새끼를 품고 있었다.

혜통의 신기

용과 대적하다

　　중 혜통(惠通)의 집안은 분명치 않다. 그가 중이 되기 전에 그의 집은 남산의 서편 은천 골짜기 어귀[1]에 있었다.

　　어느 날 혜통은 그의 집 동쪽에 흐르고 있는 시냇가에서 놀다가 수달 한 마리를 잡아죽이고 그 뼈를 동산 가운데 내다버렸다.

　　그런데 이튿날 새벽 동산에 가보니 전날 버린 수달 뼈가 어디론가 사라지고 없었다. 혜통이 주변에 흐른 핏자국을 따라가 보았더니 수달 뼈는 제가 살던 구멍으로 돌아가 다섯 마리의 새끼를 품고 있었다.

　　혜통은 그 광경을 보고 놀라 한참 동안 경이에 사로잡혔다. 그리고 감탄하며 그 자리에서 머뭇거리다가 갑자기 깨달은 바가 있어 마침내 속세를 버리고 출가하였다. 그 후 이름을

---

[1] **어귀** 지금의 남간사(南澗寺) 동쪽 마을.

혜통이라 바꿨다.

혜통이 당나라로 가서 무외삼장(無畏三藏)을 찾아가 배우기를 청하였다. 이에 삼장은,

"변방의 오랑캐 족속이 어찌 감히 불도를 닦으려 한단 말이냐."라고 말하며 허락하지 않았다.

그는 끝내 혜통에게 가르침을 주지 않았다. 그래도 혜통은 가볍게 물러나지 않고 무외의 곁에 머물러 2년 동안을 부지런히 섬겼다. 그래도 무외가 혜통에게 수업을 허락하지 않자 마침내 분하고 애가 타서, 불이 담긴 화로를 머리에 이고 뜰에 나가 섰다. 잠시 뒤 정수리가 터지며 소리가 났는데 그 소리가 천둥 소리 같았다. 무외삼장이 그 소리를 듣고 달려와 혜통의 모습을 보고 혜통 머리 위의 화로를 거두고 터진 곳을 손가락으로 어루만지며 주문을 외웠다.

그러자 터진 정수리가 곧 아물어 종전대로 되고 그 자리에 '왕(王)' 자 무늬의 흉터가 남았다. 그것이 혜통을 왕화상이라 부르게 된 연유이다. 무외가 그를 깊이 사랑하고 귀하게 여겨 드디어 그에게 인결²을 전수하였다.

그때 당나라 황실의 공주가 병이 들어 고종이 무외삼장에게 병을 낫게 해줄 것을 청하였더니 무외가 혜통을 천거하여 자신을 대신하게 하였다.

혜통은 명을 받고 따로 거처하면서 흰 콩 한 말을 은그릇에 담고 주술을

---

² **인결** 심인(心印) 도법의 요결, 즉 비결.

부렸다. 주문을 외자 흰 콩들은 모두 흰색 갑옷을 걸친 신병(神兵)으로 변하여 병마와 싸웠다. 그러나 흰색 갑옷을 입은 신병들은 병마를 이겨내지 못하였다.

혜통은 다시 검은 콩 한 말을 금그릇에 담고 주술을 부렸다. 주술에 검은 콩들은 모두 검은색 갑옷을 걸친 신병으로 변하였다. 검은 옷과 흰 옷을 입은 신병들에게 명하여 서로 힘을 합쳐 병마를 공격하게 하였다. 그러자 갑자기 병마가 뱀처럼 생긴 용으로 변해 도망가고 공주의 병은 곧 깨끗이 나았다.

혜통에게 쫓긴 교룡은 자기를 쫓아낸 혜통에게 원한을 품고 신라의 문잉림(文仍林)으로 들어가 인명을 마구 해쳤다. 마침 정공(鄭恭)이 당나라에 사신으로 왔다가 혜통에게 이 사실을 알렸다.

"스님께서 쫓으신 독룡이 본국으로 들어와 그 피해가 막심합니다. 빨리 가서 없애 주십시오"

혜통이 정공과 함께 본국으로 돌아왔으니 그때가 당 고종 16년, 문무왕 즉위 5년(665년)이었다. 혜통은 돌아오자마자 곧 독룡을 쫓아냈다.

독룡이 이번에는 정공을 원망하여 원한을 품고 정공의 집 대문 밖에 버드나무로 변신하여 서 있었다. 정공은 자기에게 원한을 품은 독룡의 변신인 줄은 까마득하게 모르고, 단지 버드나무 잎이 무성한 것이 좋아서 몹시 아끼고 사랑하였다.

신문왕이 붕어하고 효소왕이 즉위하자 신문왕의 왕릉터를 닦고 장사를 지내러 가는 길을 만들게 되었다. 그런데 정공 집 앞의 버드나무가 그 길을 막아서게 되었다. 그 일을 책임진 관리가 버드나무를 베어내려고 하자 정공이 노하여 말하였다.

"차라리 내 목을 벨지언정 이 나무는 못 벤다."

관리가 이 사실을 왕에게 아뢰자 효소왕이 대노하여 법관에게 명하였다.

"정공이 왕화상의 신술을 믿고 장차 불손한 일을 꾸미려는 마음으로 왕명을 무시하고 거역하였다. 그가 제 머리를 베라고 하였으니 마땅히 그가 원하는 대로 해주어라."

마침내 정공의 목을 베고 그의 집을 헐어 묻어 버렸다. 곧 조정에서 논의하기를 왕화상과 정공의 사이가 매우 절친했으므로 왕화상이 정공을 죽인 일로 원한을 품었을 터이니 이쪽에서 먼저 그를 처치해 버리는 것이 좋겠다는 것이었다.

중신들이 곧 군졸들을 풀어 왕화상을 찾아 체포하게 하였다. 혜통은 그때 왕망사에 있다가 군졸들이 오는 것을 보고 사기병과 붉은 먹을 묻힌 붓을 들고 지붕 위로 올라가 군졸들을 보고 외쳤다.

"내가 하는 양을 지켜보아라."

혜통이 사기병 목에 붉은 금을 그으며 다시 외쳤다.

"너희들은 각자 상대방의 목을 살펴보아라."

군졸들이 서로의 목을 보았더니 모두들 목에 붉은 금이 둘러져 있었다. 군졸들은 서로의 목을 보며 놀라 어쩔 줄을 몰랐다. 혜통이 다시 외쳤다.

"내가 만약 이 병목을 자르면 너희들의 목도 잘라질 터이니 어찌 하겠느냐?"

군졸들은 부리나케 도망쳐 붉은 줄이 그어진 목 그대로 왕에게 나아가 아뢰었다.

그러자 왕이 말하기를,

"왕화상의 신통함을 어찌 인력으로 당할 수 있겠는가?" 하고는 혜통을 그냥 내버려 두었다.

왕녀가 갑자기 병들자 왕은 혜통에게 치료할 것을 청하였고, 얼마 후 왕녀의 병이 곧 나았다. 왕이 크게 기뻐하자 혜통이 정공의 죽음은 독룡의 원한에 의한 것임을 말하였다.

왕이 그 사유를 듣고 정공을 죽인 것을 후회하며 정공의 처자들을 방면하고 혜통을 국사로 받들었다.

교룡은 정공에게 앙갚음을 하고 나서도 기장산으로 들어가 웅신(熊神)이 되어 더욱 많은 해를 끼쳤으므로 백성들의 괴로움이 매우 컸다.

이에 혜통은 기장산에 찾아가 독룡을 달래고 그에게 불살계를 주자 그제서야 독룡의 해가 그치게 되었다.

그보다 전에 신문왕이 등창이 나서 혜통에게 병을 보아줄 것을 청하여 혜통이 왕에게 나아갔다. 그가 주문을 외자 신문왕의 등창은 당장에 나았다. 그런 후 혜통이 신문왕에게 말하였다.

"폐하께서 전생에 관리의 몸이셨을 때 선량한 사람인 신충(信忠)의 죄를 잘못 판결하시어 그를 노예로 삼았습니다. 그래서 신충이 이를 원망하여 환생하실 때마다 보복을 하는 것입니다. 지금 이 등창도 역시 신충의 저주로 인한 것입니다. 그를 위하여 절을 세워 명복을 빌어 원한을 풀어주는 것이 좋겠습니다."

왕은 혜통의 말에 깊이 수긍하여 절을 세워 신충봉성사(信忠奉聖寺)라 이름하였다. 절이 낙성되자 공중에서 외치는 소리가 들려왔다.

"왕이 절을 세워주신 덕으로 고생을 벗어나 하늘에 오르게 되었으니 원한은 이미 풀렸습니다."

다시 이 외침이 들린 곳에 절원당(折怨堂)을 세웠는데 절원당과 신충봉성사는 지금까지 남아 있다.

이보다 앞서 밀본법사 다음에 명랑(明朗)이란 고승이 있어, 용궁에 들어가 신인[3]을 얻어 신유림[4]을 세우고 이웃 나라의 침략을 여러 차례 기도로 물리쳤다. 이제 혜통, 즉 왕화상은 무외삼장의 진수(眞髓)를 전수받아 속세를 두루 돌아다니며 사람을 구제하고 만물을 감화시켰으며, 아울러 전생의 인연을 뚫어보는 밝은 지혜로 절을 세워 원한을 풀어주게 하니, 밀교의 교풍이 이에 크게 떨쳤다. 천마산의 총지암이며 무악산의 주석원들은 모두 그 유파이다.

혹자는 말하기를 혜통의 속명이 각간 존승(尊勝)이라 하나 각간이라면 신라의 재상급인 높은 벼슬인데 혜통이 벼슬을 역임했다는 사적은 아직 듣지 못하였다. 또 어떤 사람은 혜통이 당초 승냥이와 이리를 쏘아 잡았다고 하나 모두 알 수 없는 일이다.

---

[3] **신인** 범어(梵語)로는 '문두루(文豆婁)'라 하고 우리말로는 신인.
[4] **신유림** 지금의 천왕사(天王寺).

그를 찬한다.

복숭아나무 살구나무 그림자 울타리에 비쳐
봄이 깊자 시냇가엔 꽃이 흐드러지게 피었네.
도령이 한가로이 수달을 잡은 인연으로
마룡을 멀리 서울 밖으로 쫓게 되었네.

제
5
권

감통（感通） 제 七

"어젯밤 도련님께 드렸던 저의 간절
한 청을 잊지 않으셨군요. 오늘 저의 발톱에 상처 입은 사람들에게 흥륜
사의 간장을 찍어 바르게 하고 그 절의 나발 소리를 들려주십시오. 그러
면 모두 상처가 나을 것입니다."

광덕과 엄장

엄장이 광덕이 처를 들여

문무왕 때 광덕(廣德)과 엄장(嚴莊)이라는 두 사문(沙門)이 있었다. 이 둘은 서로 매우 친하게 지내며 먼저 극락으로 가는 사람은 상대에게 꼭 알리기로 하자고 늘 다짐하였다.

광덕은 분황사 서쪽 마을에 은거하여 부들로 신 삼는 일을 하며 처자를 데리고 살았다. 그리고 엄장은 남악에 암자를 짓고 살며 밭을 일궈 경작에 힘쓰며 지냈다.

어느 날 해그림자가 붉은 빛을 드리우고 소나무 그늘이 고요히 저물어 갈 무렵 엄장은 창 밖에서 나는 소리를 들었다.

"나는 먼저 서방[1]으로 가네. 자네는 속세에 편안히 머물다 빨리 나를 따라 오도록 하게."

엄장이 문을 밀치고 나가 사방을 둘러보았더니, 멀리 구름 밖에서 하늘의 음악 소리가 들리고 밝은 빛이 땅까지 뻗쳐 있

---

[1] **서방** 서방정토(西方淨土), 즉 극락세계.

301

었다.

이튿날 엄장이 광덕의 거처로 찾아갔더니 과연 광덕은 죽어 있었다. 그의 아내와 함께 유해를 거두어 장사지냈다. 모든 일을 마치고 나서 엄장이 광덕의 아내에게 말하였다.

"남편이 이미 갔으니, 나와 함께 사는 것이 어떻소?"

광덕의 아내가 좋다고 대답하였다.

엄장은 자기의 처소로 돌아가지 않고 광덕의 아내 곁에 머물렀다. 밤이 되어 잠자리에 들자 엄장이 광덕의 아내에게 정교를 요구하였다.

광덕의 아내는 부끄러워하며 말하였다.

"스님이 정토를 구하는 것은 나무에 올라가 물고기를 구하는 격이라 할 만합니다."

엄장은 동거를 허락했던 광덕 아내의 뜻밖의 태도에 놀라고 이상히 여겨 말하였다.

"광덕도 이미 그렇게 하였는데 낸들 안 될 게 뭐 있겠소?"

광덕의 아내가 말하였다.

"그분과 나는 십여 년을 함께 살았지만 일찍이 하룻밤도 잠자리를 같이 하여 본 적이 없습니다. 그러니 몸에 닿아 더럽힌 적이 있겠습니까? 그분은 매일 밤 몸을 단정히 하고 정좌하여 한결같이 아미타불의 이름을 외웠을 뿐입니다. 때로는 십육관[2]을 짓기도 했으며 관(觀)이 이미 원숙해진 뒤에는 밝은 달이 창을 통해 들어오면 때때로 달빛을 타고 그 위에 앉아 가부좌하기도 했습니다. 정성들이기를 이와 같이 하였으니 설사 서방정토로 가지 않으려 하였던들 어디로 갔겠습니까? 대개 천릿길을 가려는 자는 그 첫걸음으로 재어볼 수 있다고 하였으니 이제 스님의 관(觀)은 동방으로 가는 것이라고는 말할 수 있을지언정 서방으로 간다고는 할 수 없겠습니다."

이에 엄장은 부끄러워하며 물러나왔다. 그리고 곧 원효법사의 거처로 찾아가 득도의 요체를 간절히 구하였다.

원효법사는 정관법(淨觀法)을 지어 엄장을 가르쳤는데 그는 이에 스스로를 깨끗이 하고 뉘우쳐 자책하였다. 그리고 한마음으로 관을 닦아 서방정토로 갔다. 정관법은 『원효법사 본전』과 『해동승전』에 실려 있다.

광덕의 아내는 바로 분황사의 사노였는데 관음보살의 19응신[3] 중의 하나였다. 광덕은 일찍이 다음과 같은 시가를 읊었다.

> 달님이시여,
> 이제 서방까지 가셔서 무량수불전에
> 전하는 말씀 모두 일러 사뢰소서
> 서원(誓願) 깊으신 부처님을 우러러 바라보며
> 원왕생(願往生)[4], 원왕생 두 손 높이 모아
> 그리워하는 이가 있다고 사뢰소서
> 아으, 이 몸을 남겨 두고
> 48대원[5] 모두 이루도록 하시옵소서.

2. **십육관** 극락세계에 왕생하는 문호가 된다는 16종의 관문.
3. **19응신** 관세음보살이 중생을 교화하기 위해 19가지의 모습으로 나타난 것.
4. **원왕생(願往生)** '원왕생 극락'의 준말. 죽어서 극락에 태어나고 싶다는 뜻.
5. **48대원** 아미타불이 법장비구로 있을 때 세운 서원 마흔여덟 가지.

향가와 월명사

도솔가를 지은 월명사

경덕왕이 즉위한 지 19년(760년) 되던 해 4월 초 하룻날 두 개의 태양이 나란히 나타나 열흘 동안이나 없어지 지 않았다. 일관이 진언하기를 인연 있는 승려가 산화공덕⁶을 하면 그 재앙이 물러날 것이라고 하였다.

이에 왕은 조원전(朝元殿)에 불단을 정결히 쌓고 왕이 친히 청양루에 행차하여 인연 있는 중을 기다렸다.

그때 월명사(月明師)가 들녘의 남쪽 길을 가고 있었는데 왕 이 사람을 시켜 그를 불러오게 하였다. 그에게 곧 단을 열고 기도문을 짓도록 명하자 월명사가 왕에게 사양하며 말하였 다.

"승은 원래 국선의 무리에 속해 있으므로 그저 향가나 알 뿐 범성⁷에는 익숙지 못하나이다."

"그대가 이미 인연 있는 승려로 지적되었으니 비록 향가라

---

⁶ **산화공덕** 꽃을 뿌려 부처님께 공양하여 공덕을 닦는 것.
⁷ **범성** 곧 불교의 찬불가(讚佛歌)인 범패(梵唄).

도 좋소, 읊어 보시오.

월명사가 이에 〈도솔가(兜率歌)〉 지어 왕에게 바쳤다.

오늘 이에 산화 불러
솟아나게 한 꽃아 너는,
곧은 마음의 명(命)에 부리워져
미륵좌주 뫼셔 나립(羅立)하라

도솔가를 풀이하면 이렇다.

오늘 용루에서 산화가를 불러
푸른 구름에 한 송이 꽃을 날려 보내네
정중한 곧은 마음이 시키는 일이니
멀리 도솔천의 대선가(大仙家)[8]를 맞으리라.

지금 세속에서는 이 시가를 가리켜 〈산화가〉라고 하나 잘못된 일이다. 의당 〈도솔가〉라고 해야 옳을 것이다. 〈산화가〉는 따로 있으나 여기 싣지 않는다.

〈도솔가〉를 지어 부른 지 얼마 지나지 않아 태양의 변괴가 곧 사라졌으므로 왕은 월명사를 가상히 여겨 좋은 차 한 봉지와 수정 염주 108개를 하사하였다. 이때 갑자기 깨끗한 모습을 한 동자 하나가 차와 염주를 받들고

8. **대선가(大仙家)** 미륵을 말함.

궁전의 서쪽 작은 문에서 나왔다. 월명은 이 동자가 궁전에 머무는 사환인 가보다 하였고 왕은 월명사의 종자라 여겼다. 그러나 서로 알아보니 동자는 궁의 사환도 아니고 월명사의 종자도 아니었다. 왕이 매우 이상히 여겨 사람을 시켜 동자를 따르게 하였더니 동자는 안 뜰의 탑 속으로 사라지고 차와 염주만 남쪽 벽에 그려진 미륵상 앞에 놓여 있었다.

이 일로 월명의 지극한 덕과 정성이 지성[9]을 이와 같이 감동시켰음이 알려져 조정과 민간에서 두루 그를 모르는 사람이 없게 되었다. 왕은 더욱 월명사를 존경하고 다시 비단 100필을 선사하여 정성을 표하였다.

일찍이 또 월명이 그의 죽은 누이를 위해 재를 올리며 향가[10]를 지어 제사지낸 적이 있었다. 그때도 갑자기 모진 바람이 일어 지전[11]을 날려 서쪽으로 사라져 갔다. 그 노래는 이런 내용이다.

생사 길은
예 있으매 머뭇거리고,
나는 간다는 말도,
못다 이르고 어찌 갑니까.
어느 가을 이른 바람에
이에 저에 떨어질 잎처럼,
한 가지에 나고,

[9] **지성** 미륵불.
[10] **향가** 제망매가(祭亡妹歌).
[11] **지전** 종이를 돈 모양으로 오려 만든 것. 옛날에는 지전을 만들어 붙여 제사지냈다 함.

가는 곳 모르온저.
아아, 미타찰[12] 에서 만날 나, 도 닦아 기다리겠노라.

월명은 늘 사천왕사에 살았는데 피리를 곧잘 불었다. 한 번은 달밤에 절 문 앞의 한길을 피리를 불며 지나갔더니 달이 그를 위해 운행을 멈추고 그 자리에 머물렀다.

그래서 그 길을 월명리라 하였고 월명사도 역시 이 때문에 유명해졌다. 월명사는 바로 능준대사(能俊大師)의 제자다.

신라 사람들이 향가를 숭상한 지 오래 되었는데 향가는 대개 〈시경〉의 송(頌)과 같은 종류였다. 때문에 가끔씩 능히 천지와 귀신을 감동시켰는데 그 경우가 한둘이 아니다.

이를 찬한다.

바람이 지전을 날려 세상 떠나는 누이의 노잣돈 되게 하고
피리 소린 밝은 달을 움직여 항아[13] 를 머물게 하였네.
도솔천이 멀다고 어느 누가 말하더냐
만덕화 한 곡조로 즐겨 맞아들였네.

[12] **미타찰** 아미타불의 국토, 즉 극락세계.
[13] **항아** 월궁에 있다는 선녀.

김현 감응

김현, 호랑이와 사랑하다

신라 풍속에 해마다 2월이 되면 초여드렛날부터 보름까지 장안의 남녀들이 흥륜사의 전탑(殿搭)을 돌며 복회[14]를 행하였다.

원성왕 때의 일로 김현(金現)이란 한 총각이 밤이 깊어 가도록 혼자서 잠시도 쉬지 않고 탑돌이를 하였다. 그런데 다른 처녀 하나도 역시 염불을 외며 김현의 뒤를 따라 돌고 있었다. 두 사람은 마침내 서로를 보고 눈을 맞추었다.

김현은 탑돌이를 마치자 처녀를 아늑한 곳으로 이끌고 들어가 서로 정을 통하였다. 처녀가 집으로 돌아가려 하자 김현이 따라나섰다. 처녀가 따라오지 말라고 거절하였으나 김현은 굳이 그녀를 따라갔다.

서산 기슭에 이르러 처녀가 한 오두막집으로 들어가자 그곳에 노파가 있다가 처녀에게 물었다.

[14] **복회** 복을 빌기 위한 모임.

"널 따라온 이가 누구냐?"

처녀가 있었던 사실을 다 얘기하였다. 처녀의 얘기를 듣고 노파가 말하였다.

"비록 좋은 일이기는 하나 차라리 없었던 일만은 못하구나. 그러나 이미 저질러진 일, 어쩔 수 없구나. 은밀한 곳에 잘 숨겨주어라. 네 형제들이 돌아와 그를 해칠까 두렵구나."

처녀는 김현 총각을 끌어 깊숙한 곳에 숨겨 두었다.

얼마 뒤에 호랑이 세 마리가 으르렁거리며 오두막집으로 들어와 사람 말로 지껄였다.

"집안에 비린내가 나는데? 마침 시장하던 참이라 요기하기 꼭 좋겠다!"

노파와 처녀가 꾸짖으며 말하였다.

"너희들 코가 어떻게 되었구나! 무슨 그런 미친 소리들을 하느냐?"

그때 하늘에서 큰 소리가 들렸다.

"너희들이 많은 생명을 해치기를 즐겨 하였으니 마땅히 너희 중의 한 놈을 죽여 그 악을 징계하리라."

세 호랑이가 이 소리를 듣고 모두 풀이 죽어 두려운 얼굴이 되자 처녀가 그들에게 말하였다.

"세 오빠가 만일 멀리 피해 가서 스스로를 반성하겠다면, 제가 그 벌을 대신 받겠습니다."

이 말을 들은 세 호랑이들은 모두 기뻐하며 머리를 숙이고 꼬리를 낮추고 달아나 버렸다.

처녀는 김현 총각이 숨어 있는 곳으로 들어가 말하였다.

"당초 저는 도련님이 저희 집에 오시는 것이 부끄러웠습니다. 그래서 오시지 말도록 말렸지요. 그러나 이제 모든 것이 드러나 버렸으니 감히 저의 속마음을 말씀드리겠어요. 이 몸이 도련님과 비록 종류는 다르지만 하룻저녁을 즐겁게 모셨으니 부부의 의를 맺은 것과 진배없습니다. 이제 하늘이 세 오빠들의 죄악을 미워하시어 벌하려 하시니, 집안의 재앙을 저 한 몸으로 감당하려 합니다. 이왕 죽을 몸이라면 아무 상관도 없는 다른 사람의 손에 죽기보다, 차라리 도련님의 칼 아래 죽어서 그 소중한 은의(恩義)에 보답하는 것이 좋겠습니다. 제가 내일 저잣거리에 나가 돌아다니며 사람들을 위협하겠습니다. 그러면 사람들이 저를 어쩌지 못할 테니 임금님은 필시 많은 상금과 벼슬을 내걸고 저를 잡을 사람을 찾게 될 것입니다. 그때 도련님께서는 조금도 겁내지 마시고 도성 북쪽의 숲 속으로 저를 쫓아오십시오. 거기서 제가 기다리겠습니다."

김현이 응대하여 말하였다.

"사람이 사람과 교합하는 것은 인륜에 떳떳한 일이나 사람이 아닌 다른 종류와 교합하는 것은 보통 일은 아닙니다. 그러나 이미 그대와 교합을 하였으니 이는 진실로 하늘이 정한 분복(分福)입니다. 한데 어찌 배필의 죽음을 팔아 요행으로 한때의 벼슬과 영화를 구할 수 있겠습니까?"

처녀는 말하였다.

"도련님, 그런 말씀은 아예 하지 마십시오. 제가 이제 이렇게 일찍 죽는 것도 하늘의 뜻이요, 또한 저의 소원이기도 합니다. 그리고 도련님께는 경사요, 저희 일족에게는 복이며, 나라 사람들에게는 기쁨입니다. 이 몸이 한 번 죽어 이렇게 다섯 가지 이로운 점이 갖추어지는 데 어찌 그것을 피하겠습니까? 다만 제가 죽은 후 저를 위해 절을 세우고 불경을 강하여 좋은 업보를 얻도록 빌어주신다면 도련님의 은혜가 그보다 더 클 수는 없을 것입니다."

드디어 둘은 울면서 헤어졌다.

다음날이 되자 과연 호랑이 한 마리가 서울 성안에 들어왔는데 어찌나 사나운지 아무도 감당할 자가 없었다. 원성왕은 이를 보고받고 교령을 발표하였다.

"호랑이를 잡는 자에게는 2급의 벼슬을 주리라."

이 교령을 듣고 김현은 대궐로 나아가 아뢰었다.

"소신이 하겠나이다."

왕이 벼슬부터 내려 그를 격려하였다.

김현은 단도를 지니고 처녀가 일러준 도성 북쪽의 숲으로 들어갔다. 그곳에는 호랑이가 처녀로 변해 기다리고 있다. 그녀가 반갑게 웃으면서 말하였다.

"어젯밤 도련님께 드렸던 저의 간절한 청을 잊지 않으셨군요. 오늘 저의 발톱에 상처 입은 사람들에게 흥륜사의 간장을 찍어 바르게 하고 그 절의 나발 소리를 들려 주십시오. 그러면 모두 상처가 나을 것입니다."

말을 마치자 처녀는 김현이 지니고 갔던 단도를 뽑아 스스로 목을 찔러 넘어졌다. 처녀는 죽어 쓰러지자 바로 한 마리의 호랑이가 되었다. 김현은 숲에서 나와 소리쳤다.

"지금 호랑이를 쉽게 잡았다."

그리고 호랑이 처녀가 일러준 처방대로 그날 호랑이에게 물린 사람들을 치료하였더니 상처가 모두 나았다. 오늘날도 역시 그 처방을 쓰고 있다.

김현은 등용된 뒤에 서천가에 절을 세우고 호원사라고 하였다. 그리고 항상 「범망경」[15]을 강하며 호랑이의 명복을 빌어, 호랑이가 제 몸을 죽여 자신을 도와준 은혜에 보답하였다.

김현은 죽음을 앞두고 자신이 예전에 겪은 일의 신기함을 새삼 깊이 느끼고 붓을 들어 기록으로 남겼다. 그제서야 세상 사람들이 비로소 그 사연을 알고 호랑이가 들어가 죽었던 그 숲을 논호림(論虎林)이라 불렀다. 또한 지금도 그렇게 부르고 있다.

---

[15]. **「범망경」** 대승계의 제1경(經).

동물과 감응

달아난 아내

　당나라 덕종 14년(793년) 신도징(申屠澄)이 야인으로 있다가 한주 습방현의 현위(縣尉)로 임명됐다. 임지로 가는 길에 진부현 동쪽 10리쯤 되는 곳에 이르러 매서운 추위와 무섭게 휘몰아치는 눈보라를 만나 말이 더이상 앞으로 나아갈 수가 없었다.

　마침 길가에 초가집 한 채가 있었는데 집 안에 불이 피워져 있어 무척 따뜻해 보였다. 도징이 등불 밑으로 다가가 보니 늙은 부부와 처녀 하나가 불가에 둘러앉아 있었다. 처녀의 나이는 이제 14,5세쯤 되어 보였는데, 비록 머리는 헝클어지고 옷은 때가 묻어 더러웠지만, 살결은 눈처럼 희고 두 볼은 꽃처럼 발그레하니 몸짓조차 아름다웠다.

　늙은 부부가 도징이 집안으로 들어서자 황급히 말하였다.

　"손님께서 눈보라에 몹시 시달리셨나 보군요. 어서 이리 오셔서 불을 쬐십시오."

　도징이 한참 불을 쬐고 앉아 있는 사이에 날이 벌써 어두워졌다. 그런데도 눈보라는 여전히 그치지 않았다.

도징이 늙은 부부에게 말하였다.

"서쪽으로 현까지 가려면 아직도 멀었으니 여기서 묵어 가도록 허락해 주십시오."

늙은 부부가 대답하였다.

"누추한 오두막이라도 관계치 않으신다면 그렇게 하십시오."

도징은 말안장을 풀고 침구를 폈다. 처녀는 손님이 자고 가려는 것을 보고는 얼굴을 매만지고 곱게 단장을 한 뒤 장막에서 나왔다. 단아한 그 맵시가 처음보다 더욱 더하였다.

도징이 처녀의 아버지를 보고 말하였다.

"이 댁의 낭자는 총명함이 출중하군요. 아직 정혼치 않았다면 제가 감히 청혼을 드리겠습니다. 어떠십니까?"

노인은 답하였다.

"뜻밖에도 귀하신 손님께서 거두어주시겠다니 아마도 하늘이 정한 연분인가 생각됩니다."

도징이 곧 사위의 예를 닦았다. 그리고 타고 왔던 말에 신부를 태우고 임지로 갔다.

부임한 뒤 임지에 이르러 보니 봉록이 매우 박하였으나 아내가 힘써 집안살림을 꾸려 언제나 오직 즐거울 뿐이었다.

그 뒤 임기가 차서 고향집으로 돌아갈 때쯤에는 이미 1남 1녀를 두었는데 그들 또한 매우 총명하여 그는 아내를 더욱 사랑하였다. 그가 하루는 아내에게 시를 한 편 써주었다.

한 번 벼슬길에 나서니 매복[16]에게 부끄러웠고
3년이 지나매 맹광[17]에게 고마웠나니
이 깊은 정 어디에 비기면 좋을까
시냇가에 한 쌍 원앙이 노는구나.

그의 아내가 이 시를 받고 종일토록 읊조리며 속으로는 화답한 것 같았
으나 그때는 입 밖으로 내지 않았다. 그러다 도징이 벼슬을 그만두고 가족
을 데리고 본가로 돌아가려 하자 아내는 문득 슬퍼하며 말하였다.

"전날 제게 주신 시 한 편에 화답이 있습니다."

그리고 다음과 같이 읊었다.

금슬의 정도 비록 소중하지만
숲으로 돌아가고 싶은 뜻 스스로 깊고 깊어
언제고 시절이 달라지면
백년해로의 마음
저버리게 될까 하여 시름해 왔나니

드디어 도징은 아내와 함께 그 옛집을 찾아갔다. 그런데 그곳에는 이미

---

[16] **매복** 한나라 사람. 벼슬을 사지하고 물아와 독서와 인재 양성을 하며 지내다 처자를 버리고 신선이
되었음.
[17] **맹광** 동한(東漢)의 어진 여성으로 양홍(梁鴻)의 아내.

사람의 흔적이 없었다. 아내는 심히 그리워하며 하루종일 슬피 울었다. 그러다 문득 벽 한귀퉁이에 호랑이 가죽 한 장이 걸려 있는 것을 보고 소리 높여 웃으면서 말하였다.

"이 물건이 아직 여기 있는 줄 몰랐구나!"

그리고 갑자기 그것을 뒤집어쓰더니 호랑이로 변하였다. 호랑이는 큰 소리로 포효하면서 땅을 할퀴고 문을 박차고 뛰쳐나가 버렸다. 도징은 깜짝 놀라 뒤로 물러섰다가 두 아이를 데리고 그의 아내가 도망가 버린 길을 찾아 나섰다. 그러나 더 이상 찾을 길이 없자 숲을 바라보며 며칠 동안이나 통곡하다 마침내는 어디론가 종적을 감춰 버리고 말았다.

호랑이와 감응한 사람들

아아, 도징과 김현, 두 사람의 사람 아닌 다른 동물과의 접촉이여!

그것들이 변하여 사람의 아내 된 것은 같지만 도징이 만난 호랑이가 사람을 저버리는 시를 준 뒤 포효하면서 땅을 할퀴고 문을 박차고 달아난 것은 김현의 호랑이와는 달랐다. 김현의 호랑이는 어쩔 수 없이 사람에게 해를 끼쳤으나 좋은 처방을 가르쳐주어 다친 사람들을 구제하였다.

짐승이면서도 이와 같이 어진 이가 있었거늘, 오늘날 사람으로서 짐승만도 못한 자가 있는 것은 어찌된 일인가.

김현과 호랑이가 만난 옛날 이야기를 자세히 살펴보면 그 호랑이가 하필 절에서 탑을 도는 동안 사람을 감응시켰고, 하늘의 세 오빠들의 죄악을 징계하리라는 외침에 스스로 대신하겠다고 나섰으며, 또 신묘한 처방을 일러주어 사람들을 구제하였고, 절을 지어 불계를 강하게 하였다.

이런 점으로 미루어보아 그 호랑이는 한갓 짐승 가운데 성품이 어진 자일뿐만 아니라, 부처가 응현할 때의 갖가지 방편 중 하나로써, 김현이 정성을 다해 탑돌이를 하자 감동하여 남 모르는 이익으로 보답하려는 것이었다. 김현이 그때에 이러한 복을 받은 것은 의당 당연한 일이 아니겠는가!

이를 찬한다.

산 속 집에서 세 오빠의 악행에 견디지 못하여
고운 입으로 대신 죽겠다, 아름다운 한 마디 하였네!
의리의 중함 몇 가지나 되니 죽음도 가벼이
수풀 아래 맡긴 몸, 떨어지는 꽃잎 같아라

혜성의 변괴

융천사, 혜성가를 짓다

진평왕 때의 일이다. 신라와 왜의 관계가 자못 어지러웠다. 제5 거열랑(居烈郎), 제6 실처랑, 제7 보동랑(寶同郎), 이 세 화랑이 거느린 낭도들과 풍악산[18]으로 나들이를 나서는 데 혜성이 나타나 심대성(心大星)[19]을 범하였다.

세 낭과 무리들이 이를 의아하게 생각하고 전쟁이 일어날 징조라 여겨 나들이를 중지하고 산을 내려오려 하였다. 곧 정말 왜구가 해안가를 쳐들어 왔다는 소식이 왔다. 이에 융천사(融天師)가 목욕재계하고 단을 쌓아 노래를 지어 불렀다. 그러자 혜성의 변괴는 즉시 사라지고, 침범해 오던 왜구들도 제 나라로 돌아가 버려 도리어 경복(慶福)을 이루었다. 진평대왕이 기뻐하며 화랑과 낭도들을 풍악으로 보내어 놀게 하였으니 그 노래는 이렇다.

[18]. **풍악산** 강원도 금강산.
[19]. **심대성(心大星)** 별자리 28수(宿) 가운데 심수의 대성(大星). 전갈자리.

옛날 동쪽 물가
건달파(乾達婆)가 놀던 성[20]을 바라보며,
왜군도 왔다
횃불 올린 어여 수플이여.
세 화랑의 산 보신다는 말씀 듣고,
달도 갈라 그어 잦아들려 하는데,
길 쓸 별 바라보고,
혜성이여 하고 사뢴 사람이 있다.
아아, 달은 떠가 버렸더라.
이에 어울릴 무슨 혜성을 함께 하였습니까.

[20] **건달파(乾達婆)가 놀던 성** 서역에서는 악사를 건달바라 불렀는데, 그 악사가 환술로써 성을 만들었다고 함. 아침에 바닷가에 나타나 가까이 가면 사라지는 신기루 같은 것을 이름.

제
5
권

피은(避隱) 제八

　　　　　　효서왕은 등극하기 전에 현량한 선
비 신충과 대궐 뜰에 있는 잣나무 아래에서 자주 바둑을 두곤 하였다.
어느 날 왕이 신충에게 말하였다. "후일 내가 등극하는 날에 만일 그대
를 잊는다면 이 잣나무와 같으리라." 신충이 자리에서 일어나 절을 하
였다.

신충과 단속사

벼슬을 버린 신충

효서왕은 등극하기 전에 현량한 선비 신충(信忠)과 대궐 뜰에 있는 잣나무 아래에서 자주 바둑을 두곤 하였다.

어느 날 왕이 신충에게 말하였다.

"후일 내가 등극하는 날에 만일 그대를 잊는다면 이 잣나무와 같으리라."

신충이 자리에서 일어나 절을 하였다.

몇 달이 지나 효성왕이 즉위하여 공신들에게 상금과 벼슬을 내렸는데 왕이 그만 신충을 잊어버리고 상작의 대상에서 빠뜨렸다. 신충이 이를 원망하며 시가[1]를 지어 그 잣나무에 갖다 붙였다. 그 시가를 붙이자 싱싱하던 잣나무가 갑자기 누렇게 말라버렸다. 왕이 괴이히 여겨 사람을 시켜 조사하게 하였더니 신충이 써 붙인 시가를 발견하여 바쳤다. 왕이 크게 놀라 말하였다.

---

[1] **시가** 〈원가(怨歌)〉라 불림.

"온갖 정사에 분주히 골몰하였더니 옛 맹세를 잊었구나!"

곧 신충을 불러 벼슬과 녹을 내렸다. 그랬더니 그 잣나무가 되살아났다. 그 시가를 살피면 이렇다.

질 좋은 잣이
가을에 말라 떨어지지 아니하매,
너를 중히 여겨 가겠다 하신 것과는 달리
낯이 변해 버리신 겨울에여
달이 그림자 내린 연못 갓
지나가는 물결에 대한 모래로다.
모습이야 바라보지만
세상 모든 것 여희여 버린 처지여.

경덕왕[2] 즉위 22년(763년), 신충은 두 벗과 서로 약속하여 벼슬을 버리고 남악으로 들어갔다. 왕이 거듭 불렀으나 다시는 나오지 않고 머리를 깎고 승려가 되었다. 그리고 왕을 위해 단속사를 세우고 거기에 정주하였다. 그가 산 깊은 곳에 몸을 숨기어 살며 대왕의 복을 빌겠다고 하자 왕이 허락하였다. 경덕대왕의 복을 빌기 위해 진영을 모셔 두었는데 단속사의 금당 뒷벽에 있는 것이 바로 그것이다.

절 남쪽에 한 마을이 있는데 그 이름이 속휴(俗休)라 하였다. 이것은 물론 세속과 인연을 끊은 신충의 일에서 유래된 명칭이다. 지금은 잘못 전해

---

2. **경덕왕** 효성왕(孝成王)의 아우.

져 소화리(小花里)³라 부르고 있다.

또 다른 기록에 따르면 경덕왕대에 직장 이준이란 이가 일찍이 발원하기를 나이 쉰이 되면 꼭 출가하여 절을 세우겠다고 하였다. 당 현종 36년, 경덕왕 즉위 7년(748년)에 그의 나이 쉰이 되자 조연사를 고쳐 지어 큰 절로 증축하여 단속사라고 이름하였다. 그리고 역시 삭발하고 중이 되었는데 법명을 공굉장로(孔宏長老)라 하고 20년을 그 절에 머물다 죽었다고 한다.

단속사를 세운 이유와 시기가 앞의 『삼국사기』에 실린 것과 같지 않으므로 두 가지 기록을 그대로 실어 의심을 없앤다.

이를 찬한다.

> 공명을 마저 누리기 전에 귀밑털이 먼저 희어지네.
> 임금의 총애야 많지만 백년세월이 빠르구나.
> 보이는 저 산이 꿈속에 자주 어리어오니.
> 가서 향불 올리며 우리 임금 복 빌리라.

³ **소화리(小花里)** 『3화상전』을 보면 신문왕대에 창건한 신충봉성사와 이것을 혼동하고 있다. 신문왕대는 경덕왕대로부터 100여 년이나 앞선다. 더구나 신문왕과 신충과의 사이는 전생의 인연이 있다고 하였으니 이 신충이 아님이 명백하다. 「용과 대적하다」 참조.

원성왕 시절의 향가

영재, 도적들을 만나다

석영재(釋永才)는 성품이 익살스럽고 활달하여 사물에 얽매이지 않았고 향가를 잘 지었다.

그가 나이 들어 남악으로 은둔하러 가는 길에 대현령에 이르렀는데 60여 명의 도적 떼와 마주치게 되었다. 도적들이 그를 해치려 하는 데도, 그는 칼날 앞에서조차 두려워하는 기색이 조금도 없었다.

그가 너무나 화평한 얼굴로 태연히 대하자 도적들이 이를 이상하게 여겨 그의 이름을 물었다. 그가 영재라고 답하자 도적들은 평소에 그의 이름을 들었던 터라 그에게 명하여 노래를 짓게 하였다.

영재는 이런 가사를 지어 불렀다.

제 마음의
모습이 볼 수 없는 것인데,
일원 조일(日遠鳥逸) 달이 난 것을 알고
지금은 수풀을 가고 있습니다.

다만 잘못된 것은 강호(强豪)님

머물게 하신 들 놀라겠습니까,

병기를 마다하고

즐길 법을랑 듣고 있는데,

아아, 조만한 선업(善業)은

아직 턱도 없습니다.

도적들이 그 노래의 뜻에 감동하여 비단 두 필을 주자 영재는 웃으면서 먼저 사례하고, 말하였다.

"재물이 지옥으로 떨어지는 근본임을 깨닫고 장차 심산궁곡에 숨어 일생을 보내려 하는데 어찌 감히 이것을 받겠는가!"

그러고 그 비단을 땅에 내던졌다. 도적들이 영재의 그 말에 또 감복하여, 지니고 있던 모든 칼과 창을 던져 버렸다. 그리고 모두 머리를 깎고 영재의 무리가 되어 함께 지리산에 숨어살며 다시는 세상에 나오지 않았다. 영재의 나이가 거의 90세였으니 이는 원성왕 때의 일이다.

이에 찬한다.

지팡이 짚고 산으로 돌아가니 품은 뜻이 더욱 깊구나

비단과 보옥으로 어찌 마음을 다스릴 수 있을까.

녹림의 군자들아 서로 주고받기 말아라.

한 치의 황금도 지옥으로 떨어질 근본이리니.

제
5
권

효선（孝善）제九

　　　　그는 현세의 부모 김문량 부부를 위
해 불국사를 세우고, 전세의 부모 경조를 위해 석불사를 세웠다. 그리고
각각 신림과 표훈 두 성사를 모셔다 머물게 하였다. 또 불상을 많이 지
어 길러준 은혜에 보답하였다.

불국사를 세운 이

두 세상의 부모를 모시다

모량리에 가난한 여인 경조가 있어 아들을 두고 살았다. 아이의 머리가 크고 이마는 평평하게 넓어 성처럼 생겼는데 그래서 아들의 이름은 대성(大成)이라 하였다.

경조가 집안이 너무나 궁핍하여 대성을 기를 수 없게 되자, 부자 복안의 집에 보내어 종살이를 시켰다. 복안이 아이의 품삯으로 밭 두어 이랑을 주자 그것으로 끼니를 해결하고 입을거리를 마련하였다.

대성이 머슴을 사는 동안 고승 점개가 흥륜사에서 육륜회를 열려고 시주를 얻으러 돌아다니다가 복안의 집에 들렀다. 복안이 베 50필을 내어 시주하자 점개가 주문을 외우며 축원하였다.

> 시주께서 흔쾌히 시주하시니
> 하늘이 항상 지켜 주실 것이라.
> 하나를 보시하면 만 배를 얻을 것이니
> 몸이 편하고 즐거우면 장수하리라.

대성이 이를 듣고 바로 어미에게 뛰어가 말하였다.

"어머니, 제가 문간에서 들었는데, 스님이 외는 주문이 하나를 베풀면 만 배를 얻는다고 하십니다. 생각해 보니 제가 전생에 적선한 적이 없어 지금 이렇게 가난한가 봐요. 현생에서도 시주하지 않으면 내세에는 더욱 가난하게 태어나지 않겠어요? 제가 품삯으로 받은 밭을 법회에 시주하여 다음 생에서 얻을 과보를 기대하는 것이 어떨까요?"

어머니가 이를 듣고 옳게 여겨 좋다고 승낙하고 곧 점개에게 그 밭을 시주하였다.

그런데 그런 뒤 얼마 안 있어 대성이 죽고 말았다.

그날 밤 재상 김문량의 집 공중에서 큰 소리가 들리더니 이렇게 외쳤다.

"모량리 아이 대성이 이제 너의 집에서 태어나리라!"

집안 사람들이 놀라 다음 날 사람을 보내어 모량리에 가서 아이를 찾아보게 하였다. 과연 대성이란 아이가 있었는데 이미 죽었다고 하였다.

그날 밤 하늘에서 소리가 들릴 때 바로 그때와 같은 시각이었다. 곧 문량의 아내가 수태하여 아이를 낳았는데 왼손을 꼭 쥐고 펴지 않았다.

아이가 태어난 지 이레만에 아이의 손이 펴졌다. 펴진 손을 보았더니 금쪽이 꼭 쥐어져 있었다. 그 금쪽에는 '대성(大成)'이란 두 글자가 적혀 있었다.

그래서 그 두 글자를 아이의 이름으로 삼았다. 문량은 또 모량리로 사람을 보내 죽은 아이의 어머니를 집에 맞아들여 함께 봉양하였다.

대성은 다 자라자 사냥을 좋아하였다. 어느 날 토함산에 올라가 곰을 한 마리를 사냥하고는 지쳐서 산 아래에 있는 마을에서 잠을 자고 있는데 꿈에 곰이 나타나 따졌다.

"네가 나를 왜 죽였느냐? 네가 나를 죽였으니 나도 너를 죽이겠다."

대성이 두려워하며 용서를 빌자 곰이 말하였다.

"네가 나를 위해 절을 지어 주겠느냐? 그리하면 용서하겠다."

대성이 그러하겠다고 약속하자 곰이 사라졌다. 꿈에서 깨었더니 땀이 흘러 요를 흠뻑 적셨다. 대성은 그 후로는 사냥을 그만두었고 곰을 잡았던 그 자리에 장수사(長壽寺)를 세웠다. 이 일로 인하여 마음에 깨달음이 있어 자비스러운 소망이 더하였다.

그는 현세의 부모 김문량 부부를 위해 불국사를 세우고, 전세의 부모 경조를 위해 석불사를 세웠다. 그리고 각각 신림과 표훈 두 성사를 모셔다 머물게 하였다. 또 불상을 많이 지어 길러준 은혜에 보답하였다.

한 몸으로 전생과 후생의 부모를 같이 공양한 일은 옛날이나 지금이나 드문 일이었으니, 이 어찌 착한 시주의 영험을 믿지 않을 수 있겠는가.

대성이 석불을 조각하던 중에 큰 돌 하나를 다듬어 감실 덮개를 만들고 있는데 갑자기 돌이 세 조각으로 갈라져 버렸다. 대성이 분하게 여기다 잠이 잠깐 들었는데 그 사이 천신이 내려와 다 만들어 놓고 돌아갔다. 대성은 곧 일어나 남령으로 달려가 천신에게 향을 피워 공양하였다. 그곳 이름을 지금은 향령(香嶺)이라고 한다.

불국사의 구름다리와 돌탑, 돌과 나무를 다듬고 새긴 솜씨가 너무 뛰어나 그 아름다움이 경주의 어떤 절과도 비길 데가 없다. 이것은 모두 『향전』

에 실린 기록인데 절 안의 기록은 이렇게 되어 있다.

경덕왕 때 재상 대성이 경덕왕 10년(751년)에 불국사를 짓기 시작하여, 혜공왕이 즉위하여 9년(774년) 째 되던 해 12월 2일 대성이 죽자 나라에서 그 뒤를 완성하였다. 처음은 유가(瑜伽)의 고승 항마를 청하여 이 절에 머물게 하였고, 지금까지 이어져 왔다.

그러나 옛 『향전』의 기록이 같지 않으니 어느 것이 옳은지 알 수가 없다. 그를 찬한다.

    모량리 봄이 지나 두 이랑 밭을 시주하였더니
    향령에 가을이 와 만 배를 거두었네.
    그 어머니는 평생을 가난하다 부귀를 얻고
    재상은 꿈 한 번에 두 세상을 오가네.

효자 손순

땅을 감동시키다

손순[1]은 모량리 사람으로 아버지는 학산(鶴山)이다. 아버지가 돌아가자 손순은 아내와 함께 남의 집에서 품을 팔아 양식을 얻어다 늙은 어머니를 봉양하였다. 그의 어머니의 이름은 운오(運烏)라고 하였다.

손순에겐 아이가 하나 있었는데 아이가 늘 노모의 밥을 빼앗아 먹곤 하였다. 손순이 이를 민망히 여겨 아내에게 의논하였다.

"자식은 또 얻을 수 있소. 그러나 어머니는 다시 얻지 못하오. 그런데 아이가 저렇듯 어머님의 밥을 빼앗아 먹으니 어머님이 오죽 시장하시겠소. 차라리 아이를 묻어 어머님을 배부르게 해드려야겠소."

손순 부부가 이내 아이를 업고 취산 북쪽에 있는 들로 갔다. 아이를 묻을 땅을 파내려 갔는데 그곳에서 뜻밖에도 훌륭

---

[1] **손순** 고본(古本)에는 '孫舜'.

한 돌종이 하나 나왔다. 부부가 놀라고 이상히 여겨 돌종을 얼른 나무에 걸어놓고 쳐보았다. 그랬더니 울리는 소리가 은은하여 들을 만하였다.

손순의 아내가 말하였다.

"이렇듯 신기한 물건을 얻었으니, 이것은 아마 이 아이의 복인 듯하니 묻지 말도록 합시다."

손순 역시 그렇게 생각하고 아이와 돌종을 지고 집으로 돌아왔다. 집에 돌아와 들보에 매달고 돌종을 쳤더니 그 은은한 소리가 대궐에까지 들렸다. 당시 흥덕왕이 이 아름다운 소리를 듣고 신하들에게 말하였다.

"서쪽 교외에서 이상한 소리가 들려오는구나. 먼 곳에서 나는 소리인데도 그 맑기가 비길 데가 없다. 속히 가서 조사해 보도록 하라."

소리를 따라온 왕의 사자가 손순의 집으로 찾아왔다. 돌종에 얽힌 이야기를 듣고 왕에게 아뢰었다. 사자의 보고를 받은 왕이 말하였다.

"옛적에 곽거(郭巨)가 아들을 묻으려 하자 하늘이 금솥을 내리더니, 오늘날 손순이 아이를 묻으려 하니 땅에서 돌종이 솟구쳤구나. 옛날의 효자와 오늘의 효자를 하늘과 땅이 함께 살피신 게다."

왕이 집 한 채를 하사하고 해마다 벼 50석을 주어, 그 지극한 효도를 표창하였다. 손순은 그의 옛집을 희사하여 절로 삼고 홍효사라 부르고, 그 절에 돌종을 안치하였다. 훗날 진성여왕 때 후백제의 흉악한 도적들이 그 마을을 침입하는 통에 종은 사라지고 절만 남게 되었다.

손순이 돌종을 얻은 곳의 이름은 완호평인데 지금은 와전되어 지량평이라고들 한다.

작품 해설

1. 작가의 생애

『삼국유사(三國遺事)』를 지은 일연(一然)은 고려시대의 승려로 세속에서의 성은 김(金)씨이며, 자(字)는 회연(晦然)이고, 호는 목암(睦庵)이다. 1206년(희종 2년)에 경상북도 장산군(章山郡)에서 김언정(金彦鼎)의 아들로 출생하였다.

9세 되던 해인 1214년(고종 1년)에 전라도의 무량사(無量寺)에 들어가 학문을 닦다가, 1219년에 승려가 되었다. 1227년 승과(僧科)에서 장원한 뒤, 비슬산(琵瑟山)에서 수년 동안 머무르면서 마음을 가다듬고 참선하였다. 1236년에 몽고가 침입하자 전란(戰亂)을 피해, 포산, 남해, 윤산 등지를 돌아다니며 수행하였다. 1261년(원종 2년) 원종의 부름을 받고 강화도로 옮겨가, 선월사(禪月社)에 머무르면서 설법하였다.

그 후 다시 비슬산에 가 머물렀다. 1268년에는 조정에서 선종과 교종의 고승 100여 명을 개경에 초청하여 큰 법회(法會)를 베풀었는데, 일연으로

하여금 그 법회를 주관하게 하였다. 그곳에서 일연은 물 흐르는 듯한 강론과 설법을 행하여 그곳에 모인 사람들을 감화시켰다. 1277년(충렬왕 3년)부터는 왕의 명에 따라 청도 운문사(雲門寺)에 살면서 선풍(禪風)을 크게 일으켰는데, 이때에 『삼국유사』를 집필하기 시작한 것으로 추정된다.

일연은 단순히 기록되어진 문헌만을 가지고 『삼국유사』를 지은 것이 아니라 청년시절부터 각지를 돌아다니며 보고들은 자료들을 수집하고, 이것을 바탕으로 집필을 시작하였다. 원고의 완성은 그가 여든네 살로 생을 마감할 때까지 지속되었다.

일연은 1277년 이후 1281년까지 청도에 살다가, 1282년 가을 충렬왕의 간곡한 부름으로 대전에 들어가 선(禪)을 설하고 개경의 광명사(廣明寺)에 머무르면서 왕실 상하의 극진한 귀의를 받았다. 이듬해인 1283년 국존(國尊)으로 책봉되어, 원경충조(圓經沖照)라는 호를 받았다.

그러나 늙은 어머니의 봉양이 마음에 걸려 몇 차례에 걸친 왕의 만류를 뿌리치고 고향으로 돌아왔다. 어머니가 1284년에 돌아가자, 조정에서는 경상북도 군위(軍威)의 인각사(麟角寺)를 수리하고 토지 100여 경(頃)을 주어 주재하게 하였다.

1289년 일연은 병이 들자 왕에게 올릴 글을 쓰고, 8일 새벽 선상(禪床)에 앉아 제자들과 선문답(禪問答)을 나눈 뒤 거처하던 방으로 돌아가서 입적하였다. 그해 10월 인각사 동쪽 언덕에 그를 기리는 탑을 세웠으며, 시호는 보각(普覺)이라 하고, 탑호(塔號)는 정조(靜照)이며, 행적비는 운문사에 있다.

일연의 저서는 『삼국유사』 외에 『화록(話錄)』 2권, 『게송잡저(偈頌雜著)』 3권, 『중편조동오위(重編曹洞五位)』 2권, 『조파도(祖派圖)』 2권, 『대장수지록(大藏須知錄)』 3권, 『제승법수(諸乘法數)』 7권, 『조정사원(祖庭事苑)』 30권, 『선문념송사원(禪門拈頌事苑)』 30권 등이 있다고 하나, 현재 전하는 것은 거의 없다.

일연은 일반인에게 『삼국유사』를 지은 승려 정도로만 알려져 있지만, 실제로는 많은 불교 관계 서적을 저술하고, 선풍(禪風)을 크게 일으킨 고려시대의 고승(高僧)이다. 다만 현재 전하는 자료가 부족하기에 오늘날에는 그의 삶에 대한 전체적인 면모를 정확히 알기 어렵다.

그러나 『삼국유사』와 같은 그의 남겨진 저서를 통해, 우리 역사의 정신적 흔적을 더 깊이 그리고 멀리 거슬러 올라갈 수 있게 되었으니, 고대에 지니고 있었던 우리 문화의 풍성함을 확인할 수 있게 해준 인물이라는 점에서, 우리가 반드시 기억해야 할 인물 가운데 한 명이다.

2. 작품세계 및 해설

『삼국유사』는 일연이 신라 · 고구려 · 백제의 관련기사나 다른 전해지던 이야기를 모아 지은 책이다. 편찬 연대는 미상이나, 일연은 이 책의 저술을 위해 청년시절부터 사료를 수집하였으며, 그 원고의 집필은 대개 70대

후반으로부터 84세로 죽기까지의 만년에 이루어졌다고 보는 것이 통설이다. 그러나 현재까지 일연에 의해 『삼국유사』가 간행되었는지는 분명하지 않고, 그의 제자 무극(無極)이 1310년대에 간행했다는 기록이 있다. 현재 남아 있는 『삼국유사』 가운데 완전한 것은 1512년 경주부사(慶州府使) 이계복(李繼福)에 의해 중간(重刊)된 정덕본(正德本)이다.

『삼국유사』는 김부식(金富軾)이 편찬한 『삼국사기(三國史記)』와 더불어 현존하는 고대 사적 가운데 가장 오래된 것이다. 그러나 『삼국유사』와 『삼국사기』는 많은 차이가 있다. 『삼국사기』는 여러 사관(史官)에 의하여 이루어진 정사(正史)이므로 그 체재나 문장이 정제된 데 비하여, 『삼국유사』는 일연 혼자의 손으로 씌어진 일종의 야사(野史)이므로 체재나 문체가 『삼국사기』와 다르다. 내용 면에 있어서도 『삼국사기』는 왕조, 귀족들의 생활을 주로 다루고 신이(神異)한 기록들을 제외시킨 것에 반하여 『삼국유사』는 신이한 이야기들을 다루고 있다.

『삼국유사』는 5권으로 구성되어 있고, 이를 내용상으로 대별하면 상·하 양권으로 구분되기도 하는데, 역사 사실을 주로 다룬 1·2권은 상권에 해당하고, 불교 사실을 주로 다룬 3·4·5권은 하권에 해당한다. 실제의 내용에서는 주제에 따라 다시 9개의 편목으로 나누어 서술하고 있는데, 이러한 체재를 남아 있는 정덕본(正德本)에 근거하여 살펴보면 다음과 같이 이루어져 있다.

제1권 : 왕력(王曆) 제1. 기이(紀異) 제1.

제2권 : 기이(紀異) 제2.

제3권 : 흥법(興法) 제3. 탑상(塔像) 제4.

제4권 : 의해(義解) 제5.

제5권 : 신주(神呪) 제6. 감통(感通) 제7. 피은(避隱) 제8. 효선(孝善) 제9.

「왕력편」은 고구려 · 백제 · 신라와 가락국, 후고구려, 후백제의 간략한 연표이다. 여기에는 난을 다섯으로 갈라 위에 중국의 연대를 표시하고, 아래로 신라 · 고구려 · 백제 및 가락의 순으로 배열하고, 뒤에는 후삼국(後三國)의 연대를 표시하였다.

연표에는 역대 왕의 출생, 즉위, 치세(治世)를 비롯하여 기타 주요한 사실 등을 간단히 기록하고, 저자의 의견도 간간이 덧붙여 놓았다. 「기이편」은 고조선에서 후삼국까지의 단편적인 역사 57편을 1 · 2권에 나누어 적어 놓은 것이다.

1권에는 고조선 이하 삼한 · 부여 · 고구려와 통일 이전의 신라 등 여러 고대 국가의 흥망 및 신화 · 전설 · 신앙 등에 관한 유사(遺事) 36편을 기록하였다.

2권에는 통일신라시대 문무왕(文武王) 이후 신라 마지막 임금인 경순왕(敬順王)까지의 신라 왕조 기사와 백제 · 후백제 및 가락국에 관한 약간의 유사 등 25편을 다루고 있다.

특히 「기이편」의 서두에는 이 편을 서설하게 된 연유를 밝힌 서문이 실려 있다.

「흥법편」에서는 순도가 고구려에 처음으로 불교를 전파한 사적을 비롯하여, 삼국의 불교 수용과 그 융성에 관한 6항목이 실려 있다.

「탑상편」에는 신라를 중심으로한 이름난 불상과 불탑에 관련된 31편의 이야기를 수록하였다.

「의해편」은 「원광서학조(圓光西學條)」를 비롯한 신라의 저명한 승려들의 전기 14편을 수록되어 있다.

「신주편」에는 신라의 밀교적 신이승(神異僧)들에 대한 3편의 사적이 기록되어 있다.

「감통편」에는 신앙의 영이감응(靈異感應)에 관한 10개 항목의 이야기가 적혀 있다.

「피은편」에서는 고승들의 사적이 10편 실려 있다.

「효은편」에는 불교계와 속계의 효행과 선행에 관한 5편의 미담이 실려 있다.

이처럼 『삼국유사』는 모두 5권 9편 144항목으로 이루어져 있으며, 이러한 체재는 당대의 『삼국사기』나 『해동고승전』 등과도 다르며, 중국의 『고승전(高僧傳)』에서 영향을 받았다고 하나, 중국의 『고승전』과도 다른 체재라고 할 수 있다.

이러한 체재는 작자인 일연이 자신의 관심에 맞는 자료들을 선택적으로 수집하여 분류한 탓이라 하겠다. 즉 일연은 사관이 아닌 승려의 신분으로, 주로 영남지방 일대에 활동하였으므로 불교 중심 또는 신라 중심에서 벗어날 수 없었다. 따라서 북방계통의 기사가 소홀해졌으며, 간혹 인용한 부분이 전적(轉籍)과 일치하지 않는 부분이 있을 뿐만 아니라, 잘못 전해지는 사적을 그대로 모아서 수록한 것도 있다.

이런 의미에서 정사(正史)의 입장에서 『삼국유사』를 본다면 무책임하게 집필했으며, 불교 관계의 기사에 기울어진 책이라는 비판이 있을 수 있다. 그러나 이러한 점이 오늘날에는 사료적 내용을 보다 풍부하게 만든 원천이 되고 가치를 둘 수 있게 하였다.

따라서 이러한 이 책의 특징으로 인해 『삼국유사』의 성격에 대해서도 논란이 있는데, 불교사서 · 설화집성집 · 불교신안을 포함하는 역사에 관한 문헌, 잡록적 서사 · 야사집이라는 것이 그것이다.

그러나 『삼국유사』의 성격에 대한 통일되지 않은 견해는, 역설적으로 이 책 자체가 한 가지로 설명되기 어려운 다양한 측면을 지니고 있음을 말해주는 것이다. 이것은 『삼국유사』를 통해 당대의 역사, 문학, 종교, 생활 등의 다양한 측면에 접근할 수 있는 가능성을 열어놓고 있다는 것을 의미한다.

따라서 『삼국유사』를 통해, 당시의 민속과 언어 · 성씨록(姓氏錄) · 지명기원(地名起源) · 사상, 신앙 및 일화 등을 비롯하여, 한국 고대의 정치 · 사회 · 문화 생활의 흔적을 찾아볼 수 있다. 예컨대 기존 연구를 통해 거서간 · 마립간 · 차차웅 · 거칠부 · 벌지지 같은 고유의 지명 · 인명 · 관직명, 사물명 등을 통해 당대의 언어생활 및 사회상을 알 수 있게 된 것은 모두 『삼국유사』의 기록 때문이다.

특히 이 책이 전해준 우리 민족의 문화유산 중 최대로 꼽히는 것의 하나는 향가이다. 『삼국유사』에 남겨진 14수의 향가는 우리 나라 고대문학연구의 중요한 자료이다. 비록 많은 수의 향가가 수록된 것은 아니지만, 향가 관련 기록이 향가를 집대성한 책으로 알려진 『삼대목(三代目)』과 『균여전(均如傳)』 이외에는 전해지지 않는 현실에서 『삼국유사』에 남겨진 향가만이 고대의 신라 가요에 접근할 수 있는 유일한 통로가 되는 것이다.

또한 〈구지가〉, 〈해가사(海歌詞)〉, 〈치당태평송(治唐太平訟)〉과 일연의 찬시(讚詩) 등 한시(漢詩) 작품도 상당수 들어 있어 당대 한문학의 흐름을 살펴보는 자료가 되기도 한다. 아울러 작품 속에 풍부하게 수록되어 있는 신화와 설화들은 우리 나라 산문문학의 원류를 밝히는 데 중요한 단서를 제공한다. 「조신몽(調信夢)」, 「김현감호(金現感虎)」 등은 후대 소설의 형식적·소재적 원천이 되어 한국 고전소설의 발전에 기여했다.

또한 『삼국유사』에는 『삼국사기』에서 볼 수 없는 많은 고대 사료(史料)들을 수록하고 있다는 점에서도 중요한 의미를 지닌다. 그중에서 특히 고조선(古朝鮮)에 관한 서술은 한국의 반만년 역사를 내세울 수 있게 하는 근거가 되며, 단군신화(檀君神話)는 단군을 우리 민족의 국조(國祖)로 받드는 근거를 제시하여 주는 기록인 것이다.

『삼국유사』는 민속학적으로도 중요한 의미를 지니는데, 속담과 격언, 사물의 형태를 설명하는 설화, 기원을 밝히는 설화, 지명의 유래를 밝히는 설화 등이 풍부하게 실려 있다. 이 밖에 악귀를 쫓기 위해 문에 그림이나 글자를 써 붙이는 관습이라든지, 정월 대보름날 까마귀에게 밥을 해주는 관습 등의 유래와 의미를 『삼국유사』에서 찾아볼 수 있다.

특히 이러한 『삼국유사』의 내용이 일연의 기억이나 지식으로 소화된 자료들을 주관적으로 엮어 서술한 것이 아니라 당시의 고전문헌들로부터 광범위하게 인용했다는 점에 주목할 필요가 있다.

『삼국유사』에 인용된 중국의 고전만 해도 27종에 달하였고, 우리 나라의 고전은 역사서적, 불교서적, 문집류를 포함하여 책명이 분명한 것만 하여도 50여 종이 포함되었으며, 약칭이나 범칭으로 표시한 문헌도 무수히 많다. 또한 비문과 고문서 등으로부터 인용한 것도 20여 종이나 되며, 개인의 말이나 시에서 인용한 것도 적지 않으니, 이것으로 유추해 보면 『삼국유사』는 자칫하면 알 수 없었을 당대의 수많은 문헌들에 대한 존재를 알려주고 있는 것이다.

이러한 내용적 특징을 가지고 있는 『삼국유사』에 실린 144항목 가운데, 일반인에게 널리 알려진 이야기들과 그 의미를 간략히 소개하면 다음과 같다.

우선 역사적으로 국조 단군을 탄생시켰다는 웅녀의 이야기, 타고난 지혜와 용맹으로 광대한 고구려를 세운 주몽 이야기, 볼모로 일본에 잡혀갔다가 끝까지 지조를 기키다 죽은 김제상의 이야기, 그리고 그러한 남편을 기다리며 날마다 치술령 고개에 올라가 통곡하다가 죽었다는 김제상 아내의 이야기 등이 있다.

또한 부부간의 지극한 사랑과 해와 달에 대한 연오랑과 세오녀의 이야기, 미래에 대한 혜안을 가진 선덕여왕 이야기, 아랫사람을 위해 헌신적인 인간애를 보여준 죽지랑의 이야기는 오늘날에도 교훈이 되기에 부족함이 없는 이야기이다.

종교적인 측면에서 하얀 피를 뿌려가며 죽어간 이차돈의 순교는 종교의 본질에 대한 깊은 성찰을 요구하고 있다.

아울러 몽고군의 침략 앞에서 낙산사 보주를 지킨 것은 절의 노비인 걸 승이었다는 이야기와, 잡혀간 수로부인을 구해낸 것은 평민들의 일치된 목소리라는 점을 통해 당대 평민들의 활약을 암시해 주고 있다.

또한 전생의 부모와 이승의 부모에게 효도한 대성의 이야기, 부모를 위해 자식을 묻으려 한 손순의 효성에 대한 이야기는 현재에도, 삶의 올바른 가치가 무엇인지를 말해 주고 있다.

이러한 몇 편의 이야기들은 현재에도, 삶의 소중한 밑거름이 되는 이야기로 또는 흥미있는 옛이야기로 오늘날에도 꾸준히 전해지고 있다.

이처럼 『삼국유사』는 그 자료적·내용적 측면에서 우리의 과거와 전통을 확인할 수 있는 중요한 문헌이라는 점에 이견이 있을 수 없다. 그리고 이를 명확히 보여주는 것은 과거 최남선(崔南善)의 『삼국유사』에 대한 다음과 같은 단언이다.

"만일 『삼국사기』와 『삼국유사』 중에서 하나를 택하여야 될 경우를 가정한다면, 나는 서슴지 않고 후자를 택할 것이다."

꿍 생각하는 갈대

첫째, 일연이 편찬한 『삼국유사』는 김부식의 『삼국사기』와 더불어 현존하는 고대 사적 가운데 가장 오래된 작품이다. 이 두 자료를 통해서 당대의 역사, 문학, 종교 등 다양한 측면을 살펴볼 수 있다는 점에서는 같은 의미를 지닌다고 할 수 있다. 그러나 둘은 차이점 역시 지니고 있는데, 이는 각 작품의 작자의 성격과 관련이 깊다고 할 수 있겠다. 당대에 유명한 정치가이자 권력가였던 김부식은 여러 사관에 의해 보다 정사에 가깝게 기술하고자 했으며, 때문에 그 체제나 문장이 정제되어 있다. 이에 비해 『삼국유사』는 승려였던 일연의 개인적 수집인 까닭에 불교관계의 기사가 많으며, 『삼국사기』에서는 다루지 않는 신이한 이야기 역시 많이 실려 있다. 이렇게 작자의 차이에 의해서 작품의 성격이 달라지기도 하는데, 이러한 예를 작품 속에서 구체적으로 찾아보자.

둘째, 『삼국유사』의 제1권에는 고조선 이하 삼한, 부여, 고구려와 통일 이전의 신라 등 여러 고대 국가의 흥망 및 신화, 전설, 신앙 등에 관한 유사 36편이 기록되어 있다. 여기에는 우리 민족의 근본이라 할 수 있는 고조선의 건국신화와, 고구려 동명왕 신화 등이 실려 있어 역사적으로도 중요성을 가진다. 그런데 일연은 왜 후대인들에게 허구적이라 비판받을 여지를 가지고 있는 이들 건국신화를 가장 먼저 기록하였는가에 내해 삭자 의식과 관련하여 생각해 보자.

셋째, 사람의 일생은 끊임없이 여러 단계나 상태를 통과하는 것으로 이루어진다. 출생, 성년, 결혼, 죽음 등이 그 대표적인 예라 할 수 있는데 이처럼 중요한 단계를 통과할 때에는 반드시 시련과 고통이 있게 마련이다. 이러한 의식에 의해 채택된 것을 흔히 통과의례 또는 통과제의라 한다. 『삼국유사』에서는 단군신화와 동명왕 신화에서 이를 찾아 볼 수 있는데 예를 들면 단군신화에서의 쑥과 마늘, 어둠 등이 바로 그것이다. 이는 통과의 과정을 통해 새 생명을 얻는다는 보편적인 인식이 상징화된 것으로 생각해 볼 수 있다. 이러한 통과제의가 동명왕 신화에서는 어떠한 모습으로 나타나는지 구체적으로 찾아보고, 그 의미를 생각해 보자.

넷째, 『삼국유사』에 남겨진 14수의 향가는 우리 나라 고대문학 연구의 중요한 자료이다. 비록 많은 수의 향가가 수록된 건 아니지만, 다른 기록이 없는 현재 삼국유사가 아니면 고대 신라가요의 모습을 알기조차 힘들 것이다. 그러나 많은 작품들의 경우에 아직까지 많은 의문점들을 가지고 있는 것이 사실이다. 그중 대표적인 작품인 〈헌화가〉의 경우엔 작품의 해석이 다양하게 이루어지고 있다. 일상의 인간적 욕망이 담긴 세속적 노래라든지, 고대 종교, 주술적 제의와 관련하여 무속적인 노래라고 보는 견해, 소가 등장하고 꽃에 담긴 불교적 성격에 주목하여 선승의 노래로 해석하는 견해, 초자연적인 신이나 신격화 된 인물이 부른 노래일 것으로 추정하

는 등의 해석이 그것이다. 이와 같은 여러 해석들 중 가장 타당하
다고 생각되는 것으로 선택하여 실제로 작품을 분석해 보자.

다섯째, 〈제망매가〉는 월명사가 죽은 누이를 위해 지은 노래로 〈찬기파
랑가〉와 함께 『삼국유사』 소재 향가들 중에서 문학성이 뛰어난
것으로 평가되는 작품이다. 향가 〈제망매가〉의 시적 우수성을
어디에서 찾을 수 있는지에 대해 말해 보자.

작가 연보

1206(1세) 경상북도 장산군(章山郡 : 지금의 경산)에서 김언정(金彦鼎)의
아들로 출생.

1214(9세) 전라도의 무량사(無量寺)에 들어가 학문을 닦음.

1219(14세) 설악산 진전사(陳田寺)에서 승려가 됨.

1227(22세) 승과(僧科)에서 장원.

1236(31세) 몽고 침입 이후 포산, 남해, 윤산 등지에서 수행함.

1256(51세) 윤산(輪山) 길상암(吉祥庵)에 머무르면서, 『중편조동오위(重編
曹洞五位)』 2권을 지음.

1259(54세) 대선사(大禪師)의 승계를 제수받음.

1261(56세) 원종의 부름으로 강화도로 옮겨가, 선월사(禪月社)에서 설법
함.

1264(59세) 인홍사의 주지가 됨.

1268(63세) 해운사(海雲寺)의 법회를 주관함.

1277(72세) 왕의 명에 따라 청도 운문사(雲門寺)로 옮겨감. 이때부터 『삼
국유사』를 집필하기 시작한 것으로 추정됨.

1282(77세) 충렬왕의 부름으로 대전에 들어가 선(禪)을 설하고 개경의 광